忘记我

徐风 著

译林出版社

图书在版编目（CIP）数据
忘记我/徐风著.—南京:译林出版社，2021.4
ISBN 978-7-5447-8598-3

I.①忘… II.①徐… III.①纪实文学－中国－当代
IV.①I25

中国版本图书馆 CIP 数据核字（2021）第 036754 号

忘记我　徐　风／著

策划编辑　陆志宙
责任编辑　魏　玮
装帧设计　周伟伟
校　　对　孙玉兰
责任印制　颜　亮

出版发行　译林出版社
地　　址　南京市湖南路 1 号 A 楼
邮　　箱　yilin@yilin.com
网　　址　www.yilin.com
市场热线　025-86633278
排　　版　南京展望文化发展有限公司
印　　刷　上海中华商务联合印刷有限公司
开　　本　890 毫米 ×1240 毫米　1/32
印　　张　10.75
插　　页　6
版　　次　2021 年 4 月第 1 版
印　　次　2021 年 4 月第 1 次印刷
书　　号　ISBN 978-7-5447-8598-3
定　　价　68.00 元

『忘记我』——历史何堪忘却？
暮鼓晨钟，犹在耳边。

ᙅ

钱秀玲

目录

楔子
时间深处的一个越洋电话

二〇〇二年深秋。北京时间下午四点，布鲁塞尔时间上午十点。

电话铃如期响起，话筒里传来一个苍老而温润的声音，是一口不走样的江南宜兴话：

“您好！我是钱秀玲。”

“钱奶奶您好，我是家乡电视台的某某，前些天托您的亲属与您联系，想请您通过电话，对家乡的父老乡亲说几句话。”

“父老乡亲……”

“是的，钱奶奶，您想说什么，就说什么，大家就是想念您，想听听您的声音。”

“呵，我一生漂泊在外，最怕听到的，就是父老乡亲这几个字。我……还是不说了吧。”

“那，您还有什么话，带给大家吗？”

“想念家乡。想回来。但我年纪大了，走不动了，回不来了。祝大家一切都好。”

“好的，钱奶奶，保重！我们会有机会，去比利时看您。”

“好啊，你们真的能来吗？”

“能，一定能！”

“好的，我在布鲁塞尔等你们。”

接着是老人一阵爽朗的笑声。

但是，我们爽约了，种种原因，去不了，直到老人去世。

一个未了的心愿，延宕了十六年。

一

杰罗姆想听听奶奶老家的故事

一个故事的被打开，会有多种方式。我喜欢这样的说法：如果机会巧合，就会有你所希望的事情呈现。

但事实上,起先我真的不敢抱有奢求。我是说，前年初秋那个与杰罗姆见面的日子。因为之前我收到过很多善意的提醒：若是祈求你指望的那些人施以援手，或许在冥冥之中才有可能。

鸿沟，是这句话里包含的关键词。有句老话说，河两岸的人，心事是不一样的。或许，只有老天知道，它们是怎样形成的。

然而，杰罗姆带来了一把钥匙。虽然一开始他并没有把它交给我，但至少让我向前跨了一步。让我看见了我想打开的第一道门。

想来，人与人之间的缘分都有命定。假若不是黄河之滨的一座古城，在一个恰当的时候邀请杰罗姆以国际知名摄影家的身份前往拍摄景物，那么，我和杰罗姆的见面就会被推迟得遥遥无期。深藏于心的一个念头也无从破土发芽。而杰罗姆是一个行事独立的人。

每次他来上海，从来不会用微信短信这样一些约定俗成的方式与亲戚知会。事实上他根本不用手机。偶尔发个邮件，也与刷存在感无关。比如，“我来了，有空就见见”，至于收件人是否能虔诚地守在电脑前接收他天马行空般的招呼，他不太在乎。这样的人，心智应该比较强悍，他总是随缘。他或许相信，机缘是一只魔手，只要它愿意，就会把原先互不相关的两个人从茫茫人海中拽出来，让他们坐到一起并成为让一件事情峰回路转的枢纽。

杰罗姆是谁？他是钱秀玲的长孙。钱秀玲是谁？上百度吧，那里会有一千条以上的记载与阐释。

却说那日的相见，定在闹市南京路附近的海伦宾馆。杰罗姆夫妇如约而至。我原来想，作为钱秀玲的长孙，他应该有一半以上的中国血统，但坐在我面前的，分明就是一个完全欧洲人模样的中年人。你似乎很难从他的脸上看到一条清晰的来路，那倒不是逶迤的千山万水，而是血浓于水的基因链接。由此，我想象，路的首端应该团坐着一个名叫钱秀玲的银发老人，杰罗姆的奶奶。一个世纪前她是一位明眸皓齿的豆蔻少女，某天清晨她从家乡江苏宜兴一个名叫王婆桥畔的钱墅村出发，在人山人海的上海码头挤上去往欧洲的“狮身人面号”邮轮。她原本的故事平淡无奇，即便是二十二岁就获得化学、物理双博士学位，也未必会惊动她生活圈以外的世界。差不多七十年后，她的老家人突然获得一个仿佛从天而降的消息，说她在非常年轻的时候，居然在万里之外的比利时拯救了一百多个人质，从而成为那个遥远国度的“国家英雄”。

这个光环有点大，老家人在它面前一时睁不开眼睛。他们宁愿叫她“细伯伯”（江南人习惯把姑母与伯父混称），他们一直以为，多年失去音讯的细伯伯，早就是像居里夫人那样的科学家了。因为，年轻的时候，她一直是这么说的。

但是，杰罗姆在谈到奶奶的身份的时候说，或许连奶奶自己也不会想到，通常不按人们意志出牌的俗世生活，在一个需要神助的时刻，给她布置了一些障碍，硬生生地把她从通往居里夫人工作室的科学家道路上拽了回来，精通化学、物理的女博士，最终成为前后三个中餐馆的老板娘。

杰罗姆无数次到过中国。可能因为他是中国奶奶最喜欢的长孙。他的第一架莱卡相机是奶奶送的，她希望他去中国拍摄那里的风土人情。有时她会在孙子拍回的照片面前朗声大笑，有时却一头躲到厨房里以泪洗面。爷爷格里高利·佩令吉是个医生，他不怎么管事，奶奶说他是个“甩手掌柜”，但爷爷的俄罗斯兼希腊血统基因非常强大。一种无所不包的东西，是以无法改变的生活习惯和食物饮品乃至语言表达、衣着打扮来体现的。没有人把这说成是文化。无论在餐桌还是客厅乃至厨房，奶奶的中国元素地盘非常之小。没有人爱吃奶奶的中国春卷和小馄饨，华夫饼和曲奇，汉堡和烤鱼排、牛排才是当地人食物链中的最爱。奶奶的一口中国话也没有语言环境。她法语和荷兰语讲得很好，但她梦境里却讲一口中国话，而且带着很浓的乡音。在这个家里奶奶一言九鼎。她管教小孩的方法肯定是中国式的。如果只能用两个字来表达，那就是严厉。杰罗姆小时候经常听奶奶讲中国故事，关于女娲补天、嫦娥奔月，关于掩耳盗铃、刻舟求剑，还有坐井观天、东山再起，等等。奶奶的讲述仿佛带着翅膀，杰罗姆童年的心老是被拽着飞上蓝天，越过重洋，来到奶奶成语故事的语境。说杰罗姆从小就被中国化了，也许有点严重。但是，当他第一次到中国上海时，做的第一件事就是买一份上海地图，奶奶告诉他，这是奶奶少女时代就读的城市，她非常喜欢它迷人的气质。她希望杰罗姆徒步走完它的每一条街道，而不是坐车。杰罗姆每走完一条街道，就把它涂成红色。然后，三个月过去，他带着一份皱皱巴巴全部被涂成红色的地图和一千张以上的照片，回到了奶奶的身边。

“可惜，你没有去我出生的那个家乡，我的太湖边的小村子。”奶奶的赞许里显然留有毫不掩饰的遗憾。“不过，暂时不去也好，也许见到那些照片的场景，我会睡不着觉。”

奶奶当年的这些话，像脆薄的底片，一直定格在杰罗姆的心底。有一天他突然想到，奶奶的家乡，特别是她出生的那个太湖边的小村子，也是奶奶的一部分。他对奶奶的认知里，有相当一部分是被历史屏蔽的，特别是她的童年和少女时代。现在他又一次来到中国了，有关奶奶老家的故事，他非常想听。于是，在我们的讲述里，他专注的神态仿佛向我们表明，他听到了奶奶的小村子旁边太湖的波涛声。他确认一个巨大的声波正在从容打开各个不同的声部，他甚至听到了岸边孩童玩耍的嬉笑，他不能否认那里面有奶奶童年时代的声音在。

于是，老家这两个字，就变成了那晚餐桌上的一道菜。不。不是一道菜，而是重新摆上的另一桌菜。

二

一座古桥的宿命

远远地看那座夕阳下的古桥，就像一副恐龙的骨架。也有人说，那就是王婆的驼背。这里说的王婆当然是一个老太太，但不是《金瓶梅》里的那个媒婆。中国的民间智慧人物里，有不少这样的老太太。她们迈动着三寸金莲，在河岸两侧的田塍或菜畦里忙碌。基本上她们的故事乏善可陈，无非是相夫教子、家长里短之类。但她们一旦发力，并且无意中触动了农耕社会的某一根筋骨，她们也会突然走红，成为信息匮乏时代家喻户晓的人物。

据说这里的王婆是个贤良女子，她本名叫杨氏，针线活儿特别好，也有叫她杨娘娘的。她男人去世早，她当然得守寡，一边抚养孩子。后来据说她的孩子掉到河里淹死了，她差点哭瞎了眼睛。再后来，她决定倾其所有，给上城路旁的一条河上架一座桥。可能是因为，她经常到河边去，老是看到那些上学孩子在河岸边摆渡的情景。她恍惚觉得，她的孩子就在他们中间，或者，她担心他们像她的孩子那样，会被汹涌的河水卷走。摆渡这件事，很多时刻总会让人比较焦心，或是刮风下雨，或是船工生病或者船体漏水。孩子们的漫长等待，总是一个让太多人纠结的话题。人们看到王婆的一双伶俐的小脚在田塍上飞快地走过去，迅速在天际线边消失。她去了哪里，当然没有人知道。有时她会消失很长一段时间，然后，她会在一个悄然到来的黄昏，背囊沉重地踯躅在晦暗的村道上。有人看到她风餐露宿地在邻乡讨饭，她反对这样的说法。其实，她只是沿着一条她并不熟悉的乡路，去给一些她原本不认识的人，讲述一个关于她的孩子突然被河水吞噬的故事。显然，在不断的讲述中，这个故事在不断加长，在故事的结尾，她会呼唤一座桥的诞生，这个时候她会擦干泪痕，以一副信心满满的样子宣布，这座桥必须由她来出资建造。

没有人知道她外出讨饭到底积攒了多少银子。但是真的没过几年，一座青石铺成的拱桥，在遍栽桑树、开满油菜花的河岸上弓起了它的脊梁。模糊的旧志没有留下对王婆捐资造桥的任何细节，但广袤的原野上到处流传着王婆造桥的传奇故事。几乎每朝每代，封闭而寂寞的乡村都需要一些励志的故事来激励并抚慰它的子孙。王朝在迅疾更迭，岁月的流逝是如此飞快，但王婆并没有走进时间的深处，她被风雨无阻地镌刻在桥头的首端。在古老的中国，口碑是这样的一种东西，它无影无踪，但无时不在。百姓的口，你能管得住吗？他们可以吃不饱饭，但你限制不了他们传播故事的权利。

以王婆名字命名的桥梁不仅是一个故事的主角，而且成了一个地域的气场。

有后人质疑，偏偏是杨氏的善举，怎么落到了王婆的头上。于是考证学家出来解释，太平天国年间，长毛造反，官军追杀东王杨秀清。杀到最后，见到姓杨的就咔嚓一刀。所以杨婆只能改成了王婆。

又据说，王婆并没有见到这座桥的诞生。她可能就在桥梁合成的前夜离去。当地的人们甚至没有找到她的遗体，只是在她破败茅屋的床前发现一摊发暗的鲜血，而她的被窝还尚有余温。一种附会的说法是，她在河岸上留下了一双破旧的布鞋，恍然间大家明白，她去找她的儿子去了。

百余年过去，王婆的三寸金莲在故事里依然步履矫健。但王婆桥却因为风雨剥蚀而颓败得摇摇欲坠。连绵的战乱让富庶的江南春荒连接着秋荒，饥肠辘辘的人们不可能指望王婆从故事里走出来再去修桥。

且说原先王婆居住的村上有一户钱姓人家，主人叫钱生祥，县学生，怎么也算个秀才。据说他在一篇应试的文章里写到了王婆造桥的善举，并说他一旦成家立业，第一件事就是要从每年的收入里拿出不小的一笔，用于修缮和保障王婆桥的稳固与安全。县学生钱生祥每天进城必经此桥，这也是他寒窗岁月的一个见证。奇怪的是他没有像他的同窗们那样，受命于朝廷去做官，而是回到了幼时

“耕读传家”的生活轨道，继承钱家祖上留下的大片土地和家业。他喜欢泥土以及乡间的风物，也懂得稼穑艰难和百姓困苦。耕，自然是立命之本；读，则是修身之道。在读过的太多的古书里他知道了官场的潜在规则，他对那个巨大深邃的酱缸心生厌恶，陶渊明的诗集成为他案头床边的必备之书。

如果要追溯钱家的祖先，那是非常大的来头。在钱家的祠堂里，供奉着老祖宗钱镠的画像与牌位。五代十国的时候，他在杭州临安创业，是吴越国的创建者。早先，钱镠在唐末之时，跟随董昌保护乡里，抵御乱军，累迁至镇海军节度使，后因董昌叛唐称帝，他受诏讨平董昌，再加镇东军节度使。后来逐渐占据以杭州为首的两浙十三州，先后被中原王朝（唐朝、后梁、后唐）封为越王、吴王、吴越王、吴越国王。其在位四十一年，庙号太祖，谥号武肃王，葬于钱王陵。

好大一棵树，枝蔓何其多。至于钱生祥这一脉何时迁徙到江南古阳羡定居，那又是一个漫长而曲折的故事。家谱摆在祠堂的案头，修订是一代接着一代的事。老祖宗的辉煌，从来被钱生祥们在约定俗成的家规里予以遮蔽，三缄其口的原因，除了不显摆，还有自剪羽翼、免遭嫉妒而横生灾祸的意味。

选择在一个风和日丽的黄道吉日，钱生祥点燃了开工修建王婆桥的第一枚鞭炮。这里的乡间有一项约定俗成的规矩，但凡谁行了善举，他的名字必将与那件善事捆绑在一起，名扬四方。有人提议将王婆桥改为生祥桥，被钱生祥一口否决。他甚至不愿意在桥前立一块重修王婆桥的石碑，他并非那么讨厌雁过留名，而是觉得这般张扬是对那位在他心中至高无上的王婆长辈的亵渎。

与别人不同的地方，在钱生祥身上还有很多。比如，他并不像别的有钱人那样三妻四妾；他也不抽大烟和酗酒。遗憾的是，这样的洁身自爱并没有让他延年益寿。四十三岁。这是一个壮年汉子正当大展宏图的年龄。原野一隅的钱氏墓群新添的一座土坟向众人表明，贡生钱生祥的过早离去与积德行善添福添寿并没有必然的关系。

钱熙勋是钱生祥的次子。在钱氏家族的成员里，他好学、敏锐，行事果决而广结善缘，秉持了乃父勤俭持家的风格。与父亲不同的是，他更看重文化对一个人的教化作用。他与妻子生了三子二女。十指固连心，但他却独独喜欢一个叫秀玲的次女。这个女孩不单是伶俐，而且有一种过目不忘的天资。三岁即能背诵唐诗，一笔书法也稚拙可爱。在桃花汛期到来的春夏，钱熙勋经常牵着她的小手，穿过青青阡陌，徜徉在激流汹涌的王婆桥畔。想必他要给可爱的女儿设定一种美妙的语境。着迷的秀玲常常会在父亲的讲述中提出诸多疑问，为什么王婆要去外乡讨饭？村上那么多人为什么不帮助她？为此她竟然不肯吃饭，因为她梦见了王婆还在讨饭的背影。然后她指着家里高高的满满的米屯，说，为什么不把它们分给王婆！

三

钱家祠堂的乌托邦

为什么不把它们分给王婆和像王婆一样的穷人，这确实是一个问题。

在中国的乡村，无论北方还是南方，一个富人身边，至少会有几百个穷人。持续的饥饿会让人的脸色发青，眼睛发绿。约定俗成的概念里，穷人是给富人干活的，富人是被穷人喂肥的。后来我们被告知那叫剥削和被剥削的关系。但事实上富人和穷人之间的关系，并不像概念那么冰冷。尤其在江南地域，从南宋至近代一直延续的“永佃制”，让佃户有权“永久”性地耕种地主的土地。这样一个特定的语境，对乡村的人们如何相处划定了一条底线。说白了，佃户只要耕种了地主的田地，地主便不能赶他走。若是佃户交不起租，本乡本土的地主也不会把他怎么样。因为，在乡村这样一个人情世界，一个地主受到的各种牵制太多，更何况有些佃户还是地主的长辈或亲戚，逢年过节地主还要给他们磕头或送礼，在平时你根本看不出他们之间有什么尊卑。如果一定要寻找他们之间的差异，那就是识字和不识字。假若你执意走进他们的生活，你会发现，富人的生活大体并不奢侈，而穷人的日子也并非想象的那么缺乏温饱而没有尊严。

因为钱生祥修建王婆桥的名气太大，作为儿子的钱熙勋在乡间的业绩几乎乏善可陈。与父亲相比，他每天在书本上流连的时间还要多些。类似书生意气的秉性，在这平淡无奇的乡间显得尤为突兀。他经常进城参加一些让乡下人讲不清楚的活动，也结交了一些满脑子新鲜词语的朋友。如果我们设置一张年表，并把他放到一九一九年以后的民国背景下去考量，那么他从城里载回乡村的，就不仅仅是一些时尚的词汇，还有五四新文化运动的理念。钱熙勋清瘦的身影在田塍上被夕阳拉得很长，有时来回是快船，如果是秋深，他喜欢站在船头看高阔的苍穹下渐次萧索的两岸景致。而船的艄头总是堆放着一捆书。没有人知道，那些书和种田、居家过日子有什么关系。

钱熙勋还有一个民间组织的头衔：当地“惜字会”的会长。顾名思义，这是一个爱惜文字的同人组织。它的宗旨之一是，大凡有文字的纸张和器物，均不可随便扔弃。就钱墅村一带的“规矩”而言，无论是一张过期的旧报纸，抑或是一张写过字的便条，也要妥善保留，由村上的专人挨家挨户收捡，送到土地庙统一焚化。

即便是目不识丁的文盲，对文字也有一种敬畏。一种潜在的价值观，在这块数百年来相对平静的江南平原上影响着人们的日常生活。

人近中年的时候，钱熙勋居然决意要在村上办一所学校，当然是免费的。他发誓，凡是村上的孩童，无论富贵贫穷，都要读书识字。他的这个近乎乌托邦式的理念在落地开花的过程中，遇到的困难并不是来自家族，而是那些目不识丁的乡亲。很多人以为那太奢侈而不敢接受。虽然大家知道，钱家几代人积德行善，但读书这件事在乡间，等于是上天的云梯。也有人怕念不进书而遭人取笑，这样反而耽误了田地的农活。有一个细节是这样的，钱熙勋找到他家的一户老佃农，问家中十一岁的小孙子为什么不来念书？老佃农说，十一岁了，不能白吃饭了，下地干活顶半头牛呢。熙勋大怒，勒令其所欠多年田租一次交清，除非将孩子送来读书。

最初的学堂设在钱家祠堂里，平素这里大门紧闭，只有逢年过节祭祀祖宗或遇上重大事件的时候，钱家人才会在这里聚首。如今它的大门訇然洞开，并不宽敞的门厅里，挨挨挤挤地端坐着来自钱墅村平时穷富不搭的二十多个孩子。这一刻钱熙勋颇有成就感，家里人发现，即便是在丰收年景的麦场上，他脸上的红晕也未必有今天这么充足。

教书的高先生是钱熙勋以每个月六斗米的价格从城里请来的。高先生个子比较矮，但语音铿锵，给人一种顶天立地的感觉。他朗读课本的洪亮声线，足以穿越钱家祠堂厚厚的墙壁，在广袤田野的上空打旋。钱熙勋欣赏高先生，是因为他善于在同一个时间里教授文化程度不同的学生。也就是说，在同一个屋顶下，他可以根据孩子的年龄与接受能力的差异，给出不同的教学方式和内容。古老的屋檐下演绎着的，是一场有江南乡村特点的非填鸭的复式教育，高先生闻鸡起舞，敬业到几乎咳血，当然是因为钱熙勋要求太高。不过，私下里，钱熙勋额外给的红包还是很厚的。在孩子们琅琅的书声里，钱熙勋的身影几乎无处不在。

如果我们对授课中的钱家祠堂进行某种俯瞰，我们会发现坐在前排的一个女孩，她就是钱熙勋的爱女秀玲。她在课堂上时而安静，时而活跃。高先生起先对她有一点点成见，她比较好动，不是那种特别安静腼腆的女孩，但很快便对她刮目相看，因为这个女孩特别聪明，她可以毫不吃力地站起来回答高先生提出的各种问题。如果说高先生的复式教学就像爬楼梯，那么在秀玲这里，她几乎是以撑竿跳的方式，跃过了高先生设置的所有栏杆。

这让高先生颇为惊奇，他哪里知道，钱熙勋从城里带回的那些书刊，比他教给秀玲的知识要艰深得多，而秀玲偷偷地阅读父亲案头枕边的书籍，在钱家并不是什么秘密。钱熙勋管束孩子很严，唯独读书这件事，他从不加以阻拦。当然，他会把《金瓶梅》、《石头记》和《西厢记》之类的书，悄悄地藏到孩子们够不着的地方。

现在我试图描述一下钱秀玲童年和少年时代的乡村读书生活。

钱秀玲童年

她健壮、敏感、诚实、愉快，特别聪明，而且愿意帮助别人。毫无疑问，钱家祠堂的复式教学于她日后的读书生涯是一种不可忽略的背景。但事实上钱家祠堂那狭小的门厅已经安放不下她那汲取知识的心灵。很快她对高先生的教学便不感兴趣，虽然她不会打瞌睡，也不会扰乱课堂秩序，但高先生多次发现，正当他慷慨激昂地教授一篇新课文的时候，钱秀玲却在偷偷地看一部时髦的小说。有一次高先生让她站起来背诵诸葛亮的《前出师表》，钱秀玲一口气背完，没有落下一个字，然后怯生生地问："先生，《后出师表》要背吗？"高先生一愣，说："这篇课文还没有教，你能背吗？"话音刚落，钱秀玲朗声背道：

先帝深虑汉、贼不两立，王业不偏安，故托臣以讨贼也。以先帝之明，量臣之才，固知臣伐贼，才弱敌强也。然不伐贼，王业亦亡。惟坐而待亡，孰与伐之？是故托臣而弗疑也。臣受命之日，寝不安席，食不甘味。思惟北征。宜先入南。故五月渡泸，深入不毛，并日而食；臣非不自惜也，顾王业不可得偏安于蜀都，故冒危难，以奉先帝之遗意也，而议者谓为非计。今贼适疲于西，又务于东，兵法乘劳，此进趋之时也。谨陈其事如左：

高帝明并日月，谋臣渊深，然涉险被创，危然后安。今陛下未及高帝，谋臣不如良、平，而欲以长策取胜，坐定天下，此臣之未解一也……

高先生惊愕的表情定格在上世纪二十年代中期的一个清朗早晨。他以一个乡村塾师的庄重口吻向钱熙勋建议，如果还想让女公子有更大的出息，应该尽快让她走出钱家祠堂，去城里，当然不是宜兴这样的小城，至少是苏州，对，就是苏州，去深造，给她一个未可限量的前程。

此时有一个人物必须出场了，他就是钱熙勋在古城里的至交吴子政先生。吴家是古城里的第一望族，吴子政也是清末的一位秀才。他与钱熙勋气味相投、过往甚密，已经不是一年两年的事了。吴家当时经营着古城白果巷里超过一半以上的商铺，郊外还有上千亩的田产。他非常欣赏钱熙勋身上那种干净的乡土气和绝不迂腐的书生气。他有个儿子吴崇毅，与熙勋的爱女秀玲年纪相仿，一次酒酣，两人约定要结亲家之好。至于从未见面的儿女双方以后长大是否愿意，则全然不论。因为，父母之命，媒妁之言，自古就是儿女婚姻的全部。小女秀玲在读书上绽露的灵气，成为钱熙勋与吴子政一段时间里经常讨论的话题。以吴子政的观点，秀玲年龄尚小，还是要先到县城的女子中学来读书，然后再去苏州不迟。子政此时隐约流露的私心其实已经让钱熙勋有所觉察，他知道吴子政对这个未来的儿媳非常在乎，在县城读书，等于到了他的家门口。在吴子政看来，女孩子读点书，明事理，也蓄养优雅之气，终是好事一桩，但是，如果去苏州念书，那就不是家门口了，万一节外生枝，事情就难以掌控。对此钱熙勋颇有同感，平心而论，他也不希望秀玲飞得太远。女孩毕竟是女孩。虽然他和吴家的情谊不是单靠儿女亲家来维系的，但是，君子一诺千金，他不希望这件百年好合的美事出现半点差池。

吴子政是县城女中的校董。按规矩，校董有权推荐限定数额的学生免试入学。但钱熙勋执意让秀玲参加竞争颇为激烈的入学考试，结果，他的宝贝女儿以总分第一名的成绩轻松入校。

我们现在无法获得钱秀玲在县城女中读书的任何资料。我们从钱家记载不全的家谱上找到一些信息，以证明这段时期对她可能产生影响的人物有哪些。这其中，最重要的人就是她的堂兄钱卓伦。他比秀玲大二十三岁，虽然是同辈，但年岁上的差异，让秀玲有一种若父若兄的感觉，卓伦哥哥当然没有父亲那样的威严，而是处处呵护他最偏爱的这位小妹。其时钱卓伦的家已然从世居的王婆桥钱墅村，搬到县城北门的书院巷。寄宿女中的钱秀玲，常常在周末去哥哥家打打牙祭，然后她喜欢听正在陆军大学念书的卓伦哥哥讲军校里的奇闻轶事。这个时期钱秀玲心头的偶像已经不是传说中造桥的王婆，而是一位远在天涯的女科学家居里夫人，而她的卓伦堂兄，早年最崇拜的人是古代除三害的周处，这个时候他正迷恋一个叫拿破仑的法国将军。苛严的军校生活让他并不能经常回家，但只要有一点可能，他总是要跟家里人度过非常难得的聚会。其乐融融的屋顶下，少不了秀玲唧唧呱呱的清脆声音。比如，抓阄背唐诗，获胜者可以获得第一枚在围炉里刚烤熟的山芋或者一把白果。秀玲总是得意地嚷嚷，我吃撑了。她还有个嫡亲哥哥卓儒，人称机灵活宝，其时正在县城高中就读，每次聚会，他都会献上一个自编的节目，多半是男扮女装，让大家笑断肚肠。

有一次，卓伦在金陵古城的一家书店里买到了一本刊有居里夫人内容的画报，他把它当作一份生日礼物送给了秀玲妹妹。他当然不会想到，这本画报不但让秀玲妹妹非常着迷，而且还改变了她日后的生活轨迹。有一天，她突然严肃地跟卓伦商量一件事：她想去苏州就读。传说中的江苏省立苏州女子中学，坐落在姑苏古城的新桥巷内，古色古香的学校建筑，完全是那种姑苏气派。据说，那里的气象很新，校服也很漂亮；而且学校的师资，据说聘请的都是全国顶级的先生。卓伦对秀玲的想法非常支持。不过，他盯着秀玲稚气的眼睛说了一句：据说那里的校规特别严，有“十不准”呢，就跟军校差不多，你受得了吗？

秀玲毫不犹豫地回答，不怕！

卓伦笑了。这才是钱家人的秉性。他甚至答应自己出面去熙勋叔叔那里为秀玲游说。一个他特别喜欢做的动作是，用手指一指自己的舌头。卓伦小时候，舌头上生过疮，按乡下郎中的认知，要把舌头割掉。有人叹息，此人绝顶聪明，唯烂舌三寸将断其前途。未料，老天爷特别眷顾这个原本巧舌如簧的少年，上海一家教会医院的洋医生，保下了他的舌头。病愈后的卓伦，发音清晰，口齿伶俐。有一次他跟弟弟妹妹一起时，曾开玩笑说，我这辈子最不能辜负的，就是我的这根舌头。

真不知道卓伦是怎么说动熙勋叔叔的，也就那么一次，钱熙勋就同意了。秀玲的意外在于，父亲突然变得特别开通。他只是责怪她，为什么不自己来跟爹爹说。想来，读书人钱熙勋的一根神经被血气方刚的卓伦侄子触动了，还有一个孩子们不知道的原因是，吴家的公子也出去念书了。钱熙勋不愿意自己的女儿比人家低。

后来秀玲在父亲的案头看到一对卓伦哥哥刚写下的条幅：

几百年人家无非积善

第一等好事只是读书

父亲对卓伦侄子的书法长进颇多赞赏。他虽然进入行伍，却文心依旧，每日临池，从不间断。骨子里，还是个读书人。其书法颇有王右军风范，且带有一分与年龄不相称的老到，又不失其清新面貌。

不过父亲在答应秀玲的同时，还附带着一个条件。他希望女儿跟他去一个地方——城里白果巷的吴家——当然只是去做一回客。说白了，他要让秀玲知道，她早晚都是吴家的人。但是被秀玲果决地婉拒。她的理由是，既然男女授受不亲，那么，我还没到出嫁的年龄呢，凭什么让我去那户人家？

去苏州之前，钱秀玲回了一趟钱墅村。出了古城的东门，走过一座小木桥，穿过一个名叫三里墩的湖边渔村，然后是五里庙，再往东步行数里，就到了那座颤颤巍巍的王婆桥。我们不知道她站在桥上看着河水缓缓向东流去的时候想到了什么，她或许对未来有一些不甚明朗的期待，而古老的钱墅村作为她此时的背景，显得过于宁静，此刻，她并不认为自己将来会彻底离开这里，所有隐约的不切实际的幻想，还只是在她的梦境里出现。匆忙的脚步让她甚至来不及发一些少女的怀想。她的基调是欢快的，虽然偶尔会有一点点莫名的忧郁。

她去拜见了一直给她鼓励的高先生。她突然有些伤感。高先生瘦了很多，持续的咳嗽让他高耸的颧骨泛着一种让人担心的红晕。说话的时候，额头上冒着虚汗。钱家祠堂的复式教育，在免费的前提下，凭父亲的一己之力，高先生还在艰难地支撑着。而父亲不似以往的沉默里，秀玲感到，除了不舍，其实还有一份隐忧。这一步跨出去，后面还连接着什么，又有谁能知道？秀玲与吴家公子的婚约，是他平生承诺的一件大事。而秀玲独立的个性，此时已经露出头角。善良胆小的妈妈，在这个大家庭里很少发出自己的声音，她颇像一条春蚕，只知道无尽地吐丝。私下里，妈妈告诉她，父亲已经几夜睡不着觉了。一种莫名的直觉告诉他，这个女娃的翅膀非比常人，她要飞，谁也拦不住。

“玲，你真的要飞吗？”妈妈搂着她，泪光一闪一闪。

“妈妈，我会回来，孝敬您和爹爹。”

可是，几十年后回忆往事的时候，她这样说道：

离开宜兴女中时，我在最后一篇作文里这样写道，让我像一只小鸟一样高高地飞吧。等我将来回来的时候，但愿世道和我都已经改变。

四

黄浦江，唯君懂我心事

这张老照片，在杰罗姆妹妹塔吉亚娜的纪录片里一闪而过：

是民国十八年六月，大同大学女子篮球队的合影。一群豆蔻年华的女生，穿着民国味儿很浓的运动装，排成整齐的一排，她们定格的鲜嫩容颜穿过大半个世纪，在泛黄的相片里笑得一点也不打折。左边第三个，圆脸，笑不露齿的那个，就是钱秀玲。

她不是去苏州了吗，怎么又在上海？

从时间上推算，民国十八年即一九二九年，钱秀玲应该有十七岁。之前她已经在姑苏城里的那所省立女子中学，用两年的时间读完了三年的课程。跳级，在钱秀玲这里并不是什么新鲜的事，说她属于天生会读书的那种孩子，其实是对她异常勤奋的一种忽视。

月白色的大袖衫，深蓝色短裙，齐耳短发，白力士鞋，胸前一枚蓝底白字的校徽，这是五四以后女学生的时尚标配。修身的裙裾裹住她苗条挺拔的身子，但拢不住她一颗飞翔的心。钱秀玲后来给

钱秀玲在江苏省立苏州女子中学

孙女塔吉亚娜留下的相册里，与苏州有关的照片只有一张，背景是一根高高的大烟囱，以及配套的厂房，她站在以厂房为背景的河岸上，河水是清的。这是工业文明在姑苏古城的一次矗立与逆袭，具体是什么工厂不详。在钱秀玲这样的五四新女性看来，如此高大上的烟囱，等于是科学与文明的一次联袂落地，比起虎丘塔或者拙政园、天平山之类的古迹名胜，更具有时代特征。画面上的她神态自若，发饰时髦，齐眉的刘海是烫过的，上身是一件敞开的黑色皮夹克，穿一条斜纹隐显的裙子，脚蹬一双擦得闪亮的高跟鞋。如果把这张照片与她少年时代在江南小城照相馆的留影相比较，原本的乡土气基本荡然无存，文艺气息驾驭着时尚新潮，在她浑身上下非常协调地流淌。

这张照片有力地支撑着她往后的故事。她品学兼优，数理化成绩特别出众。省苏州女中的学生成绩排行榜上，钱秀玲每一次都领跑在前。关键是，上海离苏州太近了，这个东方国际大都市，每天释放着种种可能与机会，是一切有理想的人值得冒险的乐园。

此时，钱秀玲的哥哥钱卓儒，已在上海交通大学矿冶专业读书。哥哥前行的背影，一直牵动着好学且好强的妹妹的心。而且，秀玲还知道哥哥下一步的计划，报考在欧洲排名前十的比利时鲁汶大学。

遥远的欧洲。此时，在钱秀玲心里，原先那个模糊的偶像已然变得清晰。那就是居里夫人。从卓伦哥哥送给她那本载有居里夫人事迹的画报开始，她就从报端上追踪她的足迹，但凡有她的报道和消息，她都会用剪刀剪下来，专门装订成册。她甚至知道这几年居里夫人发表了哪些论文，又有了什么成果。她暗暗希望自己，尽量离那个偶像近一点，再近一点。

钱熙勋一下子要供养两个孩子在上海读书，经济上颇有压力。上世纪二十年代末，江浙之间军阀混战，天灾加上人祸，乡村连年歉收，各种凋敝显而易见。但是，钱熙勋让有读书禀赋的孩子继续深造的决心没有动摇。他的好友、未来的亲家吴子政，一家出了三个大学生，而且都在国外深造。他是亲眼看见吴子政卖掉城外的多亩良田，供他的小弟吴大羽、侄子吴崇任去法国留学的。而他的儿子吴弘毅，也就是秀玲的“娃娃亲”，已经考上了比利时的鲁汶大学。在当时的江南古城宜兴，一户人家出了三个留学生，实属稀罕。

秀玲想跟哥哥卓儒一起去比利时鲁汶大学读书，最早是卓儒在父亲面前提起的。

这兄妹俩，平时喜欢吵嘴，一遇到大事，却有一份天然的默契。

钱熙勋一时难以做出决定。首先是费用，仅仅读鲁汶大学的预科，一个学生一年的费用就是一千块大洋。这真的很贵。在古城宜兴，一个警察的月薪也就几块大洋，可以养一大家子。钱熙勋支持儿子卓儒出国深造，分明受了吴子政的影响，但是，对秀玲的愿景，他心下还是持有保留，女孩子就是父母的小棉袄，跑那么远干吗，在国内不一样深造吗？况且，秀玲最终是吴家的人。既有心疼，也有隐忧，钱熙勋只能把此事按下不表。

秀玲这边呢，就像轻轻越过栏杆，她毫不费力地考上了大同大学的预科。这是一所颇有名的私立大学，在学界有“北南开、南大同”之盛誉。在黄浦江边眺望那喷吐着浓烟的远洋客轮徐徐靠岸，看着不同肤色的人们走出船舱，她恍惚觉得，那从甲板迎面走来的一位清癯老妇，银发，额头开阔，淡眉下的目光清和，嘴唇的线条特别坚毅，就是她心目中描摹过无数次的居里夫人。

突然感觉，自己离居里夫人近了好多。

常常在江边眺望，安静地梳理自己的内心，而不是流连于那些时尚的店铺，是钱秀玲彼时的一项爱好。她觉得，唯有黄浦江细碎的波纹能听懂她的心事，并与之对话。

她一直关注的居里夫人，这一年已经六十二岁。是年秋天，有一位幸运的中国大学生——清华大学物理系第一届毕业生施士元，被居里夫人接受，进入她的实验室研究锕系元素钋的放射化学性质。钱秀玲从报纸上读到这个消息，心扑通扑通乱跳，感觉那位施学长真的好幸运，同时，她还突发奇想，谢谢您施学长，就算是您替学妹我在夫人那里打了前站吧，我一定会紧随其后的。

这一年，还有一位名叫郑大章的中国学者，直接受到居里夫人的指导。而居里夫人的女儿艾芙·居里来中国访问，写了一篇《战时访问记》，她写到了蒋桂战争爆发，提到了张学良以武力接管中东铁路，然后，西北军将领宋哲元、孙良诚二十七人通电反蒋，开始了蒋介石与冯部西北军之战。她也写到了中国社会因战乱而发生的动荡等等。

文章最后，艾芙·居里谈到居里夫人很尊重并关切中国学生。

虽然只有短短的几句话，却被秀玲画了几道红杠。

她的视野里只要有居里夫人的一点点信息，都不会放过。

比如，一位在巴黎大学听过居里夫人讲课的中国翻译家王维克回国以后，曾经这样评价过她：

> 她讲课的声音像河水一样平静，有一种远处飘来的管风琴般的乐感。她的表述是那么严谨而不拘泥，明快而不板滞。观点权威而不强加于人，她能把枯燥的物理化学公式，带入一种奇妙的近乎童话的境界。

在钱秀玲“居里夫人珍藏”的剪贴本里，这些内容的增加，与她对远在欧洲的居里夫人的向往构成了绝对的正比。一个有梦想有目标的女孩，她的每一天，都在为自己能够圆梦而努力。

与中学时期相比，她的性格热烈而奔放，喜欢运动，打篮球是首选。尽管她个子不是很高，但奔跑的速度飞快，弹跳力也很厉害，被大家称为“索菲娅前卫”。凡是带有竞赛性的项目她都乐意参与，心理素质特别稳定，数理化成绩非常突出，英语的书写和口语也都很棒，老师和同学都对她刮目相看。

有一天秀玲收到父亲的一封家书，嘱她在这个周末一定回家一次。她把信给卓儒哥哥看了，卓儒扮个鬼脸说，多半是想让你见一个人，你应该知道那个人是谁。秀玲想了想，神情有些发窘，说，我知道了。可是，时代不一样了，自己的命运难道不能自己做主吗？

这话由她不假思索地说出来，把卓儒吓了一跳。

钱秀玲没有按照父亲的要求在周末回到她在王婆桥的老家，但她还是婉转地给父亲写了一封回信，在信中她只是表明学校最近要期末考试，学业重，实在走不开。同时，她第一次在信中告诉父亲，她的理想是做居里夫人那样的科学家，她想跟卓儒哥哥一起去比利时读鲁汶大学。

没有在那个既定的周末等到宝贝女儿回家的钱熙勋有一种不意外的失望。这个平常的周末，吴子政带着公子吴弘毅到王婆桥的钱家来做客，本来应该有戏。已经成为比利时鲁汶大学学生的吴弘毅，是在寒假期间回来探亲的。钱熙勋眼中的吴公子，虽然容貌不是特别英俊，但还是有一种温文尔雅、知书达理的气质。他看上去性格有点内向，话不多，甚至有点口拙，一看就是那种一心读书钻研学问的人。

钱熙勋只见过吴家公子小时候的样子。他对这位未来的女婿还是满意的，人很忠厚，礼貌周全，似乎少了一点乃父的机锋。

席间，钱熙勋谈到卓儒和秀玲都想去比利时鲁汶大学读书，吴子政听了大加赞赏。他尤其支持秀玲的想法，如果真能考上鲁汶大学，弘毅就可以跟她天天在一起了，彼此也好有个照顾。借着浓重的酒意，他甚至提出，钱秀玲出国留学的费用，可以由吴家来出。“这样我们吴家一门就是四个留学生了！”

钱熙勋当然婉拒了。

子政兄自然流露出的某种强势并无恶意。但一个乡村书生的独立人格，让钱熙勋绝不会接受别人——哪怕是好朋友的半点施舍。虽然在约定俗成的意义上秀玲是吴家未来的儿媳，但目前还是钱家未出阁的闺女。你殷实的吴家都在变卖田产供孩子读书，我钱某人为什么不能效而仿之？

有一点他非常清楚，要促成秀玲跟吴家公子的这份婚约，当下最好的办法就是同意秀玲去比利时读书。

过去所有不同意的念头都必须打消。任何影响秀玲出国念书的理由，都会成为让两个孩子发展感情的障碍。吴子政到时会说，你既不肯出钱让女儿跟我儿子待在一个学校培养感情，又不愿意让我出资来玉成此事，你到底是何居心啊？

亲家变冤家，这样的事情不要太多。

卖地。他决定了。

按理，守住祖宗留下的每一寸土地，是任何一个贤良子孙必须恪守的本分，唯独为了读书，哪怕拆屋卖地，亦当在所不惜，任何一个朝代的主流社会都不会指责这样的举动，相反它会成为一种励志的民间案例而被广为流传。钱熙勋坚信，即便是冥冥之中威严且神圣的列祖列宗，也一定会默然赞许。

由此，他态度明朗。不但同意，甚至鼓励秀玲去那个遥远的国度，而且一定要报考鲁汶大学——在钱熙勋致女儿的家书中，他还用一种漫不经心的曲笔，“无意”提到了吴家公子也在鲁汶大学读书的事，他称赞那个男孩读书非常聪明，并要求秀玲以后要向他多请教，云云。

这封信钱秀玲仔细研读了好几遍。终于读出了一点意思。“吴家公子”这个词，近些年来在父亲口中提到的次数越来越多，其实就是在提醒她，别忘了那是她未来的夫君。对于接受新式教育的钱秀玲来说，她一直把那件事当成一个传说。而且，随着年龄的增长，那个传说越来越模糊。她甚至没有去描摹过，那是一个什么样的男子，个子有多高，人长得好看吗？是的，即便是到了怀春年龄的女子，她假想中的如意郎君，一定是与她的认知和审美达到高度和谐的那个“人”，而不是父亲指定的“转世灵童”。

她当然不知道，吴子政和父亲钱熙勋在乡下老家用自酿的“缸面清”米酒碰杯时，对她和吴家公子未来在鲁汶大学举案齐眉，卿卿我我，然后洞房花烛，生儿育女的美好愿景，是多么地陶醉。很久以来，衣食不愁和埋头读书的单纯生活限制了她对父亲的想象，那一颗日益老去但依然波澜万丈的慈父之心，到底在想些什么，她都无从知道。

秀玲的上海求学生涯并不很长。因为她打定主意要报考比利时鲁汶大学，英语和法语是她这段时间里用力最多的功课。虽然她还在课余打篮球，还在学校剧社排演的莎剧《第十二夜》里客串了一个小角色，但她脑子里铺天盖地的还是那些英语和法语的单词。

有一件事不可忽略，那就是堂兄钱卓伦来上海公干，抽空请她和卓儒在城隍庙附近一家不起眼的小酒馆吃了一顿饭。

全家人都没想到，卓伦哥哥发达会那么快。这位陆军大学毕业的优等生，从排长连长营长干起，一路升迁，颇得上峰器重。在北伐战争中身经百战屡建战功，年纪轻轻就被选拔到陆海空总司令部，担任参谋处副处长，扛上了少将肩章。据说他很受统帅器重，是最高司令部的得力幕僚之一。其参谋作业尤其出色，被“总司令”称为“活字典”。

钱卓伦来上海公干，接待方当然非常重视，场面不小的接风，都在游戏规则以内；下榻在上海最豪华的酒店，也是年轻少将应有的待遇。不过，有一天他婉谢一切活动，换上便衣，坐黄包车，悄没声息地消失在豫园的一条横马路上。那是一家绍兴酒店，喷香的黄酒，霉干菜红烧肉肥而不腻，还有煎得很透却依然鲜嫩的大黄鱼，以及最后上来的鸡汤小馄饨，都是秀玲和卓儒最爱吃的菜肴。

看着堂弟堂妹狼吞虎咽，卓伦大哥笑得很开心。他和卓儒、秀玲在一起时，内心有一种真正的放松。他喜欢听他们高谈阔论，自己则说话不多，从来不曾炫耀，或者居高临下地给他们灌输大道理。心情放松的时候他爱喝点酒，那种微醺，于他是最美妙的境界。在这个美好的夜晚他们之间热烈讨论了一些什么，几十年后他们都不记得了，但临别的时候，卓伦分别给秀玲和卓儒送了一张自己用毛笔签名的戎装照片，照片一直陪伴着他们之后的海外生涯。卓伦大哥在照片上展现着一个与年龄不相称的淡定笑容，细细品味，还有一种不怒自威的气度。分别的时候他特意关照秀玲，任何时候，遇到任何困难，都要记得有卓伦大哥在。

这一年的十一月，秋雾弥漫的一日，钱秀玲和哥哥钱卓儒登上了开往法国马赛的“狮身人面号”邮轮。法国离比利时非常近，他们选择的是一条当时最佳的航行路线。

邮轮离岸的时候，钱秀玲并无伤感。她知道自己生命新的一页已经打开，所有的感觉都是崭新的。一群掠过水面的江鸥聒噪着突然凌空，周旋的弧线渐渐消失在薄雾弥漫的秋空。她流泪了。心灵的手指，触摸到了一个终生无法忘怀的场景。

那是离家的前夜，一个陌生人突然造访她家。父亲对于客人的到来似乎并不奇怪，但他们的谈话并没有在平时待客的客堂，而是安排在父亲轻易不让外人进去的小书房。秀玲的闺房就在隔壁，出于一种莫名的好奇，她走到了虚掩着的书房门口。灯影摇曳，有一

钱秀玲与钱卓儒一起去比利时留学时合影

种恍惚的感觉。她在那里站了一会儿，就什么都明白了。

父亲卖了一百亩地。

是家里紧靠太湖边最肥的夜潮地。所谓夜潮地，就是夜里太湖涨潮的时候，水汽弥漫上来，把田地伺候得湿湿润润、松松软软，白天太阳一晒，地就又干了，如此日夜轮回，把那土地滋润得妥妥帖帖的，这种地里长的萝卜，又甜又脆；若是种百合，更是又糯又软，各式蔬菜那也是翠得油旺，又肥又美。

那块地是父亲的心头肉，常常在他嘴边挂着。

父亲的一句话像重槌一样击打着她的心。“若不是为了孩子要出国念书，杀我的头也不会卖那块地。”

父亲跟客人似乎一直在为了价格问题而小声地争执。末了，那个客人撂了一句话：“地，其实不是鄙人买的。在下也是受人之托。这个价格已是底线，如果钱公实在不想出手，在下只好告辞了。”

秀玲发现父亲的脸抽搐了一下。光线昏暗，父亲的脸庞在那一刻显得晦暗而模糊。

眼泪，无论如何也止不住地往下淌。这天晚上她失眠了。她亲爱的爹娘为了支持她念书，竟是这样的付出。

第二天，她到父亲的书房里请安。说，爹爹，将来我会孝顺您的。

父亲笑了。宽容，慈爱。阳光从古铜色雕花木窗里照射进来，温暖的光色把这个笑容定格如绸缎般光亮而柔软，足以让她记住一辈子。

本来她以为，这样的时刻父亲一定会提起“吴家公子”，甚至会以这门既定的亲事作为她去比利时读书的条件。

但是，父亲居然只字未提。不过，这并没有让她一颗悬着的心放下来。她知道父亲把“信用”看得比生命还重，那个“娃娃亲”，始终是父亲的一块心病。

果然，后来卓儒哥哥告诉她，临行前父亲是这样叮嘱他的，要创造机会，让秀玲和吴家公子多接触，让他们早日花好月圆。

离家的那一日，父亲故意进城办事去了。他甚至连一句叮嘱的话也没有说。或许他太清楚，他的孩子什么都明白，无须他唠叨什么。当然，最重要的是，他不愿意让孩子看到他内心的脆弱——一个坚硬其外、柔软其内的父亲，如果真的让他看着自己的一对儿女从眼皮底下走向遥远的天涯，他不能保证自己在那一刻不会涕泪横流。

母亲的哭声是纺车一样的嘤嘤嗡嗡。她撂给秀玲的一句话是：“你要真孝敬你爹娘，就跟吴家公子好。”

她内心受到的震动之大，连她自己都不敢相信。她终于知道，父母这一辈人，是把信用和承诺托举在生命之上的。

她答应母亲，去了比利时再说，那个人连一面都未见，怎么谈终身大事？她还答应自己会尽力而为，好像她承诺的是去帮别人做一件难办的事。她当然也听到了自己内心的声音：我总不能对着一张白纸许诺吧，亲爱的爹娘。

时光如同潮水，波浪滔天的那一瞬间，再大的峰谷也终将化为水汽弥散而去。

甲板上站满了人。旅客们还在对着远去的岸挥手。有人在抹泪，也有人在欢呼雀跃。视线里渐渐模糊而远去的外滩钟楼，成为她向着远洋而去的深刻背景。

五

失忆的莫瑞斯，幸好还有巴斯塔护士

请告知祖母家乡的那位徐先生，我给他找到了祖母当年拯救人质的唯一幸存者，他已经一百零三岁。徐先生应该尽快来，愿上帝保佑他！

这是杰罗姆和太太回到比利时后的第三天，发给他在上海亲戚的一封电子邮件。

海伦宾馆的那次餐叙，让杰罗姆对我建立了初步的信任。原计划他和太太应该回到美国芝加哥，谢天谢地的是，他在上海期间获得了其家族成员发来的讯息，作为钱秀玲的长孙，有一些家族遗产问题急需他的意见，他必须马上返回比利时。机会的成全，有时需要一些看起来完全不搭的事情的呼应。一个从天而降的好消息无可阻挡地来到我的面前，我得用全身的力气攥住它。用“欣喜若狂”来形容我当时的心情，其实是不够确切的。伴之而来的，竟然是无边无际的焦虑，因为得到信息的头天晚上，我竟然梦见那个一百零三岁的幸存者突然因故去世。醒来的时候，心还怦怦乱跳，耳边好像还回荡着某个教堂为老莫先生做祷告的声音。

老莫先生，请允许我暂先这样称呼您。您一定要等我。必须等！是的，某一刻我突然信心十足。我分明听到了一个苍老声音的隔空承诺。并且我感知到冥冥之中有一位老人在不动声色地操持此事。她让孙子杰罗姆赶紧去寻找那个唯一幸存者老莫，要他耐心地等候。她知道有那么一位家乡的后辈，一心虔虔要来比利时寻访。

二〇一八年十月十一日，晴天。一对中国夫妇悄悄走进离比利时首都布鲁塞尔不到七十公里的艾克兴小城——我和我的太太扛着两台摄像机，为的是记录更多的珍贵资料。穿过寂静的街道，我们来到艾克兴火车站，按照与杰罗姆的约定，我们将在这里见面。上午九点，杰罗姆搭乘的火车进站。站在我们旁边的一位身材高大的老人，银发，脸色红润。他的目光紧盯着前方下车的人群。当扛着沉重的摄像器材的杰罗姆走下车厢时，他快步上前，脸上绽出一个优雅的兴高采烈的笑容，伸出双手与杰罗姆拥抱。

很多历史瞬间的呈现是没有预兆的。这位仪态优雅的老人名叫雷蒙·穆克，在杰罗姆的介绍下，他友好地向我们点头致意，然后开车把我们带到一个市郊的养老院。一路上杰罗姆告诉我，雷蒙先生的女儿是他中学时代的同学，彼此一直保持着联系。有一次在网上聊天，他向她说起关于当年奶奶钱秀玲拯救人质的事，那位女同学随口说道，好像她父亲说过，在艾克兴的一家养老院里，有一个当年被钱奶奶拯救的人质还活着。第一时间里杰罗姆简直不敢相信。于是那位女同学回去向她父亲求证，然后马上给杰罗姆发了一个邮件：确确实实，还有一位当年被拯救人质活着，今年已经一百零三岁。上帝似乎特别青睐他。

可以想象，杰罗姆在消息被证实的第一时间是何等激动。他告诉我，作为一名摄影家，他恨不得连夜赶到艾克兴，立刻把那位一百零三岁的幸存者拍摄下来。

好奇的是，雷蒙先生怎么会知道有一位一百零三岁的当年被拯救的人质还活着的呢？

杰罗姆说，因为他在当地是从事墓葬生意的，大凡艾克兴小城里的老人去世，有关殡葬方面的事情，包括在教堂主持葬礼，以及墓地的选择、下葬时的相关程序礼仪等等，大都是由雷蒙先生来操办。

“所以，他总是会熟悉养老院的人。”

杰罗姆说这句话的时候，笑得很憨厚，那眼神里有一种突然非常熟悉的意蕴，那是接通他奶奶的一种神采，是的，在钱秀玲照片里，那种洋溢在眉宇之间的亲善，与之非常相像，让我倍感亲切。

其实，雷蒙先生还有一个更重要的身份，但是杰罗姆没有讲。

走进养老院的那一瞬间，我的心有些狂跳。这是一个非常安静的处所，安静到空气几乎凝固。一些老人散坐在椅子上，他们之间的轻声交谈，几乎不构成声线的流动。偶尔有穿白大褂的护士走过，那种软底鞋仿佛踩在云端里，没有一点声音。有的老人端坐在轮椅上，很长时间一动不动，看上去像一尊冷峻的雕塑，直到我走近他时，他突然扬起一只手跟我友好地招呼，把我吓了一跳。

二楼深处的一间狭小而干净的居室，一位看上去有着健康肤色的眼神挺亮的秃顶老人，坐在一张简易的沙发里，漠然地看着我们向他走来。

雷蒙先生显然是这里的常客。他俯下身子，以一种轻松的口吻向老人问安。杰罗姆正在快速打开他的摄影设备。一位身材发胖的中年女护士走了进来，她叫巴斯塔，说话的声音脆响，一副快人快语的样子。通过翻译，我从雷蒙与她的交谈中得知，沙发上这位一百零三岁的老人名叫莫瑞斯，在艾克兴市当过近二十年市长。据说他当市长时从来不坐汽车，甚至去布鲁塞尔开会，也是坚持步行，简直不可思议。这大约就是他长寿的原因之一吧。在一份钱秀玲当年拯救人质的名单上，他或许是并不起眼的一个，但他顽强而奇迹般地活到了今天，成为那份长长的名单上唯一的幸存者。

这是一个值得记叙的历史时刻。杰罗姆的镜头盖已经打开。巴斯塔护士机关枪一样的语速让我感到，她对从万里以外赶来的中国客人的造访，有一种好奇的兴奋。然后她俯在莫瑞斯老人耳边大声说着钱秀玲的名字，而莫瑞斯老人脸上却没有我们期待的那种惊讶

钱秀玲的孙子杰罗姆与一百零三岁的莫瑞斯老人合影

或激动的表情，他只是友善地朝我们微笑，平静地接受我赠送的紫砂壶礼品，还顺从地穿上西装，坐在杰罗姆临时搭起的灯光罩前，让他反复地拍照。但是，跟他说起钱秀玲的名字，他的表情没有太大反应。他的嘴角似乎在轻微地嚅动，但发出的声音极小。巴斯塔有点着急，反复跟他大声耳语。然后，莫瑞斯好像在竭力回忆什么，或许往事像一只飞得太高的风筝，莫瑞斯老人没有足够的力量把它从天上拽回人间。显然这于他是一个力不从心的时刻，一种近似重创般的遗憾，在难耐的沉默中化为不祥的预感。时间在分分秒秒过去，空气似乎有些凝固。莫瑞斯抱歉地向我们摇头，并垂下了他硕大的头颅。

巴斯塔护士熟练地给他量了血压，安慰了他几句，然后对我们说，今天他状态不太好，显然他是把那些往事给遗忘了。他这把年纪，遗忘是经常的，但他生命力非常顽强，说不定明天又能想起那些事情来。

短短的几分钟我的额头一直在冒汗。明眼人一瞥就会洞穿我那看似波澜不惊，实际却如潮汐般大起大落的内心。一个彬彬有礼的僵局出现了。莫瑞斯老人看上去有些疲倦，一个确定的结论是，他暂时无法回答有关钱秀玲的任何一个问题。

或许，一个反复在他耳边响起的名字，让他想到了一个熟悉的陌生人，他似乎知道她是谁，但看不清她的面庞，就像他试图打开一个上了锁的匣子，那把生了太多锈的铁锁，他怎么也无法打开。

生命是个太长的旅程，有些崩塌的驿站早已面目全非。一辆老掉牙的挖掘机在记忆的废墟上拼命地挖掘，飞扬的尘土却在告诉他所有的努力都是徒劳。此刻他需要安静和休息。记忆的幻影和啸叫如同天边的滚雷，把他带入一种疲惫的泥沼。

“他累了，让他安静一会儿。”

虽然巴斯塔护士面带笑容的话语里，还给我们留有一线希望，那就是，但愿莫瑞斯在他状态好的时候，能够打通并激活那些太遥远的往事。但是，谁也说不准奇迹会在何时降临。

一股凉意，从脊背上升起。好运气这么快就突然消失，有点始料不及。

不过杰罗姆还是沉得住气的。他说他有一种直觉，莫瑞斯老人已经站在记忆之门的门槛上了，他相信，冥冥之中的一种力量，一定会让他跨过它，并且开口说话。

雷蒙先生关切地问我，还有什么需要他的帮助。

我赶紧从衣兜里拿出一张照片，问，如何才能找到这位让·杜特里约先生？

雷蒙先生接过照片一看，遗憾地叹口气，用手在胸口比画了一下，然后伸出三个手指：

“三年前他就患心脏病去世了。”

我的心一沉。

这位让·杜特里约先生，是艾克兴市的老市长。他父亲，也是当年被钱秀玲拯救的人质之一。二〇〇一年的时候，他曾经专门到访中国宜兴，在钱秀玲的家乡结识了很多朋友。宜兴人印象里的让·杜特里约先生，善饮而豪放，且幽默达观。

只要提起钱秀玲，有一句话他是必讲无漏的：

没有钱妈妈，就没有我的今天。

此公情商极高。在他的建议下，艾克兴还和宜兴结为友好城市。当时宜兴也派出一个政府代表团到访艾克兴，他和太太还设家宴招待宜兴客人。

临行前，我的朋友储先生，当年他曾作为宜兴市政府秘书，随代表团在让·杜特里约先生家做客。他叮嘱我，一定要找到这位热心的老人。

出师不利。紧接着是四顾茫然的感觉。

这天晚上，与杰罗姆一起吃饭。席间杰罗姆很兴奋地说，在他的摄影生涯里，能为一位他奶奶所拯救的一百零三岁的幸存者摄影，比他获得一个国际大奖还高兴。他还说，有时创作的灵感需要一个不经意的由头。一对中国夫妇的突然出现，其实是生活给他的一个暗示。他接住它的时候，一扇门就向他打开了，这个意义远远大于一次圆满收官的摄影创作。他感慨地说，人的生活多半是只朝前看的，很少有人回过头来。摄影的魅力就是留住人生不能忘怀的瞬间。然后，他问我，作家的文字是不是也一样呢？

我非常赞同。杰罗姆有理由得意。作为一个摄影家，他拍到了满意的图像。适当的光影帮助他诠释并营造了一种历史氛围，莫瑞斯硕大的头影、布满沧桑感的脸庞、略带茫然的眼神，都在诉说着一位活得太久的世纪老人的心态；人们无限的想象，可以由此展开。而文学的表达方式则需要莫瑞斯开口，需要他用声音传递心情。哪怕他唠唠叨叨，词不达意，那也比沉默强很多。虽然历史早就确定他是被钱秀玲拯救的人质，但那只是他的一个身份，作为一个文学形象，最好他能用话语带领我们重返历史现场。

健谈的杰罗姆敏锐地发现了我正在竭力掩饰着一份莫大的沮丧，便安慰我说，要相信上帝的力量，他不会让一个心怀虔诚的人失望的。

席间杰罗姆接了一个电话，是雷蒙打来的。杰罗姆放下电话后叹了一口气，并在胸前画了一个十字。说，就在今天下午，养老院又有一位九十五岁的老人去世了。

这个电话传递给我的，是一份深深的忧虑。

杰罗姆给出的建议是，与其在艾克兴无谓地坐等，不如先去其他地方看看，比如鲁汶大学，那是他奶奶一生中非常重要的一个地方。

那里有您的熟人吗？我问。

他耸耸肩，然后笑着摇头。说，上帝会帮助你。

这顿晚餐，我们选了一家中国餐馆。为了表示对杰罗姆的感谢，我们点了一桌子菜，杰罗姆并没有客气。但他吃得不多，一直在为我们夹菜。似乎，这并不是外国人表达友好的方式。中途他悄悄地出去了一趟，我们以为他是上洗手间，未料，他竟然很“中国”地埋单了。

或许，这在西方社会的社交中是很少见的。因为说好了是我们请客。这可不是钱的问题。杰罗姆很“中国爷们”的做法，显然深受其奶奶的影响。这一点他并不回避，且引以为豪。他说，他五岁就会使用中国筷子，小学四年级就带同学去奶奶的餐馆吃饭，奶奶教他的，都是中国人的礼仪和规矩。

这顿晚餐的重要意义在于，杰罗姆给我们重新设计了一条路径，那就是去鲁汶大学试试运气。艾克兴这边，由于让·杜特里约先生的去世，原先寄托在他身上的希望全部落空。而耗在这里消极等待莫瑞斯老人开口，也变得不太现实。去鲁汶大学寻觅钱秀玲的踪迹，或许能找到新的可能。翻译蓬飞先生是中国沈阳人，他理解我们的苦衷。显然他对鲁汶大学很熟悉，他提了一个很实际的问题把我给蒙住了，鲁汶大学本身，就涵盖着一座古城，它的三十多个学院分布在城市的每一个区域。

“一点线索都没有，您怎么去寻找钱秀玲的踪迹呢？”

如此鲁莽地前往鲁汶大学城，或许将成为我们比利时之行的又一败笔？但是，我坚信路是人走出来的，只有你去过了，才知道那里到底是怎么回事。即便是尝试失败的滋味，总比什么滋味都没有强。

与杰罗姆道别的时候到了。他将很快返回美国芝加哥。他告诉我，雷蒙那边，会跟护士巴斯塔保持着联系，一旦莫瑞斯记忆的闸门被打开，她会第一时间通知雷蒙的。然后，细心的杰罗姆跟翻译蓬飞要了一个电话号码，不用手机的他，将及时用邮件的方式把电话号码发给雷蒙。

也就是说，如果有一天蓬飞的手机上突然出现雷蒙的电话号码，那么奇迹就发生了。

不能不钦佩杰罗姆的办事妥帖。临别时，他伸出双手与我拥抱，并且问我还需要他做些什么。

看着他离去的背影，我有一种陷入孤单的感觉。

六

鲁汶大学：钱秀玲在一间教室里等我

圣彼得大教堂的钟声浑厚且悠长，侧耳聆听，内心便会泛起宁静的哲思般的涟漪。从路边法桐上飘然落下的树叶，悄无声息地摇曳，当是与它搭配默契的余韵吧。仿古版的马车在干净的巷子里缓缓而行，清脆的马蹄在包浆毕现的鹅卵石道路上敲打着细碎绵密的节点，让人想起中世纪日落时分的某个场景。一群肥硕的灰鸽子从红瓦尖顶的楼群上凌空飞起，在深邃的天际划过落寞的弧线。这是典型的比利时秋冬的一个悠闲下午。沿街边的小桌鳞次栉比地排开，热气腾腾的下午茶或咖啡正让享受它的人们绽放出舒适的容颜。那些茶客们额头上的光泽，与鹅卵石地面的包浆居然很搭。即便不给我一个俯瞰古城全貌的机会，我也可以在一条曲里拐弯的街巷里，感知它的优雅而悠长的脉息。

但是，在鲁汶古城的大街小巷里快走，一份盲目的自信便会渐渐被陌生的茫然的感觉稀释。每一条街巷的每一座高房子，都是鲁汶大学的所在。古老的巷子里冷不丁冒出一群刚下课的大学生，自行车在他们的胯下仿佛变成了释放激情的利器，这些幸运的天之骄子成群结队潮水般汹涌而来，扑面的青春气流荡涤着因古老而显得沧桑的建筑，留下一路浓烈的荷尔蒙气息。拐进一条安静的马路，不经意地又与一座灰扑扑的庄严巍峨的学院相遇，高高的墙上没有什么装饰，只有一行不大却非常清晰的阿拉伯数字映入眼帘：1425。这应该是六百年前某位艺匠的手笔。仰望它，便会感受到一种拙朴幽深的年轮味道。它的中文名字很长：荷语鲁汶天主教大学。一四二五年是教会禧年，罗马教皇马丁五世于十二月九日诏令建立鲁汶天主教大学。它初创时期的教授大都来自巴黎大学、科隆大学和维也纳大学。十六世纪的大人文学者伊拉斯谟在鲁汶大学执教，并于一五一七年创建了三语言学院研究希伯来文、拉丁文与希腊文，使鲁汶大学成为当时欧洲人文主义研究的中心。

在中国人的理念里，气场永远是第一位的。什么人在这里讲过课，建立过什么学说，他的气场就留下来了。他使用过的笔，触摸过的讲台，甚至喝过的水杯，都会散发特定的意味。气场的续接，当然要靠他衣钵的传承者们。用古老的鹅毛笔，在羊皮纸上书写的鲁汶大学历史，自然会带有被时光浸润的质感。知道吗，富有创新精神的艾德里安也曾是这里的教授；哲学家利普修斯曾经在此执教多年；鲁汶大学的科学传统源于数学家弗里西斯，他在这里培养了很多科学家，如地图学者墨卡托，他所创建的绘制地图的方法，今天的人们仍在使用；植物学家多多恩斯和现代解剖学之父维萨留斯，也曾在这里学习或执教。今天的人们对于他们当年留下的故事已然语焉不详，被传承的理念和公式也不带常温，时间的魔法师喜欢给温暖的人间留下一些冷冰冰的雕塑，底座上貌似庄重的文字，无非在刻板地记录着逝者的生平与成就。唯有在他们被岁月剥蚀的额头和嘴角，我们还能展开有限的想象，去揣度一个藏在历史深处的谜语。

钱秀玲女士，她当年在哪一所学院里就读呢？资料仅仅表明她当年考取的是这里的化学系。那么，当年的化学系又在哪里？在偌大的鲁汶大学城里走了一圈，越来越茫然的感觉就像坏天气一样影响人的心情。我们真的不知道去哪里寻找钱秀玲的足迹。一次次贸然走进那些神秘而安静的学院，那种清朗宁静的氛围里，分明有着排斥陌生人的气息。翻译蓬飞先生出了一个主意，去鲁汶大学的总部碰碰运气。

其实我们连鲁汶大学的总部在哪里也不知道。翻译蓬飞的额头在冒汗，他在不断朝路人打听；然后带我们徒步穿越几个街区，来到一处看上去并不巍峨的古老建筑面前。

“这里没有传统意义上的学校围墙。有门的地方您可以随意进去，不会遭到任何人的盘查。在这里，自由的概念如同新鲜空气一样真实。但是，不能拍照、摄影。”这些冷冰冰的规矩，从学校问询处一位有点发福的年轻女子带笑的嘴里说出来，让扛着摄像器材的我们，有一种束手被擒的感觉。

长长的走廊两边，是一扇扇紧闭的门。偶尔有人从门里走出来，几乎没有走路的声音，然后，门在身后轻轻地关上，依然没有声音。走廊的尽头，是华丽的镶嵌着暗金图案的转盘楼梯，上到二楼，是一个类似礼堂的空旷所在，暗红色的座椅从眼前荡漾开去，如同一个被切开的石榴所化开的湖泊。讲台的陈设庄严肃穆，一排真皮大背椅前面，矗立着一张鹤立鸡群的包浆幽亮的演讲桌，它的四周镂雕着精美的花边，有一种舒展雍容的雅致。

这一切，跟钱秀玲有关系吗？

此时此刻，我只能用冥想来完成对眼前景物的历史演绎。根据资料显示，少女钱秀玲的开学典礼是在这个礼堂里进行的。那一天，她会穿一身蓝底白玉兰花的旗袍、绛红色的开衫，带着一本厚厚的笔记本，坐在她的同学们当中。作为鲁汶大学一名预科学生，她以一口流利的法语，顺利通过了最初的口试与笔试。熟悉她的人都知道，这个平时不太声张但活跃起来谁也招架不住的东方少女，在读书考试上有着天性般的优势。只要你跟她在一个教室上课，你就无法忽略她的存在。她从来不是那种等待老师提问的学生，而是总是伺机向老师发问的学生，也不是她刻意当众显摆，而是她的思路快，紧随着老师的脚步，有时甚至跑得比老师还快。靠窗坐的她，小脸红红的，一堂课下来，她的鼻尖还冒汗，仿佛刚刚跑完了五千米。

人们看到的是一张老是笑盈盈的东方女性的圆脸，如果您仔细打量，您还能观察到她的两个嘴角上边，有两个小小的梨窝。她似乎总是快乐的，好像从来不曾有烦恼的事情来找她。其实并非如此，人们不太注意到她的课外时间，她的难言之隐在这样的时刻会被放大，其实也没什么，就是一个她不喜欢的中国男孩——不说您也知道——她的“娃娃亲”，大名吴弘毅先生。不喜欢本身，就像一味苦药，即便它是有益的，也下不了口，何况要终身服用，那还不如让人去死。在这里，不演绎一下钱秀玲跟吴弘毅第一次见面的场景是说不过去的。她跟卓儒哥哥到达法国马赛的那天，吴弘毅就已经在码头迎接他们了，也不知道他是怎么获得他们的轮船班次信息的。由于他们的轮船在中途遇到了台风，所以在太平洋上颠簸的时间比往常多了两天。她走下甲板，在拥挤的人群里差点跟哥哥走散，不过，她很快就看到哥哥被一个黑黑的高个子拽住了，那个人手里高高举着一块小木牌，上面用加粗的中文写着：迎候钱秀玲小姐、钱卓儒先生。钱秀玲第一眼看到那块木牌，心里升起一阵温暖。那可比他乡遇故知的分量要重很多。不过，她的视线落到了举着木牌的黑黑的年轻男子脸上，心里突然划过一道淡淡的然而却是锐利的口子。她知道他是谁。因为原本就不存在希望，所以也不存在失望，但是，当她再看他第二眼的时候，一种本能的拒绝感流向了她的全身。也就是这一瞬间，一切都决定了。

黑黑的长脸，说话的时候，露出一口大而白的牙齿，显得有点憨，不太像个灵活的江南男孩。人是极诚恳，厚厚的嘴唇老是在嚅动，有点词不达意的样子，也许是紧张的因素吧，一双有点发呆的眼睛，一直不敢看她。

她以晕船为由，谢绝了吴弘毅的接风。她也知道，吴先生为了接她和哥哥，在轮船码头度过了两天一夜。无论如何他是挚诚的，在一起吃一顿饭又能怎样呢，她努力说服着自己，但是，话到了嘴里，说出来依然是婉拒。她看到了对方眼睛里迅速掠过的失望，这正是她所期待的。卓儒哥哥显然是看不过去，他把她拉到一边，小声而坚决地提醒她：怎么能这样啊，这不是我们钱家人的风格，今天你必须听我的。

她勉勉强强地跟着他们上了一辆马车。马车的斗篷古老，有着厚厚的金丝绒的质感，扶手上的包铜，有着极亮的光泽。马蹄踏在街石上发出的清脆声响，让她想起艾米莉·勃朗特小说《呼啸山庄》里的某个情节。

上车的时候，卓儒哥哥故意磨磨蹭蹭，他是想让秀玲能跟吴弘毅坐在一起，而他自己则另坐一辆紧随其后。出于礼貌，钱秀玲默然听从。当吴弘毅拘束地坐到她身边来的时候，她闻到了一股淡淡的男子香水的味道，这让她很不自在。也不知道是牵动了她的哪一根神经，胃里突然一阵翻江倒海，那种欲吐不能的感觉让她非常难受。而一旁的吴弘毅有点束手无策，他茫然无助的神态让钱秀玲觉得有点滑稽。是个好人，但不是一个合适我的人。这个无可更改的结论，在钱秀玲刚踏上异国土地的第一时间里，便是板上钉钉的了。

马车的驭手是一位翘着花白的八角胡子、戴黑色礼帽的长者，他甩起鞭子的时候，嘴里一直朝她献着殷勤，他的法语里夹杂着荷兰语，听得费劲的钱秀玲便把目光移向一旁的吴弘毅。一直在发愣的他，终于有了一个为钱秀玲翻译的机会，他和驭手交谈的时候，一口流利的法语发音准确，只是声音有点发干，他偷看她的时候，目光始终是拘谨的。马车带他们穿过高大古老的市政厅广场，走过大教堂，来到一条熙熙攘攘的啤酒街。她闻到的是一股发酵过度的小麦味道。这让她回想起王婆桥畔那一望无垠的金色田野，那风中的麦香以无可抵挡的魅力，醉倒着每一个在田野上耕作的农人。她想到了爹妈在万里以外的家中无时无刻的挂念，以及一份在他们看起来属于天经地义的指望。可是，可是。她不想再想下去。因为在她看来，她什么都可以违背，唯独不能违背自己的内心以及最真切的感觉。

那一顿接风的晚餐显然是乏善可陈的。尽管很丰盛，尽管吴弘毅很卖力，但钱秀玲后来回想起它的时候，脑子里几乎一片空白。吴弘毅是学经济学的，他是一位刻苦的学生，但他不善言辞的个性一点也没有在他和钱秀玲的关系上加分。同时他也是一个听话的孩子，父母之命当然是悬在头顶的一柄宝剑，平心而论，他第一眼见到钱秀玲，内心是喜欢的。她的气质优雅而柔曼，有江南人明快妩媚的底子，一份恰到好处的时尚，衬托着她如花般的年华而令人爱慕。但她有点高冷，几乎不怎么说话，如同悬在天际的一轮冷月。他在给父亲的信中如实地禀告了自己的感受。父亲告诫他，钱秀玲早就是他没有过门的妻子，生米终要煮成熟饭。他不应该有任何的畏缩，而应该处处拿出大丈夫的气概来。

可事实远非如此。吃过第一顿饭之后他就再也约不到钱秀玲了。他跟她不但不在一个学院，也不在一个街区。他也知道，这个理由很苍白。据说她很忙，即便偶尔撞见，也只是像熟人之间那样点点头。他感觉她似乎总在回避他。除了教室、宿舍，她就泡在图书馆。他去找过她的哥哥钱卓儒，希望他能帮着创造一点增加彼此接触的机会。他也写过约她见面的纸条，托钱卓儒转交给她。但最后还是钱卓儒匆匆赶来向他表示抱歉，然后解释一堆她失约的理由。如果钱卓儒认真地跟他讲一声，我妹妹不喜欢你，倒也罢了。可是钱卓儒始终希望他不屈不挠地坚持并努力，这让他陷入苦恼并无所适从。

此时钱秀玲脑子里日思夜想的，是如何通过一次又一次的考试，正式成为鲁汶大学的一名学生。不过，她无法回避一个非常现实的问题，这就是她跟那位“娃娃亲”的关系。父亲在一封家书里直截了当地问她，到底想怎么样？这样带有严重情绪的口气，估计跟吴弘毅那边的反馈有关，她思考再三，觉得兹事体大，不能欺骗父亲，就直接禀明自己的态度：不合适，没感觉。她希望父亲能够替她解除这个婚约。

这封信发出后她隐隐担心，父亲收到这封信一定会气昏的。但是长痛不如短痛，拖下去更不是个办法。

她没有跟卓儒哥哥商量，因为他老是在她和父亲之间荡着秋千。这也难怪他。她自己的事，必须自己来了断。

这里不能不提一下钱秀玲读书的费用问题。所谓很贵，只是一个笼统的概念。一年预科的费用，总共是一万四千比郎，合民国大洋一千元。卓儒哥哥已经是鲁汶大学的正式学生，他学的是矿山冶金专业，费用要更大些。每到月底的时候，钱家兄妹就指望着邮局的汇款单，有时邮路耽搁，兄妹俩的生活就会捉襟见肘。其实中国留学生的生活大都这样。有一次，兄妹俩的生活费全部花光了，汇款单还没有来，钱卓儒就去跟吴弘毅借了一百比郎。钱秀玲知道了，有点责怪哥哥。卓儒说他本来就是我们自家人。秀玲当真地恼怒了：你要这样说，从今天起我就绝食！

比汇款单先到的，是父亲的信。钱秀玲在拆开这封过于单薄的信札的时候，有一种不祥的预感。之前父亲的每封信总是写得很长，各种叮嘱、各种道理，总是翻来覆去。但这一次竟然只有一页纸。然后，她一目十行地看完，信上的每一个字都充满着极度失望和愤慨。她分明见到了暴跳如雷却又孤独无助的父亲是如何地欲哭无泪。

最后一段话竟然是这样的：

如此荒谬决定，实属大逆不道。汝罔顾父嘱，一意孤行，即便读破万卷，又有何益？若尚认愚父之骨肉、钱家之脸面，或幡然回头，于事尚可弥补；或停弃学业，即日返国。否则一切费用为父不再承担。

因为愤怒，手肯定在颤抖。父亲最后的几行字写得歪歪扭扭，秀玲可以想象到父亲的嘴角在抽搐。

紧接着，卓儒收到一封发自江南古城的电报：

父中风病重。

在同一时间里，钱卓儒和钱秀玲都觉得天塌下来了。

这对单纯的兄妹一时不知如何是好。那几天秀玲一直在以泪洗面。如果她的决定要用父亲的性命做代价，她还不如去死。但死是一件太容易也太愚蠢的事，她的人生才刚刚打开。宽厚的卓儒哥哥到这个时候终于理解妹妹了，他知道，其实妹妹做出这个决定非常困难。在他和妹妹的价值观里，违心，是一件最难也是最不应该的事。人应该忠于并坚守自己的情感。况且在自由恋爱的欧洲，来谈论一桩由父母之命所导致的“娃娃亲”，说出去会被笑掉大牙的。

既然秀玲已经走出了这一步，他没有理由不支持她。

最后他们的决定是，由卓儒请假回国看望父亲。

本来她也想跟卓儒一起走，有些话，如果让她当面跟父亲讲，效果肯定是不一样的。但后来她想清楚了，如果她踏上返程，一扇已经打开的门就将永远向她关闭。最坏的结局无非是父亲信上说的那样，中断她的学习生活费用。秀玲性格中的倔强部分，此时突然见涨。导致她义无反顾的强大因素之一，当然还是那位既遥远又贴近的居里夫人。

一个月后，卓儒回来了。他带回的消息比她想象的还要坏。父亲真的已经一病不起，他的非常糟糕的状况一半来自吴家的压力。说白了，吴家和钱家已经翻脸，一对曾经的挚友，在儿女联姻破裂这件事上，已经走到恩断义绝的地步，钱熙勋把秀玲的信给吴子政看了，后者一改平时的儒雅之风，勃然大怒，称如此奇耻大辱，何以让他面对亲戚好友乃至四邻八舍？其实，钱熙勋面临的压力一点也不比吴子政小，他不但教子无方，也背信弃义；他与吴子政都在当地扮演着举足轻重的社会角色，一大半都是活给别人看。

有一个细节，卓儒没敢告诉秀玲。父亲的中风，是因为他去了城里吴家，双方言语冲突，父亲气得拂袖而去。从吴家大门的石阶往下走的时候，竟然一脚踩空，人撞倒在门口的石狮上，顿时就晕倒了。

不过，导致两家关系走向决裂，还有一个关键事件，那就是早先钱熙勋卖掉的那一百亩心爱的土地。

这块土地真正的买主，竟然是吴子政。他原本的打算是，等到他儿子吴弘毅迎娶钱秀玲的那一天，他会把这一百亩地的契约，当作吴家讨儿媳的聘礼送给钱熙勋。他希望这个佳话能够在当地流传。然而，当这一切终将成为泡影的时候，吴子政突然守不住他的底线了，一怒之下他把这件事说了出去，并说，那块地已经一文不值，谁要谁来拿去便是，他可以喋血贱价出售。这样他把自己放在一个悲壮的道德制高点上，其实也是为难自己，等于把下台阶的梯子都抽掉了。而土地的原主人，或许会被舆论的唾沫淹死。但推他下水的人，大家看得清清楚楚，难道不是他吴子政吗？故事的流传因了一块原本炙手可热的土地突然贱卖而在当地生出多个版本。老天作证，吴子政实在是因为咽不下这口气。在他看来，钱家的女儿悔婚，一定是受到了钱熙勋的默许，这么多年来，钱家闺女竟然没有跟他儿子见过一面，每一次钱某人总是以各种理由搪塞。其人之心，晦暗如长夜，他却一直浑然不觉。而钱熙勋气恼的是，他女儿只是不同意跟吴家公子好，她又没有另外嫁人，虽然她人在万里之外，但事情并非没有转圜，他还可以再劝导她。那一百亩地的所谓真相，确实给了他太重的一击。他没有想到吴子政如此工于心计，无论做不做亲家，他都要占据舆论的上风。前前后后一想，心都凉透了。

父亲的境遇让钱秀玲在第一时间里有着泣血般的歉疚，甚至有一种百身莫赎的犯罪感。但冷静下来，却又无论如何做不到像父亲要求的那样。纵然赴死，她也不会与一个不喜欢的人在一起。同学们发现，那几天她的一双原本总是笑眯眯的眼睛有些红肿，一张白净开朗的圆脸上，从天而降的黯淡神情仿佛乌云压城般地挥之不去。她的故事没有读者，所有的创痛与战栗都只在内心翻转。

不过她很快振作起来。放在人们面前的两个最基本的事实是，一、她没有屈服于吴家和父亲的压力；二、她毅然申请了“庚子赔款”的奖学金并且获得成功。

所谓的“庚子赔款”，是指一九〇〇年那场由“八国联军”血洗中国的战争引起的赔款项目。衰败的清政府在一年后被迫与入侵国家签订了《辛丑条约》。仅赔款一项，就达4.5亿两白银。在入侵列强国家中，居然还有比利时这样一个弹丸小国。当时只派了一个班——十余名士兵参与战争，但分赃的份额却颇不少，一共得到白银8 484 345两。

说到底这笔钱有点脏。它让很多将其灌进口袋的国家总觉得不那么理直气壮。有些事情就是这样，空间需要用时间来换取。一九二五年前后，美国、俄国、法国、英国、比利时、意大利等国家，决定向中国退还这笔说不过去的赔款，其间，有些国家为了脸面上好看，就以招募中国留学生来进行退赔——以他们的价值观来影响中国的年轻一代，这也未尝不是一件意义深远的事。

比利时政府也做出了一项很体面的承诺。把从中国“赔偿”来的钱，在一个名叫安特卫普的城市建造了一座全世界当时最豪华的火车站，然后，把余下的钱设立了一项专门针对中国留学生的奖学金——当然需要进行严格的考试。考上了就是官费生，免去学费，还提供基本的生活保障。突如其来的变故把钱秀玲逼到了这条路上，莫非也是冥冥之中的一种暗示？她喜欢考试，从钱家祠堂开始，到县城，到苏州、上海，一路考来，考试是她最好的朋友。她付出的努力，考试从来不曾辜负她。

她真的考上了。她所在的预科班，她是唯一考上“官费生”的人。后来她告诉别人，这是她遇到的最艰难的一次考试，也是她经历的所有试场里最为酣畅的一次体验，整整两个小时答题，考卷有一条围巾那么长，手写得发酸发抖。她知道，她是在迈过人生的一个沟坎，底下是汹涌的激流。走出考场的时候她有一种特别的放松。仰望蓝天，她突然听到了一个最熟悉的声音，仿佛从天边而来，蹒跚而执拗地走到她的跟前，贴着她的耳朵说，丫头，好样的！她的泪水突然夺眶而出，那是她亲爱的父亲的声音，她确信父亲跟她之间，虽然已经“闹翻”，但是，父亲是爱她的，如同她也深爱着父亲一样。这一点，任何时候都不会改变。否则，在最紧要的时刻，她怎能听到父亲的声音呢？她绝不相信，刚才那一瞬间，只是她的一种幻觉。

她能想象此时父亲钱熙勋正在经历着他人生的一次最大煎熬。但是，以她单纯的经历，尚不能理解父亲和吴子政这对相交几十年的朋友，何至于为了一门亲事，就会落到连朋友也没得做的地步？

卓儒哥哥告诉她，望族人家的脸面，并不是当家人一个人的，它关系到一个庞大家族的荣辱。吴家的长辈无论如何不会接受一个悔婚的事实落到江南古城里最体面的人家头上。所有的舆论都在支持吴子政向钱家讨要说法。而没有退路的钱熙勋最后摊开双手等于求饶的做法，则被吴家人视作是“赖皮”。吴子政是个急性子，他在一个气氛紧张的时刻抛出的那张一百亩良田的地契，原意并不是以此来羞辱钱熙勋，而是向其表明，为了促成这门婚事，他吴某人是如何竭尽所能而且肝脑涂地。但是，他的这个举动深深地刺伤了钱熙勋，仿佛是一包炸药的引线被点燃。冲天的爆炸声中，血性偾发的钱熙勋终于訇然倒下。最好的朋友捅上的一刀，让他猝不及防。王婆桥畔的坊间传说里，钱某人的身体已经彻底完蛋，他连站起来走路的能力都受到了严重挑战。那些日子，古城里最有名的郭郎中坐一艘扯篷的快船，频繁地穿过王婆桥，从钱家进进出出。虽然他没有给任何人留下什么口风，但人们依然可以从他紧锁的眉头里解读钱熙勋每况愈下的身体状况。冬天来临的时候，钱家祠堂的复式课堂因为高先生的病逝而宣布暂时关闭。人们大抵知道，钱熙勋怕也是支撑不下去了，虽然用油干灯尽来形容他还为时过早，但一病不起的事实仿佛抽去了钱墅村的肝胆。百姓们私下里的惋惜伴随着冬天常见的冷雾淡阳，给古老的钱墅村罩下了冷清萧索的色调。

行走在鲁汶大学纵横交错的教室走廊里，渐渐就有一种进入迷宫的感觉。感谢我的忠实陪伴的妻子，她无意间走到教室的走廊尽头，拐弯进入一个庭院的空间里，靠在一棵古老的大树旁歇息。当她抬起头来的时候，一种类似幻觉的景象出现了，透过旁边教室的窗玻璃，她突然看到墙上挂着一幅熟悉得让人发呆的黑白照片。她惊喜地叫出声来，哇，钱秀玲！

对，就是那幅青年钱秀玲的招牌照片。她发式优雅，略带卷烫，淡扫蛾眉，面露微笑，微微上翘的嘴角传递出一种善解人意的气息，眉宇之间洋溢着一种东方女性的温婉与知性。她穿着一件合体的中式夹袄，明快舒朗的团花图案，生出一种很中国的惠风和畅的感觉。

此刻她在墙上朝我们招呼。仿佛在告诉我们，哇，你们终于来啦，太高兴老家终于来人了！

在她的旁边，还有几幅照片并排在一起，那应该都是与鲁汶大学有关的杰出校友吧。我们顾不了许多，赶紧叫上翻译蓬飞先生，来到悬挂钱秀玲照片的那间教室门前。门紧闭着，里面似乎有轻轻的讲话声音。我请蓬飞敲门，他犹豫了一下，或许是他在比利时待久了，对“规矩”的概念非常在乎。在我的一再请求下，他鼓起勇气，叩响了门。很快门露出一条缝，一个卷发戴眼镜的中年男子露出半张脸，礼貌地问了蓬飞一句什么，蓬飞小声解释了几句，那男子摇摇头，表示不可以。蓬飞又小声说了几句，男子耸耸肩，示意我们可以进入。

蓬飞悄悄对我说，刚才，他一开口对方就拒绝了。这是上课时间，他们都在工作。他厚着脸皮反复向对方解释，这是从钱秀玲校友的故乡——中国宜兴来的一对夫妇，他们就想看一眼钱秀玲的照片，马上就走。这才放行。

这是一间有些狭长的教室，里面放着三张办公桌，一男二女共三位老师，正各自盯着电脑在专心工作。其中的两位女性老师，连头也没有抬一下。我掏出手机，打开摄影功能，赶紧拍摄。那个中年男子善意地笑笑，小声咕噜了一下。我问蓬飞，他在讲什么？蓬飞说，他很幽默，意思是拍照在这里是不被允许的，但既然看上去像是上帝同意你们来的，他干吗要阻拦，况且钱秀玲女士已经给鲁汶大学挣了那么多名声，他没有理由不善待她的家乡人。

他说这句话的出处，跟学校问询处的规矩是一致的，学校内部的任何一个角落，都拒绝外来者拍照。

蓬飞告诉我，这个房间，现在是一个年级的教务处。那位同意我们进入的男士，名叫马克·威利，看上去他是教务处的负责人。

请原谅我的鲁莽和不断膨胀的要求，显然我并不满足在这里拍一段视频和几张照片，我想证实的是，一、这里是不是当年钱秀玲就读的教室？二、学校里是否设有钱秀玲的纪念馆或事迹陈列室？

第一个问题，马克·威利说他不能完全确定。但他颇为自信的表情告诉我们，这种可能非常大。他斟字酌句的样子，有点像一个权威机构的发言人，生怕被喜欢夸大事实的记者曲解原意。他说这里肯定是学校最古老的教室，而且一直属于化学系。在钱秀玲就读的那个时代，化学系招的学生特别少。亚洲人大概只有四个，而钱秀玲是其中唯一的女性。一直以来都没有人怀疑，这里是世界顶尖科学家的摇篮，墙上的照片，都是化学系的杰出校友。

“当然，钱秀玲是个例外。她很棒，一直都是，在学校里她考试几乎没有对手。但她后来没有成为科学家，这有点遗憾。”

第二个问题，马克·威利耸耸肩，朝蓬飞摊开他那修长瘦削的双手，轻声说了几句。

蓬飞的转述是这样的，“在比利时，无论国王或功勋卓著的名人，都没有个人的纪念馆。这个国家最反感的就是个人崇拜。鲁汶大学的杰出校友非常多，他们获得的最高待遇，也就是在他们曾经就读的教室的墙上，占据一张硕大照片的位置。”

马克·威利的说法，证实了这个房间极有可能就是钱秀玲当年就读的教室。

顿时，激动的心情无以言表，如果可能，我真想把它搬走。

我们脚下的每一块地砖，走廊穹顶上高挂着的、样式古老的水晶吊灯，以及磨得锃亮的楼梯扶手，毫无征兆地突然就都带有了钱秀玲的气场。

幽深的走廊里突然有她走路声音的回响。她的半高跟酒红色羊皮鞋样式时尚，肩上斜搭着东方人喜欢的那种布质印花书包，童花头，眸子漆黑闪亮，笑起来如同弯弯的下弦月牙，一袭月白色的细绒线开衫，勾勒着她发育丰满的胸部。她坐在九十年前的教室前排，目光安静，神情专注。你能看到她的笔在不停地疾行，未经修饰的指甲闪着一小片一小片贝壳似的光亮。她走路轻盈，爱笑，说话带着江南人的柔和。如果你能听到她唱歌的样子，你会着迷——不是被她的歌声，而是被她专注至深的那种神态。

一九二九年到一九三四年钱秀玲在鲁汶大学就读的种种故事，早已被无情的时间机器压缩成几行简介文字。那些文字的措辞四平八稳，虽然包含着令人钦羡的信息量，但显然缺乏温度与色彩。比如说，她二十二岁那年就获得了化学博士学位，紧接着，她又获得了物理学博士学位。所有这些固然可喜，但无非再次表明她的学霸地位无人撼动，再把聪慧与用功之类的辞藻加在她身上已属累赘。倒是有一个深藏在一九三一年秋天的细节，可以佐证她那执拗的内心，是如何穿越外在的岁月铠甲而体现她那不泯的执念的。

有一天在实验室，她的导师威尔逊先生无意间说到了居里夫人——他刚去过设在巴黎的镭学研究院，那里有二十多位研究人员，他们非常幸福地在居里夫人的指导下工作。毫无疑问，威尔逊教授享受了与居里夫人愉快交谈的待遇。钱秀玲鼓起勇气问，能不能介绍她见一下居里夫人——哪怕远远地看一眼。威尔逊教授说，夫人非常忙，六十多岁的老人了，并且身体不是很好，如果你仅仅是出于好奇，那还是不去的好。钱秀玲说，我从小就崇拜她，如果能让我见到她，哪怕一分钟，我会铭记终生的。威尔逊教授很喜欢这位来自东方的女生，连同她的东方式执拗。他觉得回绝一个美好的要求是不必要的，况且钱秀玲是他门下最优秀的学生。威尔逊教授还特意给钱秀玲写了一封介绍信。于是在一个天气爽朗的星期天，她和同学胡格蒙一起踏上了去法国巴黎的列车。没有资料表明这个“胡格蒙”同学是何许人也，但可以确定的是，她是一名女生，并且她跟钱秀玲是非常要好的同窗。她们到了巴黎，直奔地址上的居里夫人工作室。然后，失望的场景来了，一名语气温婉的工作人员告诉她们，居里夫人去华沙了，那里刚成立的镭学研究院等着她去主持开幕典礼。至于她什么时候回来，工作人员拿不出一个准确的时间，因为，居里夫人的行程本身，就应该是一个只有她自己掌控的秘密。

看过了威尔逊教授的介绍信，工作人员允许她们参观居里夫人的办公室，而实验室的大门却未能打开——工作人员抱歉地告诉她们，钥匙被居里夫人带走了。她们最终还被允许在居里夫人的办公室门口拍了一张照片。很多年后，这张泛黄的照片，成为钱秀玲给儿孙讲述这个遗憾故事的佐证。

她反身离开居里夫人工作室的时候，并不知道她将永远与这位内心的偶像擦肩而过。她只知道她以后还会再来。返回比利时的列车载着她的遗憾和无法与人道明的心事，其铿锵的节奏突然变得滞重而阴沉。

七

快，叫辆马车

ଓ

接下来，钱秀玲无法躲避的情感问题悄然摆上桌面。

有男生追她，这是自然。每天鲁汶大学的新鲜空气里总是会宽宏地接纳大量的青春期荷尔蒙。在后来书写钱秀玲的诸多文本里，一个叫葛利夏的医学系男生最终成为她的伴侣。一种说法是，当时有两个男生在追她，希望她在两个追求者里选定一个。但是，在钱秀玲孙女塔吉亚娜拍摄的纪录片《我奶奶是英雄吗》里，却有这样一个可爱的场景，担任电视剧《盖世太保枪口下的中国女人》女主角金玲的演员许晴女士，在钱秀玲家的客厅里跟老太太唠嗑，她搂着满头银发的钱秀玲，以儿辈的口吻问了她一个问题：

“钱妈妈，当初是您先生追的您，还是您追的他啊？”

钱秀玲的笑脸上掠过一丝羞涩般的自得，耸了耸肩。

“啊，是您主动追的他啊？”

钱秀玲得意地甩了甩她那齐耳的银发，撇嘴一笑：“嗯哼！”

这是人们仅见的钱秀玲式的洒脱与浪漫。这个场景重新把我们拽回到一九三二年的鲁汶大学校园。化学系学霸钱秀玲的芳名早已突破了那间看起来不大的教室和幽深的走廊，而古老宫殿般巍峨的鲁汶大学图书馆里，常常有钱秀玲穿梭其间的身影。她的背影常常招致各种善意解读，而勇敢的求爱者即便遭到婉言拒绝，也还能津津乐道于跟她交往中那迷人的一言一行。钱秀玲的风格在于，她并不在意别人怎么去看待一个人或一件事，而是特别注重自己对那个人或那件事的感受。在情感的领域里，只要是她内心喜欢的人，她完全可以主动去走近他，用她的方式，而不是传统东方女性所习惯的守株待兔。

从大量已知的历史照片上看，大学时代的格里高利·佩令吉相貌英挺而儒雅，颇有血统高贵的绅士风范。来自父母的俄罗斯兼希腊基因，让他的蓝眼睛里始终保留着一丝悲悯意味，而医学系临床专业所需要的镇定气质，使得他的举止里带有一种与年龄不相称的持重味道。人们最初的记忆是钱秀玲在一个跨系的晚会上跟一个医学系男生共舞一曲。他们跳的是华尔兹。一曲完后，他们迅即在人们的视线里消失。一张两人在松林里依偎凝望的黑白照片，在几十年后钱秀玲孙女塔吉亚娜的相册里重放光彩。钱秀玲在晚辈面前讲述她的爱情的时候，一点也不掩饰她当时的甜蜜和幸福。那个叫格里高利·佩令吉的男生，总是在她的实验室门外等她，除了一束带露珠的紫红玫瑰，还有烤得香喷喷的钱秀玲最爱吃的华夫饼。人们并不知道，在这之前，他们已然有过接触。当然不是刻意的安排，而是一次只有上帝才能安排的不期而遇。

那是一个慵懒的星期天下午，钱秀玲在学校附近的一条小街上购物。在一家啤酒屋的拐弯处，一群簇拥围观的人引起了她的注意。她上前一看，原来是一个老人倒在地上，而一个背影陌生的年轻人趴在地上，正在给老人做人工呼吸。那个老人看上去面色苍白，嘴唇青紫。知情人说他是个流浪汉，常常在酒店里吃别人剩下的酒菜。那年轻人满头大汗地上下忙活，有认识他的学生说，他是鲁汶大学医学系临床专业的学生。名叫格里高利·佩令吉。钱秀玲第一印象里的他神情并不慌张，而且动作利索。她挤进去并不是为了看热闹，而是关切一条据说正在垂危边缘游走的生命能否获得抢救。也不知过了多久，那个双目紧闭的老人的右手突然动了一下，他睁开了眼睛，嘴里含糊不清地哼出一声。围观的人群里有人惊呼：他活过来了！

那一瞬间格里高利或许得到了上帝的某种暗示，他甩了甩满头的汗水，转过身来的时候，第一眼就看到了神情紧张的钱秀玲，他不假思索地冲着她喊了一句：

“快，叫辆马车！”

钱秀玲打了一个激灵。她甚至不知道自己是怎样挤出人群冲到大街上拦下一辆马车的。只是，她觉得自己很荣幸被一个正在救人一命的人使唤。接下来她以为可以跟着马车去医院搭把手，她不知不觉把自己当成了那个给老人做人工呼吸的人的助手。但是马车根本坐不下三个人。那个抱着老人的医学系男生朝她看了一眼，秀玲觉得，那一瞥看得好深啊，她心里扑通一下。当马车从她身边迅疾驰过的时候，她内心突然升起一种异样的感觉。那个男生俯身救人的时候，那么沉着坚定，目光里有一种冰炭交融的意味。她还是第一次这么专注地观察一个男性，她似乎从他健硕的双臂间感受到了一种男性的力量，她不知道他的名字，但她确信还会见到他。

第二天他的照片就被挂到了学校的布告栏里。一位医学系三年级的高才生，救活了一个昏倒在街头的流浪老人。在西方人的概念里，医生这个职业，都是上帝派来的天使。她记住了他的名字：格里高利·佩令吉。

此后在去图书馆的路上他们常常相遇。她主动跟他打招呼，说起那天救人现场的感受，她一点也不掩饰自己对他的好感，她是坦然的，不带半点矫情。他认真倾听的样子让她很受用，他有一点点羞涩，说话的声音温和，措辞简要，不饶舌。他们肩并肩走在一起的时候，她感到他的个子好高啊，足足一米八五的样子，她得仰起头，才能跟他平等交流。但是她一点也不因为自己东方女性的娇小身材而自卑，但从那开始，她在买鞋的时候，总是选择后跟略高一些的款式。她会暗暗取笑自己，但无法否定自己的做法。通常她会在图书馆待到很晚，她运气总是特别好，无须预约，就能在图书馆闭馆时候的人群里，见到腋下夹着一摞资料的格里高利，她特别容易在人群里一眼就认出他高高瘦瘦的背影。他们小声交谈，有意无意地落在人群后面。有一次分别的时候格里高利轻声对她说，你抬起头来看人的样子好迷人，要让人忘记你的笑容是一件多么艰难的事情啊。

这样的话创意并不新鲜。但是从格里高利的嘴里说出来，却有一种灼热的气浪，虽然他的声音那么轻。

第一次出来散步，是钱秀玲约他的。在学校后面的小松林里。他们甜蜜而激情澎湃的初吻，被穿过小松林的清风撩拨得荡漾开去，仿佛连他们身边的松树也被醉倒了。

关于格里高利，钱秀玲坦然告诉卓儒哥哥，她一点也不觉得他是个外国人，她跟他的情感交流没有任何障碍。

她的潜台词是，是不是中国人，是不是同乡，都不重要，重要的是内心的呼应和澎湃，是两颗心的碰撞和交融。

就这样他们走到一起了。没有周折，也不存在外界描绘的几个男生同时追她并且要她像壮士断腕一样只选一个的逸闻。卓儒哥哥对佩令吉的印象也挺好，只是觉得，他过于老成持重，话太少。秀玲说，我怎么没有觉得呢，我俩单独在一起的时候，他话很多啊。然后兄妹俩共同提到了一件事，要不要把此事告诉万里之外的父母？

其实，家里什么都知道了。

是吴子政把消息告诉钱熙勋的。儿子吴弘毅在一封家书里提

钱秀玲与佩令吉在森林中漫步

到，钱秀玲已经找了一个外国人为伴侣，吴子政气得差点吐血。他赶到钱家，本欲兴师问罪，但看到钱熙勋卧病在床的状况，难听的话就只能收回去了。

钱熙勋支撑着从床上爬起来，终于说出了一辈子没有讲过的三个字：对不起。

那是泣血般的三个字。钱熙勋一生，都是别人对不起他，他从来没有负过别人。在老友面前他欲哭无泪。原本亲密无间的朋友兼亲家，变成了无可挽回的冤家。人生的挫败感让他从此一蹶不振，直到离开这个人世。

塔吉亚娜编导的纪录片《我奶奶是英雄吗》里，有一段钱秀玲回忆她和格里高利·佩令吉相识、恋爱的同期声。

她和格里高利的恋爱持续了五年之久。读完本科读博士，拿了化学博士还拿了物理学博士。也就是说，她一点也没有因为恋爱而耽误既定的学业。而格里高利一直在等她。这期间她还去过居里夫人在法国的工作室，居里夫人还是不在。工作人员说，您要是昨天来就好了，今天一早，夫人已经启程去了美国。对钱秀玲来说，第二次擦肩而过的遗憾，更甚于第一次的贸然造访。冥冥之中，她与内心偶像的缘分似乎不够。中国人喜欢把够不着的事情归咎于缘分的吝啬。来自钱家后人的另一种说法是，当时居里夫人已经把工作室迁往美国，钱秀玲第二次抵达那个让她梦牵魂绕的地方时，已然人去楼空。

一九三四年七月四日，居里夫人在法国去世，享年六十七岁。得知消息的钱秀玲失声恸哭。居里夫人下葬于巴黎梭镇的居里墓穴。从此这个默默无闻的小镇，成为一个被世人瞩目的圣地。秀玲和同学特意赶到那个安静的被鲜花环抱的小镇，找到了居里夫人安息的地方，在墓前献上一束洁白的马蹄莲，代表她虔诚而伤感的心。很久很久她不忍离去，除了为一颗伟大的灵魂祈祷，更安抚并缓解着自己多年的一个心结。

原先种种期待终成幻灭。站在居里夫人的墓前，秀玲突然对成功和事业的辉煌有了新的认识，人生固然可以用来奋斗，但俗世茫茫，任何人都难保不陷于横生的歧路与迷途。这世界不可能再有第二个居里夫人了，但我们完全可以像她那样去热爱工作并且不惜献身。

八

梦里关山

开始她并不知道，居里夫人的离去会对她往后的走向产生多大影响。慢慢地，有一些问题开始在她的脑海里出现，比如，是继续留在比利时，还是回国；既然居里夫人已经不在了，那么她的一个非常具体的想法也就破灭了。原本她总是想离居里夫人近一些，可是，这个世界再也没有居里夫人工作室了。取而代之的，是埋在心底的乡愁。它丝丝缕缕地撩拨她一直安静的灵魂，她想回到自己的祖国，离父母近一些。格里高利是个好男人，他总是安静地听她讲中国的故事，讲她家乡的那座王婆桥，讲去县城的河流上那些扯篷的快船。事实上因为他爱秀玲，所以秀玲讲述里的一切在他看来都非常迷人。所以当秀玲提出，结婚后她想回中国工作时，他毫不犹豫地答应了。作为一个希腊人兼俄罗斯人血统的后裔，他信奉东正教，而绝大部分中国人信奉的是佛教。这没有关系。因为他和秀玲都相信爱情的力量可以融化一切——信仰、理念、习俗。因为，这个世界所有的教派都不会排斥一种叫作真爱的东西。

有一个重要细节不能忽略。导致钱秀玲下决心回国的原因，除了卓儒哥哥已经学成回国外，最重要的是卓伦哥哥的帮助。这期间他们一直在通信。卓伦哥哥非常赞成她回国，并且已经给她联系落实了工作单位——国民政府属下的上海癌症研究所。这个单位让她和格里高利觉得极具挑战性，而秀玲从骨子里喜欢上海，觉得那是一个东方情调和西方文明搭配绝佳的所在。大上海在她的描绘中，是那么性感、热气腾腾，活色生香地吸引着格里高利这位没有跨出过欧洲的小伙子。

按东正教的教规，钱秀玲与格里高利的婚礼，自然要在教堂进行。那是格里高利父亲工作了几十年的地方。从钱秀玲保留的婚礼照片来看，一切都完美绝伦。她和格里高利互赠婚戒的那一刻，她的心都要融化了。她喜欢这样简洁而庄重的婚礼，但格里高利亲吻她并给她戴上婚戒的刹那，她脑海里突然出现父亲愁肠百结的脸庞，继而是母亲掩面而泣的情景。她的表情有一秒钟的僵硬，旋即化开，因为格里高利火一般灼烫的眼睛正凝视着她。

婚后的秀玲在导师威尔逊先生的推荐下进入鲁汶大学化学系的实验室，当了一名实验员。半年之后，她得到一个助教的职位。她跟同事们相处得很愉快，平时吃住都在学校，格里高利这段时间在布鲁塞尔市区的一家医院做见习医生。他非常忙碌，但每天会给她打一个电话。然后隔三岔五地搭乘马车从布鲁塞尔来看她。周末的时候，他们会一起回到格里高利的父母家，那是一个人丁兴旺的家

钱秀玲与佩令吉结为伉俪

族，格里高利的母亲是一位高大发胖、性格开朗的俄罗斯人，她做的烤土豆和牛肉煎饼非常好吃。而她的希腊裔公公，是个喜欢喝酒的管风琴手，早年他在俄罗斯做事，供奉于某个大教堂的乐队，常常在周而复始的婚礼和葬礼的声乐里打着满足的酒嗝。后来他结识了一位细腰挺拔的俄罗斯姑娘，他们相爱，结婚，然后他们回到希腊，最终又定居在比利时。

教堂仍然是他出没最多的地方。一个快乐的管风琴手，性格开朗，喝酒依然是最爱，酒精过多地留在他发红的鼻子上，成为一种憨态可掬的象征。他的身体也配合着脸上那枚偏大的鼻子，过早地发福了。

管风琴手的工作并没有多少收入，所以他还隔三岔五地做点小生意——基本是赔多赚少。格里高利上大学的学费，相当一部分是他在教会学校做老师的大哥提供的。这个温暖的家庭彼此之间都很和谐友爱。但是，钱秀玲也看出来了，整个家族并不富裕。她和格里高利当然要自立，在可能的情况下还要贴补一些家用。而他们的“新房”，则只有七个平方米。那是格里高利在郊区租下的房子，虽然非常小，仅仅够放一张铁床和两把椅子，以及一个最简陋的卫生间，但朝南有一个阳台，而楼下正是一个花园。周末黄昏来临的时候，她和格里高利依偎在阳台上，空气里弥漫着薰衣草和玫瑰的香气，便感觉自己是这世界上最幸福的人。

有那么几天，秀玲感觉身体很不舒服。先是胃里难受，莫名其妙的恶心。开始她以为是着了凉。格里高利以一个医生的敏感，初步诊断她是怀孕了。然后他们去了格里高利供职的医院，化验单明白无误地告诉他们，这是真的。第一时间里格里高利欣喜地跳起来，他狂吻着心爱的妻子，感谢她即将给他带来一个美妙的天使。秀玲的感觉有点奇怪，她有点害怕，因为她还没有准备好。她流泪了，这个还只是胚芽的孩儿在第一时间告诉她，一个时代悄然与她告别了，而突如其来的思乡梦所带来的心理感应，比妊娠反应还大。自从知道自己怀了身孕，回国这两个关键字，无时无刻不在她的脑海里跳来跳去。她支撑着给卓伦哥哥写信，告诉他自己的心情与近况。但是卓伦并未回信。

等了好长时间，大概有两三个月吧，终于卓伦哥哥的信来了，给她贺喜，那是自然。但秀玲意外地感觉到了字面背后的一份消沉。卓伦向来达观，他年纪轻轻仕途就那么顺畅，虽然总是保持着一份谦卑，但一直在最高权力的中心，人总免不了表现出某种霸气。可是在这封不是很长的信里，卓伦哥哥却有些伤感地告诉她，他的岗位已经调动，不在那个高不胜寒的“心脏”工作了。到底去哪里他信中并没有说，只是让她暂时不要写信来，一有了新的去向，他就会主动写信给她。

秀玲的直觉告诉她，卓伦哥哥出事了。

一连三封信追问，卓伦哥哥都没有回复。秀玲明明知道他不在原来的单位，但还坚持寄到原址，她相信卓伦哥哥的同事会转给他的。

一直到后来她才知道，钱卓伦经历了一场差点掉命的劫难。

九

留他一条命，便是天大造化

事情的缘起，是某一天钱卓伦参加了一个极为机密的最高军事会议。根据可靠的情报，国民党军队布下了一个非常周密的一举围歼共产党最高领导机关的“口袋”。策划者认为，国民党军队围歼之日就是共产党人灭亡之时，除非他们有天助。这个会议参加的人数极少，他作为蒋介石倚重的秘书，全程在座担任记录工作。那天会议开得不很晚，回到家里，两个多年未见的同学在等他。这两个老家的同学，当年跟他关系密切，其中有一个叫宋国中的，少时某次一起嬉水，卓伦小腿抽筋差点沉入河底，幸亏宋国中水性好，救了他一命，另一个刘世钊他也熟识，甚至记得他幼时的绰号叫“刘大裤子”。卓伦很高兴他们的到来，是夜秉烛品酒，把盏怀旧。从童年往事说到当下时局，遣兴之余直奔酒酣。卓伦的弱点是喝酒之后心门敞开，每一句话都是从心窝子往外掏的。没过多久，两瓶上了年纪的泸州老窖喝得精光，直呼家人再拿酒来。进来送酒的是次子克显。他平时跟妈妈一样不让他多饮，这一次却一反常态，竟然搬进一箱酒来，随后把房门带上。于是三位故旧守着一堆酒瓶子，觥筹交错嬉笑怒骂直抵云山雾嶂。

其间也说到国共鏖兵、战局纷乱。卓伦信心满满，趁机宣传国民党宏略。无意间还透露共产党不日即土崩瓦解。起先两位同学似乎兴趣不大。他们自称都在商界混饭，市井气息自然就偏重了些，对时局看法未免懵懂与浅陋。卓伦的一番慷慨宏论，竟让两个昔日同窗仿佛醍醐灌顶。那晚他何止是贪杯，多少年没有这样驰骋酒场了，也不知道喝了多少酒，言语渐渐有些失控，自己究竟说了些什么，完全不能控制。恍惚中这两个同学后来一直在问他一些军界的战事，他并不在意，以为是他们好奇。仿佛他被他俩拽着胳膊，往一条深不见底的洞穴里走，高一脚低一脚的。最后，他就什么也不知道了。

第二天早上他被一阵急促的电话铃惊醒。匆忙赶到统帅部，蒋公在发脾气，咆哮的声音走廊里都听得见。一个同僚把他拉到一边，悄悄耳语几句，他的脸顿时煞白了。

是有人走漏了消息。那个百密而无一疏的围歼计划泡汤了。

他突然想到昨晚家里来的两个同学。他早上起来的时候问起他们，家人说他们连夜就走了。

仿佛一记重拳。钱卓伦站在宽阔的统帅部走廊里踉跄了一下。他突然想起昨晚喝酒时，他们不断追问一些军事上的敏感细节。

酒，一直到这个时候才全部醒了。他说过就忘了的那些话，此时竟然从脑海的深处一句一句地像游鱼一样来到他的眼前。

此时钱卓伦的心里有一种百身莫赎的犯罪感。他浑身冰冷，直冒冷汗。突然觉得那两张久违的亲切面庞是那么恐怖。他们其实就是来执行特别使命的。他的性命会因此事受多大牵连，他们并不在乎，就连他们自己的性命，可能也在所不惜。因为他们要的是党国的性命。

他意识到自己突然掉到一个鬼魅重重的冰窟窿里。

第一时间里他向委座请罪。详细说明昨晚家里发生的一切。蒋公这时倒冷静下来，他问了一些那两位同学的情况，命令他协同警备司令部全城搜查。

原先他以为，委座一怒之下会下令将他就地正法。至少也要把他投入死牢。

委座还给了他一句话："企裴，你不要紧张，你那两个同学没有被抓到审问之前，什么都不作数。你的态度我很满意。"

企裴是他的字。委座对器重的下属，总是称其字而不直呼其名，表示一种自家人才有的亲近。比如戴笠，委座总是叫他雨农；陈诚，则叫辞修。

看来，此事并没有像他想的那样迅速扩散。身边的很多人并不知情。一种侥幸的心理是，如果他及时抓到那两个同学，或许他还可以将功赎罪。但是，那个念头像短促的火花，迅疾在他心里掐灭。自己已是死罪，铁板钉钉。那两个同学能上他的家门，或许也是把性命系在裤腰带上了。

问题的关键是，第一阵惊恐过后，他内心并不想真把那两个同学抓到了替自己减轻罪责。即便他们真是共产党，也改变不了他们曾经是非常要好的同学，而且宋国中还救过他的命。

人生在世，忠义在先。蒋先生器重他，给他高官厚禄，他是知恩戴德的。但他做人有自己的底线，他知道自己该如何去做。

他自认此乃命中劫难。这些年他太顺，该来点风风雨雨了。以他对蒋公的了解，此事最后他会丢掉性命，他必须做好最坏打算。膝下几个孩子，老大克顺已经从军，在国民党军队某部任少校营副；老二克显尚在读书，品学兼优；苏娜和宜娜两个女儿都活泼可爱。要说有什么牵挂，只是最小的两个儿子宪黄和宪聪还太小。但人生无非便是这样，终是顾此失彼、得陇望蜀。一旦到了义无反顾的时候，他决计不会回头看一眼的。

他祈祷那两个同学已经脱离险境。他想起少时的宋国中，特别调皮，曾经把一条水蛇放进私塾先生的笔筒里；而那个刘大裤子，爬高翻墙是把好手，摔跤打不过别人，就把别人屋顶上的烟囱给堵上。他刻意拖延着在全城秘密搜捕的命令，一直到这天傍晚，才给警备司令部打电话。接电话的是警备司令部侦缉处长，他告诉钱卓伦，今天一早就在全城布下了天罗地网，不过还没有什么消息，按他的判断，逃犯很可能已经漏网。显然侦缉处长尚不太清楚事情的来龙去脉，所以跟他说话的口气是毕恭毕敬的。

他心里一震，心想这才是蒋公的风格。顺手略施小计，他就上当了。而他现在的处境比上午更危险，于是他回到办公室，但办公室的锁已经换掉，他的钥匙已经开不了门。心里大惊。在隔壁的打印室，临时找了张纸，赶紧给蒋公写了一封悔罪书，请他身边的人转达。

然后，他自己要求坐到禁闭室去等候发落。

当天晚上，他被关押到陆军监狱。在一间还算干净的单人牢房度过了一夜。一连三天，没有任何人找他。他知道这是规矩。一般情况下，对于证据确凿的“内奸”，必定是就地正法，没有任何异议。对于被“怀疑”或证据不确定的“分子”，那就先关你三个月，没有任何人找你，让你跟这世界彻底隔绝，等你精神崩溃了再来找你说事。

不过他的运气没有那么坏。关到第四天的时候，卫兵进来跟他说话，让他洗漱一下，出去见客。

他想起来，这一天是他每月给宋美龄女士上书法课的日子。夫人学书法，真正的老师其实是蒋公。他的书法师承柳公权，笔力雄健清劲。夫人一开始就跟他学写字，也是夫唱妇随的意思。长进自然颇大。不过蒋公太忙，与妻论书之道，总是时间不够。蒋公欣赏他的字，文人味浓，无方巾气。有一日便对他说，企裴，夫人的习字，就由你来教吧。他却之不恭，敬奉有加。夫人灵性通达，悟性非凡，一种气质里的高贵，更是凌驾于笔墨之上的。他教她写灵飞经，写圣教序。大凡夫人的书法有一点点长进，他便大加赞赏，该打圈的一定打圈，有些写得勉强的、不合法度的字，他也是先鼓励一番，后婉转提出修正意见。对他的教学方法，夫人受用且合意，在蒋公面前断不了要说他的好话。后来夫人告知，蒋公日记里这样写，“夫人书法大有进步，吾甚感欣慰”。

原先以为，夫人习字不过是排遣时光的雅兴而已。未料她还真当回事。每次布置的作业，都是加倍完成。偶尔因为外事活动耽误上课，她也会让身边的人打电话来请假，然后一定记得补课。

去见夫人。彼此的寒暄都带有意绪。落座之后，一时无语。显然夫人已经知道了他的事。她在保他。她说老头子真的很难过，想想连钱卓伦这样贴心的身边人都靠不住，他以后还能相信谁？

他听了这番话，眼泪下来了。说，我对不起委座，也对不起您，愿听凭严惩。

夫人站起来，说，这个时候就不要说这样的话了，老头子不会把你怎么样。我对他说了，人家又不是你身边的卧底。主动来向你坦白，你若杀他，以后谁还敢对你说实话，还有谁真心跟你走？

“当然，我也说了，把你处置了，谁来教我写字啊？”

夫人说此话，声调似乎热烈，语气却清寒，且把脸别到面向窗口的方向。他只看到她的侧影里，那略略高起的颧骨上，光是冷的。

此时他汗泪并下。真正是肝脑涂地的感觉。

夫人还说到昨天晚上，老头子回忆北伐时期的一些事情。

“你是跟着他出生入死的人，当年北伐时你们一起宵旰辛勤、运筹定谋，与二十余万敌军周旋于陇海、平汉两路。战线广阔，鏖战数月，大局才得以安定。这些往事，老头子都没有忘记。”

他低头，久久无语。一滴眼泪落到砚台里。说，在下点点铭心。委座那年下野时，我要跟他去溪口，他不让，说好好看家，要防野狗。临别还送我一张照片，上面亲笔题词是“企裴同志兄留念”。这张照片我一直带在身边。

夫人听到这里，便用一条丝质手帕，拭了拭眼角的泪。

他转过身，遂拿起桌上的一支狼毫，在铺就的宣纸上，写下这样两行字：

曾经沧海难为水

除却巫山不是云

夫人看了，不禁啊了一声，说："企裴先生，这是我见到的你写得最好的一幅字，我收藏了。"

至此，他知道自己与一场灭顶之灾擦肩而过了。不由朝夫人深鞠一躬。顺势提出，他已不配在委座身边工作，若得苟延残喘之命，随便打发去哪个军校做个教员，一边面壁思过，一边勉加教训，结合多年实战经验，也好为军队培育人才尽些绵薄之力。

夫人看了他一眼，说，老头子知道怎么安排你。

三个月后，正式解除对他的监禁。但具体的职务并不见下文。上边交给他的一项临时任务是，陪同德国军事顾问团的一帮人去各地巡视部队。

这样他就与一批傲慢的日耳曼人相逢，并结识了一位叫冯·法肯豪森的德国将军。他是德国军事顾问团的团长，说白了，就是蒋介石的军事顾问。顾问团的使命，是帮助中国军队进行改编、培训、指导。法肯豪森是个中国通，一九〇〇年的时候，此公才二十二岁，就出现在八国联军攻打中国的行列里，官阶是中尉。三十年后他再返中国，已然是三颗星的上将。他自以为对中国的通晓，并不亚于那些同样挂三颗星的中国将军们。中国的男人虽然剪掉了辫子，但思想还停留在那个封建的时代。蒋介石的军队机制陈旧，纪律涣散，腐败严重，武器装备更是乏善可陈。这样的军队怎么能打仗？

他性情豪爽，心直口快；思想敏锐，经验老到。蒋介石很器重他。不过，对于他那种急风暴雨式的军队改革方案，蒋公并未画圈。一栋百年老屋，住着几代人，怎能说推倒就推倒，重建也不是那么容易，修修补补才是过日子的常态。法肯豪森什么都懂，但有一点没有吃准，此时蒋某人心头之最大隐患，并不是所谓的外敌，

钱卓伦

亚历山大 · 冯 · 法肯豪森

而是无处不在的内患——共产党也。

法肯豪森喜欢豪饮，打猎，国际象棋下得也不错。在南京古城的一座漂亮院子里他过得非常惬意。钱卓伦与他的一见如故，想来有些缘分。彼此都是行伍出身，喝酒的风格亦颇相似。卓伦出事后立志戒酒，是对天起的誓。但现在陪法肯豪森喝酒，却变成了他的日常工作。他们在去各地巡视部队的途中，酒还真的没有少喝，各自的心结、际遇与坎坷，便都融化在一杯杯的酒里。某次酒酣，法肯豪森喝退左右，与钱卓伦倾心交底：他发现蒋在派人监视他。叮嘱他无论在什么场合，说话办事一定要小心。

他并不感到意外。蒋公的风格他太熟悉。恐怕他这辈子都无法得到真正的信任了。留他一条命，已经是天大的造化。而法肯豪森的仗义让他感动。

有一天，在山西，阎锡山派副官陪他们上了五台山。拜庙总是要烧香的，法肯豪森看着虔诚的钱卓伦拈香拜佛，五体投地，不由得哈哈大笑。上帝和菩萨其实是相似的，都是人的内心造出的神灵。冥冥之中的平安与福报，其实都是虚幻。他们从五台山上下来的时候，他的任职电报来了：速回宁到职，任军事委员会铨叙厅副厅长。

这个体面的职务让他一时踌躇。继而充斥全身的，是一阵轻松的解脱感。铨叙厅，看起来是个掌握人事的部门，实际是个徒有虚名的单位。在军委会管辖下，铨叙厅掌理行营所有人员铨叙考核和人事管理。民国二十四年，国民党军队实行新军衔制度后，正式军衔与职务军衔有严格区分，且各成系统。正式军衔是由军事委员会铨叙厅根据职务、资历、学历、战功等情况综合考虑，由铨叙厅正式叙任，并由国民政府颁发任官状的军衔，非特殊情况褫夺外，均不随职务变更而变更。

派他去当副厅长，这至少是个体面的位置，表明蒋公对身边人的一种重用。但明眼人都知道，任何时候的所谓人事，都是蒋公一句话。铨叙厅这样敲图章的机构，并不在军事作战的核心区域，充其量是照章办事、场面好看的冷衙门而已。

蒋公给他面子，也是给自己面子。打骡子马也惊。知情的人都在睁大眼睛。将心比心，换了他，手下的人犯了弥天大罪，他能如此宽容相待吗？

他知道，蒋公的宽容，有时也是一种惩罚。他提醒自己，千万不要认为此事已画上句号。事实上，从那个醉酒的夜晚开始，他的人生已然走向另外一条晦暗不明的路径，是福不是祸，若是灾祸，终究是躲不过的。

那天，法肯豪森开了一瓶珍爱的白兰地祝贺他。还送了他一句意味深长的德国谚语：虽然你的影子会一直跟着你，但不应成为你前行的阻力。

十

乱云飞渡，何堪从容

一直等不到卓伦哥哥的信，却等来了一封横祸般飞来的电报：父亲病故了。

要说不祥预兆，那一日是有的。并不是常人说的右眼皮跳，而是一阵一阵莫名的心慌。早晨起来收拾房间，还失手打碎了一个她结婚时同学送的波希米亚水晶花瓶。她不知道将要发生什么，脑子里不免胡思乱想，还叮嘱出门的格里高利注意安全。一直到电报进门，邮差让她签收，她一看这电报发自中国，便知道凶多吉少，心里的一面鼓，突然咚咚咚敲得发紧。而“父病故”的字样落入眼帘时，她的脑子里轰然一声巨响，透不过气，也哭不出来，胸口被什么东西堵住。她夺门而出，穿过街巷，来到一处空旷的广场，对着云层厚重的天际，号啕大哭起来。

一种前所未有的痛，从心口往下游弋，慢慢钻入骨髓，遍及全身，竟是无一处可以逃脱。

以雷暴雨般的哭，发泄郁结于心头的哀伤。这一场恸哭，是钱秀玲有生以来的最痛最长。

出国以来发生的那些事，让她对父亲有一种复杂的情感，除了交织的歉疚与怨恨，也有一想起来就心疼不已的挂念。想来，是她的抗命直接导致了父亲的精神与身体日渐溃败，所谓的一病不起，都从彼处出发。换言之，她今日所获的独立与自由，最终是以牺牲父亲的生命为代价。如此，她有天大的不孝，虽然常思父母于她的舐犊之情，却丝毫未报自己对父母的跪乳之恩。其罪过，不啻江河滔滔、罄竹难书。恐怕江东父老，也是此生难以面对的了。

她也恨吴家。那个老封建吴子政，一个学富五车的绅士，在“娃娃亲”这件事上，没有半点通融和体谅。当他面对老友的遗体，不知道该作何想？

夜半三更她难以入眠。内心深处还有一个声音在说话：所谓父母之命、摇篮攀亲，岂不就是活活将两个不相干的男女往一处凑，福兮祸兮，可以全不顾及；只要两个家族在世人面前，获得脸面、场面、情面上的所谓圆满。在她看来，那光鲜的圆满恰如深不见底的悬崖，她若依命，岂非一头撞进那无底的深渊之中？

断食三日，戴孝三月。这是她记忆里江南乡村祭奠血亲长辈亡故的规矩。在“头七”的每一个清晨傍晚，为父亲焚香祈祷。当然秀玲的中国式祭奠也难以完整，单是冥纸与锡箔之类，此处根本难觅。一对蜡烛是格里高利给她找来的。然后他在秀玲的一个笔记本里，找到一张钱氏家族的“全家福”照片。他请照相馆的技师把秀玲父亲的头像做了“抠像”处理，然后，一张加了精美镜框的钱父遗像，出现在钱秀玲的临时祭台上。这些天无论秀玲在做什么，格里高利总是在一旁默默陪伴，他还提醒秀玲给家里寄一笔钱。而彻夜不眠的那几日，秀玲在灯下给卓儒哥哥写了一封痛断肝肠的信，表达了她对父亲的歉疚，以及痛彻肺腑的哀思。她请卓儒哥哥把这封信在父亲的坟前焚化。

再次收到卓伦哥哥的信，秀玲的长子悌米吉已经满月了。她一颗悬着的心总算落地。

卓伦哥哥并没有用很多笔墨陈述自己的境遇。只是淡淡地说灾祸暂时过去了，他已经离开那个“心脏”，到军委会铨叙厅上班，主要工作是管理军队人事、考核军官，而目前的主要职责，则是陪同、协调德国军事顾问团改编、训练军队。他还给秀玲寄了一张他戴着中将军衔拍的戎装照，照片上的他，眉宇间的气度还是壮阔的，但目光不再如炬，而是隐含着一丝感伤与悲悯。她有一些心疼，却又不知道如何表述对哥哥的安慰。卓伦只字未提的那些内心煎熬，仿佛写满了手札的空白处，秀玲能感知到那些难以述说的隐痛。

照片的右下角，用清隽的工楷写道：

秀　玲　贤妹

格里高利·佩令吉　妹婿　　存念

愚兄　企裴　贺

另外的一张照片，是卓伦哥哥与那位法肯豪森将军在五台山寺庙前的合影。她不知道，他为什么要寄这样一张照片给她。卓伦哥哥在信中幽默地说，五台山的菩萨很灵验，他刚拜过佛，任职的电报就来了。他顺便告诉秀玲，这位德国将军是个很正直的职业军人，人非常仗义。

信的最后，卓伦敦促她赶快收拾行装，尽早回国，去上海的那个癌症研究所报到。

其实她接到卓伦哥哥的上一封信时，就打算立刻启程回国。无奈格里高利父亲的心脏病发作，差点丢掉性命。虽然格里高利家里有三个兄妹，但是，无论作为一名医生，还是作为一个儿子，他都不能在父亲病重的时刻离开，而且是去往中国这样遥远的国家。

那些日子她和格里高利一直陪伴在老人的身旁。一日，老人突然对她说，昨晚我做梦了，说你和格里高利到中国去的那艘船，在太平洋里遇难了，天哪，我想那是上帝托梦给我的。你们还是不要走吧。

她和格里高利面面相觑。他们要去中国，几乎是一项无法更改的决定。一段时间以来她归心似箭，格里高利也义无反顾。好在格里高利父亲的这个噩梦并没有给钱秀玲带来什么心理上的阴影。她很小的时候父亲就告诉她，梦是反的。日有所思，夜有所梦，老人心里是舍不得让她和格里高利带着他的孙子去中国啊。

她对格里高利说，爸爸梦见翻船，这在中国可是好兆，至少预示着我们的旅途会一帆风顺。

格里高利捧着她的圆脸，一字一句地说，亲爱的，为什么一说到中国，你就这么自信？

钱秀玲说，我相信天意。那是我的国家给我的信心。你知道那是一种无所不在的力量，就跟你相信上帝是一样的。

他们开始订船票。然后一再修改出发的日期，因为总是有一些格里高利未了断的事情跑出来，干扰他们确切的启程时间。驶向中国的那些轮船里，“狮身人面号”还在服役吗？如果可能，秀玲希望还是坐那艘船回国。格里高利知道，此船于她，有一种象征的意义。他们之间对很多事情有默契，从来用不着解释。从法国马赛启程，经意大利回国，这是他们最后决定的航线。

确切的消息是，“狮身人面号”已经退役，替代它的是“子爵号”。这是一艘豪华的邮轮，它的三等舱就非常舒服。钱秀玲说，就四等舱吧，省点钱。格里高利不同意，说，三等舱，不能再降低了；钱，我们以后会挣。

这段时间不断传来日本进攻中国的消息。他们每天看欧洲的报纸，情况似乎有些不妙。总感觉有什么大事要降临。钱秀玲的“反梦境”之说，似乎没有多少应验，也就缺乏一点说服力。格里高利变得沉默，兼有一点点烦躁。果然，八月十四日早晨，他从收音机里听到一个惊人的消息：日军于昨天开始进攻上海。战争终于打响了。

之后的消息接踵而来：中国军民的抵抗非常英勇，蔡廷锴、谢晋元，四行仓库八百壮士，还有一位十五岁的少女杨惠敏，冒着炮火把一面国旗送到坚守四行仓库的勇士们手中，吸引了全世界的眼球。日军出动飞机轰炸，巷战惨烈，血光冲天，苏州河上浮着死尸，上海已经变成一片火海。

也辗转得到了家里人的消息，卓儒哥哥去了台湾，在一家煤矿机械厂做工程师。母亲跟着家人和亲戚逃难到了宜兴南部的张渚山里。卓伦哥哥临危受命，担任南京城防后勤司令部参谋长。淞沪撤守，首都危急，麇集于下关一带江边者逾十数万人；时军运紧急，各种船只，征调一空，十数万同胞望江兴叹，无法摆渡。因此投江自杀者甚多，又值天寒雨雪、饥寒交迫，卓伦作为后勤司令部长官，睹此惨状，恻然心伤。适有招商局江汉、江裕两轮为后勤司令部控制，原计划作为万一首都失守撤退之用。卓伦向上峰请命而迟未复准，危急之时即果断下令，利用该两轮待命之际，立即投入拯救难胞渡江之用，两艘轮船不分昼夜，平均二十分钟完成一渡，其间周折不胜枚举，终于将十数万难胞安全送至长江对岸。

事后，上峰追责卓伦先斩后奏，当以军法处置。卓伦却并不据理力争，而是写下一封辞职信，欲偕妻儿解甲归田。正当他们启程之时，更高的“上峰”发话了，对钱卓伦予以通令嘉奖，加授四等云麾勋章一枚。

秀玲心里为卓伦哥哥捏一把汗。哥哥有悲悯心，是骨子里的真丈夫，关键时刻敢于出手，亦有不留后路的担当。钱家的人，无论从文操武，其心总是殷殷，从不会有什么计较，换了她也是会的。只是关山迢递，重洋茫茫，她只能遥寄关切，暗自神伤。但此时她的心早已飞到国内，想，若自己在上海，决计不会像鸵鸟一般躲进租界，她会动员佩令吉去战地医院，做一名拯救前方伤员的医生，而她呢，做个包包扎扎的护士应该还行。

卓儒哥哥到了台湾，也有家书寄来，虽然叙些平淡家常，却字字亲切难替。在上海谋事的另一位哥哥卓侪，还告诉她一件事：日本人找到了卓伦哥哥的父亲，亦即他们的伯父，要他出任伪政权的县长。卓伦闻听此事，当即表态，坚决不能当此伪职，否则将登报申明，与父亲一刀两断。伯父为了拒当这个县长，先是装病不出，后来在卓伦暗地派来的人的帮助下，逃到山里，算是躲过一劫。

所有这些，钱秀玲并不奇怪，钱家的人应该就是这样，因为家风如此。

此时她的儿子悌米吉出生已近四个月。因为一直想着要回国，她给孩子取了一个中国名字，叫汉臣。她跟格里高利约定，如果去中国，孩子就一定用这个中国名字，当然要姓钱。她还给格里高利起了一个有中国味道的名字，叫葛利夏，这来自他的法文名字“格里高利”的谐音。格里高利比较淡然，他认为姓氏名字只是一个符号，只要彼此相爱，日子总是会地久天长。

钱秀玲说，那好啊，不管能不能回国，从今天起，你就叫葛利夏吧。

还俯在他耳边说了一句俏皮话：等你老了，我就叫你老葛。

葛利夏对去遥远的中国，也不是一点没有担心。他不知道，那个幅员辽阔的国家，有没有供东正教的教徒做祷告的教堂，在上海这样的城市立足，他一个异国人会不会有诸多不便。他骨子里，还是有点大男人的，家，必须由他来养。爱妻的答复让他释然。跟相爱的人在一起，在哪里都可以安家。他也不是刻意要成为世界上最通情达理的丈夫，但他与生俱来的随性与包容，让钱秀玲总是觉得，自己是世界上最幸福的女人。

紧接着，秀玲担心的事情发生了，从十一月起，欧洲前往上海的所有的航班全部取消。他们预定十一月十八日起航的船票变成了废纸。

“这才是天意。”

葛利夏的父亲从病床上一跃而起。他对儿子儿媳去中国的计划落空一点也不沮丧，相反，这个消息使得他的心情大好，虽然他被医生警告不许再喝酒，但特别高兴的时候把酒味浓烈的空酒瓶放到发红的鼻子下闻闻，在他也是一件愉快的事情。而像老母鸡一样操劳的葛利夏的俄罗斯裔母亲，近来则一直沉浸在喜得孙儿的愉悦之中。小孩的襁褓、尿布，都是她精心准备的，葛利夏幼时的内衣和外套，被她重新浆洗一番穿在孙儿身上，令她有一种穿越时光的感慨。悌米吉的降生，让整个佩令吉家族精神为之一振。有关前往上海的航班被取消的消息，在佩令吉家族的饭桌上只是被偶尔提及而已。老佩令吉认为，战争是应该被诅咒的，他可不希望自己的儿子儿媳，特别是刚呱呱坠地的孙儿前往一个遥远的战火纷飞的异国他乡——尽管那里是儿媳的祖国——可那又怎么样？还不是每天死很多人吗？

而且，中国，在佩令吉家族的认知里，尽管那是个充满神奇的国度，但据说它还像中世纪一样落后，男人还梳着长长的辫子，女人裹着小脚（尽管儿媳一再否定，说那是上个世纪的事了）。欧洲的主流媒体从来不掩饰它们对这个被称为“东亚病夫”的国家的轻慢和蔑视，显然这对佩令吉家族是有影响的。虽然钱秀玲温婉可人的品格以及“学霸”地位让大家喜欢并且信服，但她身后的国家正在战火四燃，被贴上“不宜居住”的标识，那是很自然的事。

在人生的低谷，钱秀玲的失落与无望，不知不觉演化为一股汹涌的洪水。有时它只在她脚下流淌，有时却几乎要漫过她的头顶。在佩令吉家族的餐桌上，“中国”只占了小小的一角。自从知道不能回国，她的胃口陡变，那些潜伏在她胃部深处的江南家乡吃食记忆，如清淡鲜美的肚肺汤、拌了虾籽的豆瓣酱、葱烤鲫鱼、赤豆细沙馅的炸春卷和荠菜馅的小馄饨，还有过年时候吃的一种嚼起来唧唧呱呱的"家吉菜"，等等，一齐跑出来拽住她的味蕾。以前单身的时候，她高兴起来还可以自己下厨款待一下自己。葛利夏家餐厅里弥漫的味道，不是罗宋汤，就是薯条和面包。她能适应，但她的中国肠胃在这段时间老是隔三岔五地提醒她，弄点好吃的吧，要不我们会很无聊。

她也不能教新生的儿子中国话，因为没有相应的语境。强势的俄罗斯裔婆婆要才几个月大的孙儿信奉东正教，而葛利夏居然不反对。她默然。所谓嫁鸡随鸡，顺其自然吧。只是暗自叹息，她的儿子注定成为不了"汉臣"，而只能叫悌米吉。

说是乡愁也不尽然。反正就是沮丧，那种无法排遣的情绪，拦也拦不住地往前乱窜，变成有刺痛感的深长无望。

这战端一开，结果终是难料。怡然的日子更如撒落一地的珠子，怎么也捡不起它们。卓伦哥哥在前方，不知道怎么样了；而她体弱的母亲，刚刚经历了丧夫的哀痛，此时正躲在苏浙皖三省交界的一个小山沟里，和家人熬着油灯一般忽明忽暗的日子，她不能供奉于母亲身边，哪怕端一口水，问一声安，于心也好有些安慰。想到这些，内心便系着一个难以愈合的隐伤。

葛利夏第一次从另一个侧面感知到，他温婉柔顺的"东方玲"，也可以从一条欢快清澈的小溪突变成惊涛骇浪的加勒比风暴，那种近乎绝望而无助的神情，居然是由一种从来未见的倔强来支撑的。她不吃不喝的那几天，是多么地令他揪心。

终于，庸常的日子让她渐渐平静下来了。

秀玲自身的性情，总是会在此消彼长的磨合中达到一种调匀，仿佛一段光滑的绸缎，那才是她性格的基调。其实她早该明白，去国天涯，便是她的命。少年的心志从来没有动摇，即便没有了居里夫人的精神标识，她还有葛利夏。她最心爱的人在哪里，哪里就是她最终的归宿。

最重要的是，她不能为难孩子。她没有权利把一个不到四个月的婴儿带进兵荒马乱的境地，在防空洞和逃难中度过童年。可不是吗？葛利夏父亲絮絮叨叨的话语里，她只记住了这一句。

有一天家里来了一位大腹便便的长者。他是老佩令吉的朋友，斯捷潘神父，来自与法国接壤的边远小村埃尔伯蒙。在他滔滔不绝的讲述里，一座远离布鲁塞尔两百多公里、民风淳朴、安谧宁静的埃尔伯蒙村，正迈着蹒跚的步履，一路风尘朝他们走来。这个村子的特产是葡萄酒，你肯定数不清各家各户有多少酒坊与地窖，但你走进村子就能闻到纯正的酒香。不过，一千多人的村子，竟然没有一个诊所，这简直匪夷所思。斯捷潘神父解释说，原先医生是有的，一次游泳，那个叫约翰逊的医生不慎小腿抽筋，钻进水底就再也没能起来，或许他在那里直接被上帝领走了。斯捷潘神父说起此事比较焦虑，他向葛利夏发出了一个不情之请，去埃尔伯蒙村开一间诊所。在斯捷潘神父看来，一对神仙眷侣，如同天使般从云端降落，一定会照亮这个在比利时版图上寂寂无名的村子。同样，埃尔伯蒙从来没有亏待过一个真心的朋友——葛利夏若是在布鲁塞尔的大医院里供职，起码要坐几年冷板凳吧，那里的论资排辈，会一点点磨损葛利夏的心智，这毫无疑问。

“如果您去了埃尔伯蒙村，您就是全村景仰的名流。您会受到仅次于上帝的待遇。当然，您美丽的太太也一样，虽然全村的女性都会嫉妒她的如花似玉，但请您相信，埃尔伯蒙村真的没有一个坏人。”

斯捷潘神父的如簧巧舌很有感染力，但葛利夏提了一个他预先没有想到的问题，听说埃尔伯蒙村上的居民都是信天主教，而我是东正教。这教派信仰之间，不会引起什么令人不安的事情吧。

斯捷潘神父在胸前画着十字，说，任何一种宗教在埃尔伯蒙都会得到充分的尊重——何况，这个村庄上没有爱管闲事的人，所有的人都非常友善和体谅。

于是，在葛利夏和钱秀玲婚后履历里，埃尔伯蒙村就排在了第一站。

“为什么你要忌讳那里的人们信奉天主教呢？”钱秀玲这样问她的夫君。

“亲爱的玲，在很早很早的时候，天主教、基督教、东正教本来都是一个教。它们都是信奉基督的。但是到后来，这些教派之间在行政组织和法规上稍有区别，便就成为不共戴天的敌人。”

接下来葛利夏给她讲十字军东征的故事。那场由教皇乌尔班二世发起的战争，前前后后打了两百年。乌尔班二世在法国的克勒芒召开会议，号召所有人拿起武器，投入战争，从异教徒手中夺回“主的坟墓”，并声称所有参加远征的人可以赦免罪孽，战死疆场的人灵魂可以升入天堂。东征的战争主要是针对伊斯兰教，其次也有基督教中的不同派别。东正教就是其中的一个。

“在我们中国，有佛教、道教，它们之间从来是和谐的。上高中的时候，老师就对我们讲，以佛治心，以道治身，以儒治世。我很小的时候就读一本中国的奇书《红楼梦》，我至今还记得，那书里老是说到‘一僧一道’在一起，他们从来就没有什么争执。”

“哦，《红楼梦》，好美的名字，就是你经常放在枕边的那部书吗？”

“是的，睡不好的时候，我就会拿起它读几页，那里面的人物，都是我的朋友。”

秀玲告诉他，中国哲学讲究的是“道并行而不相悖”。一座山里，有的庙是佛教，有的庙是道教，都是可以共存的。

他们希望早点去到那个地方——埃尔伯蒙村。他们并不觉得那里有多么遥远和偏僻。大凡相爱的人总有一种自信，有爱相随的地方总是自带风景的。他们去到哪里，哪里就会像切开的芒果一样流着蜜在等候他们。钱秀玲这段时间在强化充当一个护士的角色。一个化学、物理学双博士，对于熟识医学上的一些名称应该是没有问题的，她也没有觉得一个双博士去当一名丈夫诊所的护士有什么委屈。夫唱妇随，那是多美的一件事啊。她和葛利夏有一种默契的价值观，跟心爱的人在一起，用自己的双手养活一家人，无论在哪里、无论做什么都是好的。

十一

上帝派来的使者

翻译蓬飞的手机响了。时在离开艾克兴三天之后的清朗早晨。是雷蒙先生打来的电话。然后，蓬飞的脸上绽放出一朵大丽菊一样的花来：

“莫瑞斯先生恢复记忆了，今天一直在念叨钱秀玲女士。”

这个消息来得突然而让人欣喜若狂。在赶回艾克兴的路上我无意抬头看那高阔的天际，一张貌似钱秀玲的笑脸透过云层朝我们发来慈爱的暖意。

“你们来自钱秀玲女士的家乡吗？这太不可思议了。我不敢相信，时间过去了这么久，你们还记得她。是的，我是说，我们当时的人都走光了，包括钱女士。这个荒唐的世界送走了很多好人，就剩下孤零零的我。”

莫瑞斯的开场白有些啰唆而含糊。但是，他自若的神态让我确信，他已经拽住了打开“重生”之门的钥匙。

天知道你们从地球的那一边来到这里，能得到些什么？巴斯塔护士反复问我，当年钱女士是怎么拯救我们的。其实，一开始我们真不知道有这样一个女人，一直到被释放的时候，才有人告诉我，是一位女神在帮助我们——是的，我就是那张著名的合影里九十六个被释放的人质之一。看到了吗，第四排第五个，紧挨着那个大个子米切尔的人，就是我。确切地说，活着出来的人是九十一个，还有五个在集中营里死了。是钱女士救我们的，她跟盖世太保的司令官熟悉，这太不可思议了。很遗憾我并不是抵抗组织的成员，当然我并不是胆小鬼，您知道，在那个年代做一个正直的公民也很不容易。那一次我们为什么会有九十六个人被捕？是因为有四个德国党卫军成员在一户民居里发现了抵抗组织的电台。他们就在那户人家，把抓到的人连夜审问。然后，抵抗组织把那户人家包围了，那是一场惊心动魄的枪战，四个德国党卫军成员被打死三个，还有一个侥幸逃脱的家伙，从布鲁塞尔领来大批的德军把艾克兴团团包围起来。那个疯狂的夜晚，德军从每一条街巷抓人，他们先是枪杀了四个，然后抓了九十六个。媒体常常只提那九十六个，而不提那无辜死去的四个。这一点你们一定要写上。那天清晨在市政厅广场前，他们宣布，如果不交出抵抗组织的成员，从次日起他们每隔六小时就杀五个人。我还记得当时有个德国党卫军军官，站在广场上用一种很斯文的口气对大家说话，他说他希望抵抗组织穿上军装跟他们打正规战，坦克对坦克，大炮对大炮；而不是鬼鬼祟祟偷偷摸摸地在半夜里干些偷鸡摸狗的事。他说你们以为装成民众，我们就抓不住你们了吗？好，很好！既然这样，所有的民众就都是我们的敌人，或许我们言重了，不过我们不会在处死你们的时候手软。这一点请你们放心。当然，如果你们愿意交出那些抵抗分子，我们还有机会成为朋友。我们知道艾克兴是个适宜于谈情说爱的城市，这里的天很蓝，女孩子特别多情浪漫，当然还有杜松子酒，据说那非常美妙。

正如你们所知道的那样，地下抵抗组织早就撤退了。但是他们并没有走远，九十六条人命牵动着他们的心。仁慈的上帝无时无刻不在提醒他们，赶快去找钱女士，只有她有这个能力来拯救他们。

有一点你们知道吗？之前钱女士就已经救过人，那是我们后来才知道的。她当时和丈夫居住在离艾克兴一百六十公里的埃尔伯蒙小村。天知道她怎么会去那个偏僻的地方，再往前走就是法国了。哦，我想起来了，她的丈夫在那里开了一间诊所。

莫瑞斯的回忆有时清晰有时模糊。他的语言有时如箭镞般飞快，有时卡顿、倒退而重复，仿佛一条在夜雾重重的海面孤独航行的老船，随时都有可能迷失方向甚至覆舟。

被钱秀玲营救的人质合影

巴斯塔护士过来给他量血压，然后给他服了一片安定。老人顺从得像个小孩，然后朝我们报以一个抱歉式的微笑。巴斯塔告诉我们，可能是激动的缘故，他血压有点高，让他休息一下好吗？

突然有点紧张。我能听到自己咚咚的心跳。巴斯塔护士说没事，过会儿他就会缓过来。

趁莫瑞斯休息的间隙，我踱到走廊尽头的一个窗口，把思路捋了一下。有些问题就像树枝形伸展开去的道路，它们的指向模糊且相互交叉，如何选择途径走近它们，并且重返历史现场，要靠运气，还有就是耐心。幽暗的历史隧道已经在脚下。尽管貌似真实的历史故事已经家喻户晓，但此时我更相信一位一百零三岁老人的述说，即使是重复的细节，也有其亲身经历的力量。

还是要从埃尔伯蒙说起，没有那里的第一次拯救，艾克兴人就不会那么幸运……

莫瑞斯先生的语气变得淡定而平稳。他不再激动，目光坚定有力，时光的惊涛骇浪已然被他抛在脑后，但他不是一个炫技的冲浪者，而是一个沉着的驭手。在他略带低沉的讲述里，埃尔伯蒙小村再次撩起它那古老而沾满风尘的面纱。

找不到一种准确的语言可以传神地描绘埃尔伯蒙村八十年前的

容颜，除非你是那里的居住者。但不能虚构编造的历史，有一种与生俱来的宽容，就是在真实的节点上任你展开想象的翅膀。从一张斑驳的老照片上我们见到一栋简易的三层楼房，据说从它矗立在村里的那天起，就从来不曾拥有过鹤立鸡群的惊艳。不过，它平易且温馨的品位，多半来自从一九三七年起的一对居住者，确切地说，最开始是一个温馨的三口之家。自从这里的空气里开始弥漫着药水和酒精的气息，整座小楼便在释放出一种清凉的暖意。葛利夏医生永远挂在胸前的听诊器，与他刚蓄的小胡子很搭，那种年少老成的风度，仿佛是让他的病人放心就诊的一种保障。而他的美丽小巧的护士太太，打针绝对不疼，那还只是技术层面的赞美；她俯下身子给病人扎针的时候，你能感受到她的静心屏气；她温柔的声音仿佛也是一帖良药，那是一个东方女性特有的春风化雨般的定力，然后她总是用一对诚恳的眼睛看着你，仿佛在说，我还能为您做些什么呢——葛利夏太太的微笑平易而迷人，有好奇的病人会忍不住地问，为什么您总是在笑？

“您说的这个词，我并没有感觉，那就是我平常的样子。是的，微笑这件事本身，我向来就没有意识到它的存在。不过，它又不要我一分钱，干吗我不笑？”

微笑的玲。葛利夏大夫很乐意村上的居民这样称呼他的妻子。鲁汶大学化学、物理学双博士在成为埃尔伯蒙村诊所护士的过程中，居然没有出现半点周折。她总是乐乐呵呵的，对书本和事物乃至各色人等的认知，有一种洞悉其本的天性。不过她很少把它们说出来。女人的嘴容易碎，当她路过一堆喋喋不休的家庭妇女身边的时候，她会一一跟她们招呼，但不会停下脚步。她的背影不是用来被人解读的，但自有一种含蓄的韵味在。含蓄是一种容易被忽略的美，葛利夏却在妻子身上捕捉到了。他发誓要和妻子在这个离天堂最近的村子里生五个小孩。

千万别说埃尔伯蒙村没什么风景。从塔吉亚娜拍摄的纪录片《我奶奶是英雄吗》里，我们见到了有关埃尔伯蒙村的一些珍贵镜头：平缓的山坡，细小的溪流，它弯弯曲曲的，甚至跟秀玲家乡王婆桥的风物有点相似，树林、灌木、草地，一片一片的葡萄园，看上去相处得都很和谐，还有薰衣草和鸢尾花，在塔吉亚娜的镜头前摇摆出各自的风姿。

果然，悌米吉两岁的时候，他的弟弟库切出生了。是他爸爸给接的生。当葛利夏家的那栋小楼被一个新生的婴儿的啼哭所笼罩的时候，村上的很多人来道喜。住在隔壁的阿葆特太太，是个有着一副热心肠的腰围很粗的荷兰裔女人，她给秀玲送来了一条纯羊毛的新西兰毛毯。因为她有哮喘病，犯病的时候秀玲每天上门给她注射。她家算是村上的望族，丈夫是当地火车站的站长，儿子罗格尔则是个爱打架的精精瘦瘦的小伙子。秀玲分娩的那天晚上，阿葆特太太一直守在旁边。她只是有一刻听不懂秀玲梦呓般的声音：小馄饨，要加点骨头汤，放香葱和芫荽。佩令吉也听不懂，但他对阿葆特太太这样解释：

“但凡重大的时刻，她的梦境都在故乡。这个时候吵醒她可是一种罪过。”

葛利夏的经验是，只要他的玲说那种他听不懂的梦话，那一定是她回到了故乡。她在亲友和乡情里穿行，她应接不暇，她开怀大笑并且涕泪横流。他会轻轻地拭去她眼角的泪珠，然后叹一口气，心想，那是一个怎样神奇的地方呢，让他的玲如此挂肚牵肠。

有一天悌米吉像个泥猴一样回来了，他一直在跟村上的小伙伴玩，有时被打得鼻青眼肿，葛利夏和钱秀玲并不心疼，男孩嘛，就要经得起摔打。但是这次悌米吉回来却阴沉着脸，告诉他的妈妈：“他们骂我是中国佬！”

他们是谁？这个村风淳朴的环境里，怎么会有如此恶毒的言辞。钱秀玲那天搂着儿子哭了。葛利夏不安地在屋子里走来走去。后来他听到妻子在轻轻地跟儿子谈话：“不错，妈妈是中国人。可是妈妈很骄傲，因为中国很棒！那里有很多很多像妈妈这样的人，你会爱他们的。你知道中国在哪里吗？等你长大了，妈妈会带你去中国。那里有非常巍峨的山脉，有长江和黄河，还有很多好吃的食物。妈妈的故乡在中国的江南，那里是比意大利的威尼斯还美丽的地方。”

葛利夏看到秀玲的眼睛里，有晶莹的泪光。然后，在把孩子哄睡了以后她站起来，轻轻地走到窗前，叹了一口气。她持久地看着窗外的夜空，一动也不动。直到葛利夏从身后抱住了她。她靠在他的怀里，一句话不想说。

在这个似乎被世界遗忘的角落里，秀玲与外界的联系，也就剩不断的家书了。卓儒在台湾成家立业，颇有建树，最近已被提拔为煤矿副总工程师；卓伦哥哥功业卓著，已被提升为军事委员会铨叙厅厅长。有一次蒋介石到铨叙厅视察，顺手拿起一本军官花名册，随便问了几个将官和校官的考核情况，卓伦对答如流。称，但凡国民党军队现役上校以上人员的名字、履历，全在他脑中，何时晋升现职，品行绩效状况，堪可如数家珍，不曾有半点差池。蒋公满意点头，旋即离去。

他在给秀玲的一封信中提到，法肯豪森将军就要离开中国了，因为意大利、德国和日本是同盟国，彼此签有《德意日三国同盟条约》，按条约规定，希特勒要求他领衔的军事顾问团赶紧回国，转而为日本军队提供军事帮助。卓伦还说，蒋公很器重法肯豪森将军，临别的时候，送了他一幅徐悲鸿的《猫石图》。而他也送了一件自己心爱的收藏品，晚清画家陈子清的《垂柳图》，作为临别的纪念，法肯豪森将军非常喜欢。

秀玲当然不会知道，有一个非常重要的细节，卓伦并没有告诉她。那是离别之前的最后一个晚上，卓伦与法肯豪森单独小酌。酒并不过量，但彼此喝得极畅快。法肯豪森说，钱将军，我没什么礼物可以送你，但有一个故事，可以送你以后做个参照。

这个所谓的故事其实只有一句话，但字字千钧：当年那个所谓的极端机密的军事会议上，那个一举抓获共产党最高机关的战役计划，全是假的。蒋公此举，不过是用来考量身边的人是否忠诚而已。

钱卓伦的第一反应是寒战。之后是长久的沉默。至此他宁愿相信，所有与此有关的“故事”，都不过是冰山一角，蒋公的某些过人之处，其实也是他致命的软肋。不过这句话，他只能吞进肚里。

“他用人有问题，将来会有大的麻烦。真正的人才他不太喜欢。有思想的人，在他眼里都有危险。他喜欢奴才。”

法肯豪森如是说。这晚的酒，他俩还是喝多了。卓伦的话倒是不多，但额头一直在冒冷汗。法肯豪森知道，战乱的年代人生无常，或许今晚就是诀别。但他此刻并无伤感，只有对好朋友的善意提醒。

钱卓伦没有接法肯豪森的话。他只是觉得，法肯豪森的这份礼物，比他送的那幅画的价值，不知要高出多少。

钱秀玲读完卓伦哥哥的这封信，突然生起一种担心，法肯豪森若是以后要为日本人服务，那他知道中国太多的军事机密，岂不都要被泄露？

她赶紧修书一封，表达了自己的担忧。

卓伦哥哥回信说：小妹放心，不会的。要知道，法肯豪森将军是位绅士。那种高山流水般的君子之风，并不是中国文化的专利。

请相信即便是在纳粹麾下，也还会有独具悲悯情怀之人。

这个世界有真正的桃花源吗？比如，即便战争离我们很远，但是，那种无处不在的精神硝烟，还是会隔空传播，并且影响我们的生活。葛利夏大夫家的那台晶体管收音机，每天的清晨与傍晚不但播放女主人爱听的古典音乐，还雷打不动地播送男主人必听的国际新闻和国内时势动态。

在德国俯冲轰炸机的进攻和德国坦克即将进攻的巨大压力下，鹿特丹市已经投降，从而使该市免于被毁。

一九四〇年五月十五日清晨，德国柏林电台播送了最高统帅部的特别公报。鹿特丹投降了，接着就是荷兰武装部队的投降。威廉明娜女王和政府成员乘坐两艘英国驱逐舰逃往伦敦。

同样听到这条新闻的斯捷潘神父匆匆来到葛利夏大夫的诊所。他尿酸偏高，膝关节老是肿痛。找葛利夏大夫看病的时候，他喜欢听他对时势的分析。葛利夏平时内向寡言，尤其不喜欢管别人的闲事。但如果你要跟他聊国际新闻，并且具备一个对谈者的资质，他就会不由自主地切换到时事评论员的状态。他判断比利时很快就会陷落。荷兰既已投降，比利时和法国以及英国远征军的命运也就决定了。虽然一开始盟军打得并不坏，法军的大部精锐部队第一、第七和第九军团与英国远征军哥特勋爵指挥下的九个师，根据预定计划已经跟比利时部队会合，他们沿着代尔河设置了一条坚固的防线，从安特卫普经过鲁汶到伐佛尔，在短短六十英里的战线上，盟军的数量实际上已经超过来犯的德军。但是，之后接二连三的战役一再表明，他们不是德军的对手。德国人以他们一贯的缜密作风，以一次超大规模的袭击，一支在数量、集中程度、机动性和打击力量等方面都是空前未有的坦克部队，由德国边境通过阿登森林出发，其队伍之长，即使分了三路纵队还延展到莱茵河后面一百英里，迅速地向在比利时的盟军背后的英吉利海峡推进。比利时人目瞪口呆，这是一股令人胆寒的巨大力量。坏消息一个接着一个，没过几天，比利时国王利奥波德三世于五月二十八日清晨宣布投降。葛利夏大夫从收音机里听到这个消息，坐在沙发上一动不动，仿佛一座冰雕。他一介平民，不是一个好战的幻想家，但他有起码的爱国之心。任何时候他的手术刀不会变成武器，但他为国王的决定感到沮丧，这位刚愎自用的年轻统治者，曾经使自己的国家退出同英法的联盟，采取愚蠢的中立，甚至当他获悉德国准备越过自己边界大举进攻的时候，还拒绝恢复联盟的关系；直到希特勒进攻以后，他才在最后一分钟向英法呼吁军事援助，现在他又在绝望的时刻抛弃了英法并打开了国门，让德国军队长驱直入。是的，德军“闪电战”的创始人古德里安将军的坦克部队冲进比利时国土的第一天，比利时空军的飞机在短短几个小时内，从一百七十一架减少到九十一架，天哪，就是打麻雀也不会这么快呀。

时势险恶，广播这么说，报纸这么写。葛利夏很心烦。埃尔伯蒙村离法国边境非常近，斯捷潘神父忧心忡忡地跑来告诉他：“在我们的边界上，法国人心焦地等待着时机，他们想趁乱闯入比利时，据说还想抢在德国人前面，他们已经走到半路上了，那些法国人，扛着旗帜和小号，我们的军队必须拦住他们。”

这个我倒是不担心。葛利夏大夫对法国人还是不屑一顾的。

斯捷潘神父进一步担心的是，德国人何时进驻埃尔伯蒙？他们会不会杀人，强奸妇女，天哪，仁慈的上帝！

葛利夏大夫的结论是，一切皆有可能。

“我们是不是也成了亡国奴？”

他的东方玲这样问他的时候，面色冷峻，目光幽怨。

他知道她的潜台词是，既然在这里也是亡国奴，那么，还不如回中国去。

葛利夏大夫的性情里有天生的随遇而安。他理解妻子的心情。每当他的东方玲提出什么重大建议的时候，他的身体微微前倾地做聆听状，一个习惯的动作就是摊开双手，好像在说，行，就按你说的办。

可是，每当“回国”真的作为一项付诸实施的行动的时候，秀玲就会感到，可能性几乎为零。所有的航线都变得扑朔迷离。你永远不知道那些本来就非常稀少的航班什么时候启程，所有咨询的答复都一律拖着不确切的尾音。法国、英国、荷兰等周边国家，都在战争的旋涡之中不能自拔，谁也说不出哪里会有一块安全的净土。原先那个上海的癌症研究所，由于战争的缘故，也已经联系不上了。天各一方的人们，对那些突然变故的人事，只能用默默的祈祷来抚慰自己的内心。当战争成为一种不分地域、不分彼此的家常便饭的时候，其实在哪里都是一样的生活。

一九四三年的比利时埃尔伯蒙小村在纷飞的战火中朝我们走来。这一年注定要发生的事情，充满着某种宿命的安排。当四名德国党卫军成员荷枪实弹地进入该村的时候，埃尔伯蒙村的平静并没有被立刻打破。这个地处法国边境的村子，见多了扛枪的军人。但有一天斯捷潘神父情绪不稳地出现在葛利夏大夫的诊所，除了尿酸偏高，最近他还失眠、头晕，葛利夏大夫给他开了药。不过没有像以往一样给他提供更多的战情咨询。斯捷潘神父拿了药后并没有马上离开，他也不是在等医嘱，而是想听葛利夏聊点时势。后者语气低沉地告诉他，他已经不再对新闻感兴趣了，因为它们已经变成了肮脏的臭抹布一样的东西，而且每天都千篇一律。斯捷潘神父在胸前画了一个十字，俯在他耳边说，有没有地下抵抗组织的人到诊所来取过药，或者接受过诊治？然后他提醒大夫，之所以德国人派党卫军来到这里，就是因为附近的铁路遭到了破坏。抵抗组织就像夜间的猫头鹰一样，出没在埃尔伯蒙村的黑暗旮旯里。葛利夏对神父的话报以沉默。他最近有点消沉。关于战争，每天都在死人。说来说去无非是这样。这当然影响他的情绪。因为他诅咒战争，痛恨德国人。不过他不希望这件事情跟他的家庭生活发生直接的关联，所以他决定三缄其口。他善解人意的妻子过来跟神父搭话，她感谢他的提醒。她说她的丈夫不会给任何人惹麻烦，葛利夏诊所也不会发生与治病无关的事情。

神父离去的时候无意间落下一份当天的《南方日报》。秀玲在收拾房间的时候，发现了它。通常她会把它当成废纸一样处理，不过她无意间打开它的时候，在第一版的显要位置发现了一个熟悉的名字：法肯豪森将军。他居然是德国驻比利时的军政总督。报纸上法肯豪森将军的照片不很清晰，但她还是认出了他。她还拿出卓伦哥哥与他的合影做了比对。不过，与哥哥的合影相比，报纸上的法肯豪森一脸冷漠，下撇的嘴角显出几许苦涩。有那么一瞬间她心里咯噔了一下，想，哥哥的这个朋友，居然现在成了入侵比利时的统治者，说他是比利时人民的头号敌人，应该并不为过吧。战争总是把一切不可能变成可能。不过，这样的滔滔乱世，沉浮难测，即便是主宰一方的大人物，看似定夺一切，将来还说不定会沦为阶下囚呢。

阿葆特太太喜滋滋地来找秀玲。她的儿子罗格尔就要结婚了，儿媳竟然是斯捷潘神父的女儿。这一对神仙眷侣选择在春天举办婚礼，那可是全村人的盛会。如何布置儿子的新房，如何给儿媳送一份拿得出手的礼物，她希望听听葛利夏太太的意见。因为在她看来，这位来自东方的小巧女人，总给人一种山清水秀的感觉。上帝偏心，这个生过两个孩子的中国女人一点也没发胖，她穿旗袍真好看。她让人羡慕，但却嫉妒不起来，因为她人好，心地善良，肯帮助别人。果然葛利夏夫人给了她很多建议，还拿出一块绸缎料子的被面作为贺礼，是浅绿色的，像极了春天的草地，放在阳光下看，它的千千万万根绸丝织成和谐穿梭的经纬，勾勒出清澈的水波与碧团荷叶，一对鸳鸯穿行在那些精美的花卉之中。阿葆特太太惊呆了，说，这是上帝的手笔吗，天哪！葛利夏夫人告诉她，这块被面是她家乡的产物，在中国的江南乡村，有一望无际的碧绿桑园，供养着日夜吐丝的蚕宝宝，辛勤的织娘会把千丝万缕的蚕丝，织成银光闪闪的绸缎。而鸳鸯在中国语境里，是恩爱夫妻白头偕老的象征。

可是，没过几天，斯捷潘神父气急败坏地跑来说，他的准女婿罗格尔出事了。德国党卫军行动小组在一个漆黑的夜晚截获了一个企图破坏军用铁路的人——居然是火车站站长的儿子——全村人都等着为他庆贺新婚呢。在一张由法肯豪森将军签署的绞刑布告上，罗格尔的罪名令人咋舌，他不止一次地执行抵抗组织的命令，以一个火车站站长儿子的娴熟手法，轻而易举地撬断铁轨，让满载军事物资的列车冲出路基并且起火爆炸。

葛利夏大夫的第一反应是出乎意料的冷静。罗格尔出事的隔夜，他的诊所来了一位德军中尉，名叫凯特尔。这个日耳曼人的脖子上出了一点问题，葛利夏大夫只用了不到二十分钟就将他化脓的痦子摘除了。中尉很满意他的医术，但他付不出钱，葛利夏大夫婉拒了他给出的一盒德国香烟，摆摆手说您可以走了。事情就这样简单。在他眼里，接受治疗的都是病人，哪怕他是个杀人魔王。

葛利夏大夫的理念是，既然罗格尔选择了这一行，就该知道总有一天他会为此付出代价。他钦佩这个看上去毛手毛脚的小伙子的勇气，不过他也惋惜，因为他走上绞刑架的那一刻，事实上毁掉了差不多两个家庭的指望。

钱秀玲的反应却激烈得多。这么一个年轻人，他的生活还没有完全打开，而且他不顾生命危险去干那样的事，本身就是一种舍生取义的举动，他那看起来还不成熟的外表下，是一个真正的男子汉的担当。

布告上的每一个字都冷冰冰的。连同最后的法肯豪森将军的签名。秀玲见到这个名字，内心又咯噔了一下。

此时的感觉，跟第一次在报纸上见到他时，竟然迥异。她现在更愿意相信，此公是卓伦哥哥的朋友。

她想起卓伦哥哥信上的话：他是一位正直的君子。

接下来我们要进入一段反复被人们书写和讲述的历史：钱秀玲的第一次救人。

如果我以一种重复讲述的笔调去书写这个故事，那还不如请读者对本章予以忽略。

不过，我想，当女主人公做出救人决定时，其波澜万丈的内心有几重维度，还可以让文学的目光去重新进行梳理与追寻。

第一个维度，应该不是她对救人这件事有否犹豫，而是她不知道卓伦哥哥的这位昔日的朋友，当下还是不是“好人”。

她真的无法确定。但是，她觉得，如果她能救罗格尔而不救，她会坐卧不安，甚至她无法面对自己的内心。就像你在路边见到一个摔倒的孩子正在哇哇大哭，你能熟视无睹地从他身边走过吗？所以，她根本就没有犹豫救还是不救。

开始她没有跟任何人说。甚至没有先跟葛利夏商量。而是平静地去了一趟村上的邮局。在填写电报单的时候她斟字酌句，她要卓伦哥哥尽最快的速度跟法肯豪森打招呼，刀下留人。

她几乎相信，自己的请求不会被打回。也就是说，卓伦哥哥会怎么做，她一点也不担心。她打定了主意，那就是亲自去见那位将军。她一定要救罗格尔。

过去的讲述忽略或屏蔽了隔空相助的那个人——钱卓伦将军。他在战火纷飞的前线陪同大人物视察刚回来，突然收到堂妹的一封电报。然后，他以一位将军的敏捷果敢，在最短的时间内，给他的朋友法肯豪森将军发了一封急电。

他也是不假思索的。而且，过后就忘记了——他并没有把这当成一件多大的事。

不过，他所做的这些，秀玲在第一时间里并不知道。战时的通信，会有各种意想不到的阴差阳错。我们无法判断，为什么钱秀玲没能及时收到卓伦哥哥的回电。她心里一下子没有了底。但是，这并没有成为她在拯救之路上停下脚步的理由，她觉得自己无论如何都应该出手，哪怕是徒劳。因为时间太紧迫，离罗格尔被执行绞刑的时间，只剩下几十个小时。

第二个维度，如何说服葛利夏。原本这也不应是问题。葛利夏内心是个有正义感的人，但他的性格比较保守，用中国人的话说，有点明哲保身。他对罗格尔被捕的反应有点冷漠，连起码的震惊也没有。好像他早就知道这个结果。秀玲感觉他变得有点胆小怕事。所以，她先让他看自己发给卓伦哥哥的电报草稿，然后找出卓伦哥哥与法肯豪森将军的合影以及书信，一句一句读给他听。她做这些的时候，情绪一点也不亢奋，目光坚定而平静。

她以为，葛利夏至少会温和地反对，他一定会说，可是你哥哥并没有回电啊，你怎么肯定他一定会跟那位德国将军去求情，而那位将军必定会听他的话？

可是，当葛利夏听完她的陈述，迎着她的目光说了一句话：

“亲爱的，既然你已经决定去做，那就不要回头。我能为此做些什么呢？”

葛利夏性格里的坚硬部分，是他一贯持有的价值观。但只要是妻子做出的决定，他就可以说服自己去改变。有时，只要一个瞬间，那就是他的东方玲那份期待的目光。

葛利夏此时的态度，于钱秀玲非常重要。她决定让大儿子悌米吉跟她上路，小儿子库切留给葛利夏带。在西方人的语境里，一个带着孩子的母亲，通常会受到各种关照，也相对安全。

然后她去了罗格尔家。阿葆特太太正在以泪洗面。她的火车站站长丈夫此时正被德军叫去接受审问。当钱秀玲说出自己的计划时，阿葆特太太好比一个溺水的人抓住了一个救生圈。她淡灰色眼睛里的惊讶，像极了一片雾霾，但迅疾变成了清澈的泪水。

然后斯捷潘神父也来了。他正急得满头大汗，罗格尔的生命只剩下不到三天。无奈之下他只能用一种古老的“签名担保”的方法，来试图救下他的准女婿。挨家挨户地请求签名，成为他当下最紧迫的一项工作。

当他得知葛利夏太太的拯救计划，感觉那几乎是《圣经》里某则故事的高潮部分。他相信那是上帝在发力，后来他坚持要在钱秀玲的行囊里放一本《圣经》，他知道这个看上去柔弱的东方女人并不是上帝的信徒，但她迈出的坚实步伐，正让上帝对她刮目相看。

这一天，是一九四三年三月十二日。钱秀玲三十一岁生日。

葛利夏大夫把他亲爱的妻子送到车站。彼时要找一束绛红的玫瑰并不是没有可能，但此时他们的怀里各自抱着一个孩子，所有的浪漫都让位给了一种进行时的匆匆告别。好在早餐的时候他们切了生日蛋糕，当三支蜡烛在蛋糕上升起烛光的时候，钱秀玲双手合十默默许愿。葛利夏发现，他的妻子目光里有一种出征的意味。

事实上钱秀玲在赶往布鲁塞尔的途中，堂兄钱卓伦的电报已经到了埃尔伯蒙村邮局。虽然她并不知道，不过，她的信心并没有减弱。忐忑的情绪有时会攫住她，那就是如何能尽快见到法肯豪森将军。她的简易行囊里有如下物件：

一　卓伦哥哥寄赠给她和葛利夏的签名照片。

二　卓伦哥哥涉及法肯豪森评价的亲笔信件。

三　钱卓伦和法肯豪森将军在五台山寺庙前的合影。

四　斯捷潘神父起草的恳求释放书，上面有埃尔伯蒙村三百多个户主的签名。

五　罗格尔父母的恳求信；信尾还有市长的签名。

至于斯捷潘神父悄悄塞进的那本《圣经》，钱秀玲倒还真的拿起来读了几页。它其实很好读，文笔非常优美，故事也动人。但读它的时候，她老会想起幼时钱家祠堂的高先生教她读的《道德经》。当一个长者在你耳边絮絮叨叨讲道理的时候，至少你会静心屏气。而车窗外迅速掠过的黑魆魆的原野，把她的思绪无限地延伸。

接下来要说说钱秀玲与法肯豪森的见面。原本这是一件艰难的事。按照正常程序，她必须通过中国驻比利时大使馆，向德国派驻比利时的军政总督府提出申请。在一堆请求接见的文件里谁也不知道什么时候能够轮到钱秀玲。关键时刻，是钱卓伦将军的名字起了作用。在纪录片《我奶奶是英雄吗》里，面对镜头的钱秀玲是这样讲述的：

> 原本将军要在那个周末接见我。因为等候接见的人非常多。但是，时间根本不允许拖那么久。因为罗格尔的生命危在旦夕。我请他的秘书再次递上我的请求，说钱卓伦将军的妹妹有十万火急的事情求见。这时将军想起了卓伦哥哥给他的急电，于是提前了两天，也就是在周三的上午，在舍佛堡而不是布鲁塞尔接见了我。

舍佛堡坐落在布鲁塞尔郊外几十公里的一片白桦林旁。不远的地方有平静的河谷，山坡上植被苍翠。清晨和傍晚，河谷上会有岚气缭绕升腾。密林旁边的开阔地上，是一栋典雅而气派的犹太裔银行家的宅邸。为什么取名舍佛堡，大概跟主人的名字有关。战争爆发后，这里变成了德国驻比利时军政总督的办公地之一。

压抑。在通向法肯豪森办公室不到一百米的途中，钱秀玲的心情变得有点糟糕。且不说几道岗哨的反复盘查，就是空气里也弥漫着一种让人透不过气来的味道。从即将获得接见的那时起，她竭力把心情做了调整：她就是来见一个她哥哥的朋友。

然后她进到了法肯豪森的办公室。一切的陈设竟然那么乏善可陈，唯一让她印象深刻的，是墙上挂着一幅超大的军用地图，而它旁边的架子上，搁着一支样式古老的擦得铮亮的双筒猎枪。

他正在接电话。他的后背笔挺，厚厚的将军服还是勾勒出他瘦削的身材。

他终于转过身来，礼貌地朝她点头示意。

他气色不错，有些干瘦，很深的法令纹让他看起来显老。

她用一口流利的法语告诉这位面露善意但表情沉郁、不改威严的德国将军，她就是钱卓伦的堂妹钱秀玲。

她在等待他的反应，她屏住呼吸，努力使自己忐忑的内心归于平静。

他走到她跟前，仔细地打量她。她穿着一件有些发旧的蓝花棉袍，齐耳短发，披着厚披肩，是深冬的打扮，一看就知道，这是一个东方女性的标配。

秀玲接住的，是一个长者的目光，气场是温煦的；他鼻息粗重，下巴刮得铁青。因为离得近，秀玲几乎可以闻到他的领子上有一股生发油的味道。

“很像。您和钱将军长得很像啊。我非常难得地收到了他的问候，上帝知道我们不可能彼此忘记。嗯，您可不知道，我跟他在一起的时候，有多开心，一共喝过多少酒。”

他顺手在桌上拿了一张自己的名片给她。她轻声说谢谢。然后他们在沙发上坐下来。他递给她一杯秘书刚泡的茶。她注意到茶杯是欧洲的珐琅瓷，描着金，几枝鸢尾花的枝叶漫溢到茶杯口。若是中国画师来画这个杯子，手笔肯定要含蓄得多。

她抿了一口，是有点苦涩但很香的英国红茶。

他的寒暄像极了邻家的一位长辈。

当她把拯救罗格尔的所有资料放到法肯豪森将军面前的时候，她发觉他的眼里掠过惊奇的神情。他发现了其中的一张照片，仔细看着，感叹一声：

“我的永不归来的中国岁月。”

然后他问她，为什么选择待在比利时？钱秀玲只回答了一句：命运加上缘分。然后她赶紧把谈话切换到主题上来。她的陈述是简约的。为此她不知打过多少次腹稿。当她讲到罗格尔是个即将要当新郎的小伙子时，法肯豪森打断了她。问她是几个孩子的母亲？

“两个，都是男孩。很抱歉将军，我的大儿子是跟我一起来的，此刻我把他寄放在我的一位同学家。嗯，他很懂事，知道妈妈很快会回去。”

法肯豪森似乎兴味颇浓。

“有孩子的照片吗？”

钱秀玲犹豫了一下，她取下胸前一个金镶玉的坠子，它的背面是一幅缩小了的全家福。

法肯豪森戴上了老花镜，这让他的神态更像一位爷爷。他看得很仔细。然后他表示，悌米吉像父亲多一点，而库切的眼睛特别像妈妈。

“你们钱家的人一眼就能认出，你知道是为什么吗？”

钱秀玲笑着摇了摇头。

“你和你哥哥的眼睛都会讲话。”

他告诉她，他在中国最大的收获，就是结交了像钱卓伦将军这样的朋友。

可钱秀玲感觉他一直在跑题。她几次想把他拽回来，但是，说来说去，法肯豪森还是在叨叨他的中国感受。

时间在一分一秒过去。秘书不时走进来跟他耳语，一边把刚收到的文件电报放到他面前，敦促他在某个急件上签字。他飞快地处理手边的事务，以至让钱秀玲觉得，他完全忘记了身边还有一位客人。

终于，他突然抬起头，迎着钱秀玲掩饰不住的焦虑目光，低声说了一句话。

“回去等消息吧。我会尽力。”

有一句冲到喉头的话被钱秀玲咽回去了。她想说，时间非常紧急，罗格尔被执行绞刑的时间快要到了。

她瞥了一眼法肯豪森的案头，那一叠叠不断在增加的电文奏报，哪一件不是十万火急的呢。而他又在不耐烦地拿起一直在响着的电话。

走出舍佛堡的钱秀玲一时迷茫了。埃尔伯蒙全村的人都在等消息。法肯豪森将军的“尽力”，并不是板上钉钉的承诺，今天就是罗格尔的大限之日，天知道命悬一线的他运气会怎么样，他若是躲不过这一劫，那么今天就是埃尔伯蒙全村人的受难之日。

下午一点，当她带着悌米吉风尘仆仆地出现在村口的时候，她并没有见到簇拥而激愤慌乱的人群，所有的景物都没有异样，阳光洒向万物，风儿轻拂树梢，那个通常用来发布重大消息的广场上空无一人，只有几只觅食的雀儿在点缀着枯黄的草皮。

一种直觉是，罗格尔得救了。

真实的情况是，原定罗格尔受刑的时间是中午十二点。十点过后，广场上就聚满了人。但是，时间过了，那辆想象中的德军囚车并没有出现，也没有任何官方消息说明原因。据说斯捷潘神父激动得脸色通红，他预言此刻没有消息就是好消息。然后，他迈着蹒跚的步履去打探进一步的消息了。

葛利夏夫人回来了。消息很快传遍全村，此时村庄的中心不再是那个用来聚众的广场，而是葛利夏大夫的小小诊所，不约而来的人们聚在楼下，他们希望听钱秀玲亲口说一说拯救罗格尔的情况。满脸泪垢的阿葆特太太和她的神情萎靡的火车站站长丈夫相互搀扶着，把两张万分期待的憔悴脸庞投向秀玲时，那种心神不定的样子让她感同身受。她安慰他们，或许好消息就会降临。果然，消息来了，斯捷潘神父不知从哪里钻了出来，他大声宣布：罗格尔得救了，死刑改成了劳役！

秀玲被阿葆特太太紧紧拥抱。一条生命终于与死神擦肩而过。聚在一起的人们爆发出一阵欢呼。此时秀玲也忍不住激动的泪水，她至少有短暂的成就感，然后她想起了她的卓伦哥哥。她手里拿着那封迟到的发自中国的电报，告诉大家，救人的其实是她的堂兄，她只是充当了一个信使。斯捷潘神父在胸前画着十字说，您是我们的天使，没有您的勇敢和努力，就是上帝的仁慈的手臂也够不着我们啊。

从这一天起，葛利夏诊所变成了远近闻名的一个景点。很多远道而来的人光临小楼并不是来求医，而是亲眼看一看传说中的那位典雅而救生的东方女神。也有人哭哭啼啼地来找钱秀玲，说他们也有亲人被德军抓捕，那些垂危中的生命，正等待着她去拯救。

葛利夏大夫私下里对他名声大噪的妻子表达了担忧。这个国家每天都有人被德军抓捕，并且，德军每天都会处死很多人。你总不可能去拯救每个蒙难者吧。

他甚至觉得，失去安宁的埃尔伯蒙村已经不再适合他们居住，哪怕他们真的深受全村人的爱戴。

钱秀玲也有不安。一次并非刻意的拯救行动确实改变了她的生活。她不习惯那些围观，那些议论和关注。至于那些加在她头上的声誉，更与她的初衷相悖。她对平静的家庭生活因自己的举动而被打破感到歉疚和不安。在葛利夏面前她有时像个做错事的女孩，因为她不忍看到他那种与性格不符的烦躁和焦虑。她安慰葛利夏说，一切都会过去。

但是没过多久，又有一件事情从天而降，驻守在埃尔伯蒙村的那四个德军党卫军成员，突然有一个失踪了。德军派兵包围了整座村子，那个曾经被葛利夏大夫用不到二十分钟摘除痦子的德军中尉凯特尔在广场上宣布，限令村民们立即交出凶手，否则，他们将采取抽签的方法，每过六小时就杀死一个村民作为报复。

这意味着，即便是葛利夏大夫全家，也未必会成为抽签处死的幸免者。埃尔伯蒙村正经历着前所未有的一场灾难。

大家自然把目光投向了钱秀玲。

她和葛利夏在得知这一消息的第一时间里也有莫大的恐惧。在手提包的深处，钱秀玲找出一张法肯豪森的名片。她当时并未注意到，名片上还有将军的德文签名。

葛利夏大夫见到这张名片的反应是，更大的一波浪潮即将来临。他或许相信这张名片可以帮埃尔伯蒙村度过一劫，但是，他的妻子将被推向更大的舞台中央，其背后或许潜伏着相应的危险。她已然是一个公众人物，天哪，战争时期的公众人物！这不是他希望见到的结果，他不喜欢出名，在公众的眼光下生活。不过，如果妻子不站出来相助，眼下的劫难何以解救？

他顾不了那么多了。

这一次，是葛利夏大夫陪着妻子去找那个被摘除痦子的凯特尔中尉。他还带了一点药膏和一沓纱布，他先以一个巡诊医生的身份，检查了中尉脖子上的创口。有一点点感染，但问题不大。葛利夏大夫并没有征求中尉的意见，直接就在他的脖子上涂抹消毒用的酒精，接着敷以药膏。一股带点苦味的薄荷清香迅速在屋子里弥漫。不过，接受了简单治疗的中尉并没有解除对葛利夏夫妇的敌意，他说到了抽签处死村民的方法，那源于一种古老的游戏，玩起来很有趣。当然他希望葛利夏大夫是那个举报凶手的人，而不是被不幸抽中签的人。他不曾注意到大夫身后那个身材小巧的女人，她长着一张东方人的圆脸。当她把手伸进手提包取一样东西的时候，中尉以为她在拿一支补妆的口红。然而，她取出的居然是一张名片，中尉见到它，一时有些蒙。天哪，法肯豪森上将，比利时至高无上的军政总督亲笔签名的名片，怎么会在这个偏僻乡村的小妇人的手里？而她从容优雅的举止，似乎在向他表明，她作为这张名片的持有者，有不向他披露实情的权利。接下来，是一段有意思的对话：

“中尉先生，您桌上的电话应该是可以直通布鲁塞尔的吧？”

“哦，这个嘛，女士，我暂时无可奉告。”

“嗯，您可别放弃一个在您眼前的机会，您不想听听法肯豪森将军的声音吗？”

“您不妨告诉我，将军跟您是什么关系？”

“这恐怕超出了您的职权范围。中尉先生，我很抱歉。假如您不肯帮助，我只能舍近求远。”

这时，一直沉默的葛利夏大夫突然说了一句很幽默的话：

“说不定将军会请您去布鲁塞尔吃火鸡宴呢。”

葛利夏夫妇转身离去的时候，中尉叫住了他们。

他有些窘迫地告诉他们，这个电话虽然可以直通布鲁塞尔，但它不是很高的级别，还不足以让法肯豪森将军桌上的电话响起铃声。不过，通过几道中转，或许是有可能的。

“天知道，试试你们的运气吧。”

中尉开始打电话。他扯着嗓子，不断拍打着话筒。半天，终于接通了。不过接电话的并不是法肯豪森将军，甚至，连他的秘书都不是，充其量只是一个舍佛堡总督府总机的值班员。对方以一种疲倦且冷冰冰的口气，只说了一句话：

“军政总督是随便什么人都可以找的吗！”

然后，电话被挂断了。

中尉幸灾乐祸地耸耸肩，笑着说：“可别说我不肯帮忙。将军的火鸡宴只能你们自己坐火车去布鲁塞尔吃了，代我向他问好。不过我们的抽签游戏可不会等待。”

他还看了一眼怀表，眨巴着一双单眼皮的蓝眼睛说，再过几个小时，游戏就将开始了，我想它的开头一定非常精彩。

除非此刻老天爷给她插上一双翅膀直飞舍佛堡。

还是只能打电话。

她向中尉请求，下一个电话可否由她来打？中尉下意识地摸了一下脖子，看了看葛利夏夫妇。他不明白这对夫妇为什么要这么急着给他的最高长官打电话，但几秒钟内他做出了一个明智的决定，虽然他没有见过总督大人，但德军的每一张布告上都有他潇洒而威严的签名。他把名片从葛利夏夫人手里要过来，真真切切的签名跟布告上见到的毫无二致。现在他要做的，就是不能怠慢总督阁下的朋友。

没有任何人能够解释清楚，为什么电话机到了钱秀玲手里，突然就变得通畅起来。大约只有几分钟，那个舍佛堡总机接线员干涩而阴冷的声音又出现了。钱秀玲以一口圆熟温润的法语向他问好，并说，她是法肯豪森将军的朋友，她之所以能够把电话打到他的手上，是因为将军给了她一张有亲笔签名的名片，他曾经说过，总督府的接线员都是世界上最机敏并且最忠于职守的人士。因为有非常紧急的事情，她想麻烦他接通将军的办公室。

“谢谢您女士，这是我进入比利时以来听到的最美好的问候，您的声音非常好听，祝您好运。”

随着几声简短的嘟嘟声，法肯豪森将军办公室的电话铃响了。但是，没有人接。

然后它一直在响。钱秀玲感觉自己的心跳在加剧。

接线员的声音出现了，说将军办公室没有人接听。

“可是，可是，先生，我有非常要紧的事情找将军。对，就是此时此刻。”

她听见自己的声音有些发慌。

然而，接线员把电话挂断了。

“您的运气跟这天气一样。”

凯特尔中尉耸耸肩。刚才天气还不错呢，突然天空在下雨了。

钱秀玲仍不死心。她再次把电话拨通。

“又是您，女士。”

接线员的声音有些不耐烦。

“如果将军此刻知道我在这么着急地找他，他会比我还着急的。”

话筒里一阵沉默。然后时间变得特别难挨。钱秀玲的手心在出汗。佩令吉瞪大眼睛看着她。

话筒里突然传来一声咳嗽。然后是一句德语：“既然莱西姆已经决定了的事，还问我干吗？”

她一阵激动。是法肯豪森将军的声音。显然他是在办公室里跟别人说话。

她紧紧攥着话筒，仿佛它会滑落。她轻轻说出了自己的名字，然后怕他不记得了，又加了一句：“您的中国朋友钱卓伦将军的妹妹。”

将军的鼻音很重，像是有点感冒。他用一种诧异的语气问她，怎么会用这种方式跟他联系，钱秀玲听出，这个由总机转达的电话并不安全。他语音的尾部似乎有些许抱怨的意味。

她解释说，因为时间太紧，她实在没有办法，只能冒险给他打这个电话。然后她说，如果把一个士兵的失踪归罪于他曾经待过的整个村庄，一千多条生命的村庄，无论如何是荒唐的。世界上有太多的游戏，但是，以人的生命和尊严作为游戏的砝码，是残酷而黑暗的！

将军静静地听着。他间或咳嗽一声，然后问她，埃尔伯蒙村在什么位置。她一时无法回答，在她对地理环境的有限认知里，这里已经是跟法国接壤的边境了。

情急之中，她把话筒递给了凯特尔中尉。

中尉起先不敢接。钱秀玲说，将军问这里属于什么位置。

凯特尔中尉战战兢兢接过话筒，他啪地立正，脸涨得通红地说了一通德语。钱秀玲听懂了几个单词，其中有“执行”和“遵命”的意思。

凯特尔中尉冒汗的油脸上堆满了讨好的笑容。他把葛利夏夫妇送到门口。说，一切都解决了，我们会执行总督的命令。

葛利夏大夫却没有忘记再吊一下他的心火：

“中尉先生，火鸡宴我们请您，就在我的诊所。请相信我太太的厨艺还不错。”

凯特尔中尉啪地打了一个响指，说：“我的脖子先谢谢您，然后才是我的无可奈何的嘴巴。美妙的火鸡首先应该属于神圣的总督阁下，说不定他会亲自光临您的诊所，希望您把还没杀的火鸡养得肥一些，大夫！”

此时他们的寒暄，像认识了很久的朋友。不过，钱秀玲从中尉的眼光里，还是捕捉到了一丝沮丧。

这天夜里，埃尔伯蒙村的广场上，聚集着无数个火把。从一场即将爆发的灾难里解脱出来的人们，在手风琴的伴奏下翩翩起舞。斯捷潘神父在到处寻找佩令吉夫妇，他们的诊所大门紧闭，没有灯。隔壁的阿葆特太太说，是一辆邻村的马车把他们接走的，一个产妇突然难产，命在旦夕。她搂着他们留下托她看管的两个孩子，说：“难得的好人，真是上帝派来的天使。”

十二

人质大街：莫瑞斯把回忆的接力棒交给了雷蒙

天地良心，听莫瑞斯的回忆真是一件惊心动魄的事情。在讲述钱秀玲埃尔伯蒙的拯救故事时，莫瑞斯仿佛带着我一起穿越了千山万水。作为一个执拗的叙述者，他常常深陷于记忆的沼泽之中不能自拔。有时候他显得痛苦，一双昏花的老眼里，总是闪烁着难耐与不堪忍受的表情。作为九十六个人质之一，他经历了突然被捕差点被杀最后关押到德国集中营做苦役的种种磨难。

> ……卫生条件恶劣到了极点。在克拉麦普拉茨，一千两百个人使用的厕所，是原来只供十个儿童使用的。冬天的时候没有大衣，没有鞋穿，下雪的天气也只能光着脚上工。由于居住条件太坏，食物粗劣，不能吃饱，加上劳动过度，得不到起码的休息，有些体弱的人就像苍蝇一样死去。

他是在被押往德国集中营做苦役的途中，第一次听到钱秀玲的名字的。他们私下在传，本来我们所有人的生命，早就在那个该死的黄昏结束了。幸亏钱女士拯救了我们。当时他就想，啊，钱女士，是怎样的一位女神呢？

战争结束后，他与九十位幸存者回到了祖国。其他的五位，则在集中营里死于疾病和意外事故。回国后的第一件事，大家就相约着去看望钱秀玲女士，她那时真年轻，非常迷人、美丽。

然后，“人质大街”作为一个单词，反复出现在他接下来的叙述之中。

人质大街是什么意思？它在哪里？

莫瑞斯喃喃地说出一个名字：雷蒙·穆克。

他说，让雷蒙带你们去人质大街吧，接下去的故事应该由他来讲，他父亲就是当年抵抗组织的领袖之一，是他开着一辆破破烂烂的汽车，星夜狂奔一百六十公里，去埃尔伯蒙村找钱秀玲女士。

本来，钱女士跟艾克兴市没有任何关系。没有人知道她是谁。但是她在埃尔伯蒙村救人的事情，像原野里的风一样，吹到艾克兴来了，绝望中的人们突然想到了她。

在莫瑞斯的指点下，我们去找雷蒙先生。艾克兴小城并不复杂的街道行人稀少，雷蒙的住所在一条不起眼的马路拐弯处。院子的门敞开着，我们刚走进去，就看到西装革履的雷蒙迎面走来，看样子他正要出门。他告诉我们，小城里一位长者去世了，他要去教堂为其主持葬礼。他看了一下手表，说眼下他只有半个小时。尽管如此，他还是折回去，带我们参观了一下他的二战武器博物馆。

仅三间不大的房子。墙上地上，到处都摆放着二战期间各参战国的常规武器：机枪、步枪、手枪、头盔、子弹、炮弹、手雷、地雷、刺刀、匕首、水壶，以及各种电台、电话机、斗篷、雨衣、军号、领章肩章等等。一个穿军装的士兵模特双目茫然，端着枪在落满灰尘的橱窗里做无奈状。这是我亲眼仅见的最真切的武器博物馆。超过三千件以上的真枪实弹，政府怎么会允许？雷蒙笑着说，比利时不是禁枪国家，这个公益性质的武器博物馆，是他从父亲手里接下来的。雷蒙父子把平生的大部分收入积蓄，都用来购买收集二战时期的各种武器，其视野和足迹遍布所有的参战国，从欧洲到亚洲。

> 我父亲的初衷，就是收集并展示它们，让子孙后代永远不要忘记战争带给人类的灾难。他去世之后我接着在干，然后现在我女儿和女婿也在帮我。

他确认他的父亲，雷蒙·凯特是当年二战时期地下抵抗组织的领袖人物之一。他把我们领到一张不很清晰的黑白照片面前，说，

雷蒙父子的武器博物馆

这就是我父亲跟钱秀玲的合影。

一个高大微胖的中年人和身着便装的钱秀玲在交谈。从装束上看，钱秀玲身着中式夹袄，东方元素还是很浓的。不过照片上的两个人，表情有些凝重。那种凝重里似乎有一种默契，或许在为同一件事感到惋惜。在所有见到的钱秀玲的照片里，这似乎是她唯一不笑的一张。

雷蒙的解释是，这不是一张摆拍的照片。他们或许是正在谈论一件严肃的事情。

然后，他带我们去院子左侧的一个车棚。绕过一些东倒西歪的战车、大炮，他指着一辆残破的军用吉普说，看，这是德国隆美尔元帅的坐骑，这个品牌的车子，全球仅五辆。然后他掀开一块巨大的军用帆布，露出一辆破旧生锈的雪佛兰汽车。

我父亲当年就是驾驶着它和他的战友一起去埃尔伯蒙找钱秀玲女士的。

当我们的表情及时地定格在惊愕不已的时候，雷蒙的脸上掠过一丝不经意的成就感。随后他看了一下手表，脸上浮起一个类似祷告牧师的表情，似乎在告诉我们，艾克兴小城某个教堂的葬礼钟声就要敲响了。

虽然雷蒙的故事直到两天后才向我们打开其波诡云谲的帷幕，

但是，从我们置身于他的二战武器博物馆那刻起，一种挥之不去的残酷战争氛围，一种期待聆听的迫切愿望，一直牢牢地攫住我们。虽然故事已经没有悬念，公开出版的书籍和广为流传的文章都曾反复演绎钱秀玲夜奔几百里舍命救人的故事，但是，那些消逝的现场和现场背后的人心击撞的光亮，依然牵动着我的心。

人质大街。这个关键词在一九四三年五月十五日午夜到来之前显得有些模糊不清。为了叙述方便，请允许我暂时切换到雷蒙父亲的视角，并亲切地称他为老雷蒙。作为一个地下抵抗组织的领袖人物，他那天晚上几次与死神擦肩而过。子弹曾经贴着他的耳朵飞过却没有伤到他半根毫毛，这让他觉得赚了便宜。还有一次更惊险的际遇是，一名德军党卫军成员从他的背后向他开枪，却被他的一位战友提前两秒钟把一排冲锋枪子弹送进那个日耳曼人的胸膛。人在战场上的时候，这些都不算个事，死神其实很猥琐，只要你胆子够大，就能把它吓跑。不过，当四个党卫军成员成功袭击了一家藏有电台的地下抵抗人员的住宅时，这条原本平静的街道突然变得战栗不已。缴获了电台的德军对这户人家的主人展开了连夜审讯，老雷蒙在第一时间得知此事后，化装成一名牧师前往现场。如果电台被德军夺走，对抵抗组织的打击将是致命的，最后他下达了围歼的命令——以数倍兵力与火器，对住宅内的德军进行密集扫射。正如莫瑞斯老人回忆的那样，四名党卫军成员被打死三名，其中的一个少尉侥幸逃脱。此人换上便衣，爬上了前往布鲁塞尔的夜班火车，第二天凌晨便领来了大批德军。他们包围了艾克兴小城，对每一条街巷进行挨家挨户搜查。此时老雷蒙的手下均已安全撤离，但是，当九十六个无辜的青年人质被抓捕的消息传来，老雷蒙觉得这一仗其实是他们失败了，如果要挽回局面，那就必须把他们全部救出来，否则何以交代！

人质大街便从这一刻起，具有了一种危难中的生命质感。德军乏味的古老游戏开始重演，无非是几小时之后，如果抵抗组织不交出凶手，那么就每隔几小时枪杀几个人。有一份曾经在法国《灯塔报》上刊登的通告，被比利时各地的德军广为沿用，其格式是这样的：

> 十月二十日，受英国和莫斯科雇佣的怯懦的罪犯暗杀了南特的战地司令，凶手至今尚未捕获。我已下令先枪决五十名人质，作为这个罪行的抵偿……如果从现在起至十月二十三日午夜，凶手仍未归案，将再枪决五十名人质。

这一类通告经常出现在比利时各个城市的大街小巷，以及偏僻的村落。德国人的“开价”因为各地顽强的抵抗此起彼落而不断升高，甚至，只要有一个德国军人被枪杀，就枪决一百名人质作为报复。希特勒在一份秘密文件上写道：

> 我们的敌人绝对不可以享受日内瓦公约的待遇，如果由于

审问需要而留下一两个暂时不杀的敌人，过后也得立即枪决。

——威廉·夏伊勒《第三帝国的兴亡》(下卷)

把限定的时间与无辜生命进行捆绑，其实是屠杀者最没有创意的手法。但这就是战争。老雷蒙一度变得比较焦躁，因为没有一个周全的拯救方案。当有人把钱秀玲的名字灌进他的耳朵时，他断然予以否定。因为，艾克兴离埃尔伯蒙的直线距离是一百六十公里，而且路况不好，有一段山路坑坑洼洼，非常危险。更要命的是，没有汽油。须知德军统治下的所有比利时城乡，汽油全部被他们严格管制。有人跳出来说，他能搞到汽油，至少五十公升，有人怯生生地说他能搞到二十公升。老雷蒙的眼睛渐渐有了光亮。他扔掉一颗烟蒂，决定以最快的时间收集至少一百公升汽油，哪怕用生命去换取。然后他和几位战友像变戏法一样从一个旮旯里推出一辆破旧的雪佛兰汽车。汽油找来了，但绝对没有一百公升。老雷蒙跳上了驾驶座，他的两位战友紧随其后，汽车沉闷的发动机声音刺破了寂静的夜空。冲出小城后，汽车像发了疯一样在黑黢黢的原野公路上狂奔。当他们以令人难以相信的速度赶到埃尔伯蒙村的葛利夏大夫诊所楼下时，老雷蒙看了一下怀表，是午夜十二点整。

他叩击诊所大门的声音并不高，但是异常清晰。葛利夏大夫刚刚睡下，他以为是来了急诊，赶紧披衣而起。可是，进入诊所的三个人表情冷峻，虽然没有持枪，但浑身都散发着一股杀气。他一看就知道对方是战场上下来的，抵抗组织的招牌面孔基本都是这样：神情诡异，蓬头垢面，总是在东张西望，隔着距离你都能听到他们饥肠辘辘的声音。

葛利夏大夫有一点好，就是任何时候都不慌不忙。他眼里所有进入诊所的都应该是病人，或者是跟病人有关的人。他随口问道，谁看病？哪里不舒服？或者需要什么药品？他都可以提供帮助。

不过，为首的老雷蒙却对着他讲了一句很不受用的话："对不起大夫先生，我们不是来看病的。我们想见一下您太太。"

这句话让葛利夏大夫有点不高兴。

"同样对不起先生，我太太已经睡下了。你们请回吧，晚安。"

他做了一个礼貌的送客的姿势。

老雷蒙说了声对不起。他感到自己有些失礼。于是他接下来的陈述还算诚恳。他们从遥远的艾克兴赶到这里，是因为德军抓捕了九十六个人质，他们都是无辜的平民，几乎都是青壮年。再过十几个小时他们就要逐个被枪毙……

葛利夏大夫打断他的话。这听起来的确很让人同情，但是，难道他的妻子就一直有办法拯救他们吗？不错，她过去是救过人，而且不止一次。周边地区的人，但凡有被德国人抓去的，家里人都会跑来找她。是的，她后来又去找过那位德国将军，据说又救下了几个人，其中有医生、教师、铁路工人。就在前几天，她还拯救了一个名叫路增祥的中国人，是个牧师，在布鲁日某个教堂供职，或许他还有一手不错的文笔，喜欢给报刊写点文字，不过，最近一段时间，他的文字心火较重，老是在骂德国人，一时名声大噪。由此付出的代价是，德国人把他抓起来，要枪毙他。路太太不知从哪里得知钱秀玲的名字，一天傍晚，她风尘仆仆地赶到埃尔伯蒙村来求助。钱秀玲陪着她，坐当晚最后一班火车去了布鲁塞尔，居然把那个路某人给救下了。据说，离执行枪毙他的时间，已不满十个小时。

所有这些都很棒。可是救人只是她曾经的义务，而不是一项持久的没完没了的工作，更不是她的职责所在。况且她已经怀有五个半月的身孕……在这样的月黑风高之夜，要赶那么多路，他几乎看不出有任何可能，他不忍心去叫醒正在熟睡的太太，因为这太不现实，也是不仁慈的。

葛利夏大夫带有情绪的表述，让对方的表情有些沮丧。大夫看在眼里，突然有点同情他们了，缓口气说：

“愿上帝保佑你们吧，这样的爱莫能助让我有些歉疚。”

转过身来，猛然发现妻子已经站在楼梯口。葛利夏脸上掠过一个错愕的表情。显然她什么都知道了。她缓步走下楼梯的时候，脚步缓慢，身子显得有些沉重。她走到老雷蒙面前，说了一句话：

“走吧。我跟你们走。”

老雷蒙一时怔住了。他站在原地没动。从他的眼睛看去，这个身板不高、肚子略略隆起的少妇，脸色憔悴而发白，但目光里有一

钱秀玲与当时艾克兴地下
抵抗组织的领导者雷蒙在一起

种特别的光亮，他感受到了，那不是一般的同情和友善，而是一种发自内心的悲悯，仿佛那些人质里，有她的亲人在。

他和两位同伴走出诊所，在外面静候。无论对于这个诊所的男女主人，还是对于他们来说，这都是一个极其重要的时刻。

屋内，钱秀玲把目光转向她的丈夫。她的声音很低，但在静谧的夜空里，声线非常清晰。

“我知道你是担心我，但我会没事的。你安心在家带孩子，我去去就回来。”

葛利夏大夫突然像个孩子一样流泪了。他一把抱住妻子说：“不可以，不可以。你知道我是一个医生，就算是一个普通的孕妇，我都不会同意她去冒这个险。天哪，两百多公里，而且是崎岖的山路，上帝都没有办法帮到你们。”

钱秀玲依偎在他怀里，抬头看着他，说，亲爱的，你知道我最欣赏你说过的话，是哪一句吗？

“快，去叫辆马车！”她模仿着他当年在街边救人时喊出的声音。她说那是她第一次在心里崇拜一个英雄般的人物。天知道，她这个人从来不崇拜什么英雄，但是从那天起，她才知道自己内心是有英雄情结的。

“我能做到的事而不去做，你知道的，我会一直不安。我不能委屈我的心。”

佩令吉却说不出一句话了。他们拥吻。然后佩令吉跑到楼上，拿了一个急救包递给妻子，仔细叮嘱她，万一遇到什么紧急情况如何使用包内的药物。

当葛利夏大夫把他的妻子送上门外的那辆雪佛兰汽车的时候，又折回来拿了一条毛毯。他和老雷蒙只是相互深深对视了一眼。老雷蒙拥抱了他，说放心吧，我会把您太太安全地送回来的。

后来坊间有一种说法，钱秀玲出发时曾经对担心她出事的丈夫这样说：我即便出事，加上肚子里的孩子，充其量不过两条性命，而等待拯救的，是九十六条生命哪。

晚年钱秀玲在其孙女塔吉亚娜的纪录片《我奶奶是英雄吗》里的陈述中，却是这样说的：

> 那不是我的思维方式。当时我考虑不了那么多，只想着，但凡我能够做到的事，就一定要去做。救人要紧，根本顾不上害怕了，想都没有去想，也不会去计较怎么划算，人的生命都是一样的宝贵。

在特定的时刻，每个人都有“害怕”之心，但是战争这位残忍的导师教会了更多的人甩掉怯懦。突发的灾难会激发人们内心那些良知、仁慈和勇气的萌芽。不过，即使你创造了一个惊世的传奇，但它诞生的起点或序幕，却并不华丽或惊艳，一切都看起来那么平淡无奇。

老雷蒙一直担心的汽油问题，在半途的一家旅店里得以解决——那里的一间地下室里，居然还藏着二百公升汽油，其主人是抵抗组织联络站的头儿。老雷蒙发现钱女士在漆黑夜晚的旅途中非常安静，她一直在闭目养神，有一段时间她好像在颠簸中睡着了。让他感觉不可思议的是，这样焦心的时刻，她怎么会如此淡定。他当然不会知道，钱秀玲甚至还做了一个梦，她梦见自己跟着父亲坐着一条扯篷船进城，她从船舱里探出头来，看见一队白鹭低贴着湖边的芦苇，掠过她的头顶，朝湖心飞去，突然一阵枪响，一只中枪的白鹭扑闪着翅膀，一头扎进她的怀里。她惊叫一声。梦醒了。坐在她旁边的老雷蒙扶住她，轻轻地说，夫人，夫人，一切都安然无恙，您再休息一会。

令人沮丧的是那辆老掉牙的雪佛兰汽车，虽然喂饱了汽油，但在路上还是不断抛锚。老雷蒙带去的两位战友，正是熟练的汽车修理人员。他们打着手电钻进车下抢修。有一次，汽车怎么也发动不起来，他们推着汽车走了一段，在一个下坡的地方，汽车终于粗吼一声，踉跄着朝前冲去。

钱秀玲在这个漫长且艰难的夜晚里最真切的感受，是她感觉到了胎儿的第一次律动。虽然这已是她的第三个孩子了，但是，她还是有着第一次怀孕的感觉，那就是伴随着紧张的兴奋，兼有挥之不去的隐忧。她用毛毯盖住自己的腹部，胎儿每一次细微的律动，都是在跟她对话，她听到了。她突然心生歉疚，眼里涌出泪花。双手轻轻安抚着腹部，亲爱的宝贝，妈妈会保护好你的，谢谢你陪伴妈妈去做一件事，等你长大了，我会讲给你听，你一定会觉得这很带劲。她就这样默默念叨着。突然感觉有点虚弱，浑身在冒虚汗，手心里已然是湿湿的了。她下意识地攥紧佩令吉给她的急救包。不过她并没有打开它。她用双手捂住腹部，轻轻问了一句话："还有多少路？"

在诸多现成文本的表述中，钱秀玲乘坐的雪佛兰汽车是在早晨到达艾克兴小城的。闻讯赶来的市民从四面八方拥上街头——她受到了全城人民的欢迎和致敬，市长还接见了她。

不过，在雷蒙·穆克的叙述里，却持有另外的观点：

> 这不可能。当时的情况非常危急，而且艾克兴还在德军的控制之下，地下抵抗组织不可能把钱秀玲女士将出面拯救的消息走漏出去，也不会搞那种欢迎的场面。钱女士在事情没有成功之前是不可能露面的。知情的人们都在暗地里等待，表面上却似乎什么也没有发生。

从艾克兴到舍佛堡大约还有近二十公里。时间接近凌晨四点。越往前走，晨雾越是浓重，气氛也似乎越发严峻，一路的装甲车、坦克挨挨挤挤，接着是层层叠叠的岗哨和检查站。此时车上只剩下老雷蒙和钱秀玲两个人。这是钱秀玲的建议。关于如何应对岗哨反复的盘查，他们用了一段时间来磨合台词。钱秀玲手上的那张法肯豪森将军的名片，由于多次使用已然起皱，不过，沿路的岗哨还是很认的。不过，老雷蒙的车开到距离舍佛堡还有两公里的地方被最终叫停，经过宪兵的一番检查之后，雪佛兰被要求停到了指定的区域。他看着她上了德国人的一辆车。带她上车的一名上尉面无表情，老雷蒙还注意到，连司机都是佩枪的。载着她的吉普车渐渐远去的时候，老雷蒙心里一阵紧缩。后来他对儿子雷蒙·穆克描绘了当时的场景：

> 她始终很淡定，她和德国宪兵盘问时的对话甚至有点幽默。她几句话就让盘查她的人对她恭恭敬敬。是的，她来过这里已经好几次了。有人认出她是法肯豪森将军的朋友，不过她还是不卑不亢的样子。她那种与生俱来的气质，并不需要用言语来装饰。

可是，情况要比老雷蒙当时想象的糟糕很多。连钱秀玲也始料未及的是，法肯豪森将军差点不能见她。

当然不是因为太忙，也不是一时有所不便，而是他遇到了非常大的麻烦。

关于法肯豪森将军，世人只知道他是一个德军上将，德国占领比利时和法国北部的最高军政长官。中国女作家张雅文在书写《与魔鬼博弈》一书时，专赴德国法肯豪森的故乡拿骚采访，其掌握的大量珍贵资料，为她的书写提供了非常有力的支撑。从阅读张雅文老师的文本出发，我试图为法肯豪森将军梳理一条可供辨析的精神脉络。

他是一个反战人士。他内心热爱和平，珍惜每一个无辜的生命。他崇尚博爱和自由——这个精神坐标贯穿于他在二战时期的军事生涯中。他不认同德国是可以主宰世界的民族。希特勒曾经说，即使是最下贱的德国工人，从人种和生物学方面看，也比犹太人和斯拉夫人的贵族们高贵千倍。他反对这样的观点，他认为全世界各个民族、种族，都是平等的。他绝望地看到自己的同僚们对被占领国的屠杀和掠夺。有一次，希特勒在高级军事将领会议上说，你们一旦发现有什么东西是德国所需要的，就必须命令你们的士兵像警犬一样追逐，一定要把它弄到手，并且送回德国。

他当时在心里暗暗地骂了一句：无耻的流氓！

其实，他很早就参加了反希特勒的秘密组织。他和德国陆军参谋长路德维希·贝克将军是反希特勒密谋集团的首领。这些有良知的德国将军很早就认识到，希特勒是个穷兵黩武的战争狂魔。这场战争的爆发，完全是希特勒称霸世界野心膨胀的结果，绝不是德意志人民的意愿……正因如此，法肯豪森将军在比利时担任军政总督的四年里，并没有执行希特勒的指令，而是实行人道主义管理，最大限度地保护了比利时人民的利益。帮助比利时建立红十字会，为比利时人民提供饮食及医疗上的资助；维护比利时的经济发展，恢复和重建被战争毁坏的交通和房屋；反对德国在比利时建立义务劳动营；尽最大努力营救被判处死刑的反战志士……由于舍佛堡远离柏林，这里便成为反希特勒组织的秘密集会地。

——张雅文《与魔鬼博弈》

到这里我们终于知道，法肯豪森之所以愿意帮助钱秀玲，并不单单是出于私人情谊，而是有着道义上的暗合。在特定的时刻他应该非常感慨，命运总是把虽然远隔千山万水却还能心心相印的朋友联结在一起，钱卓伦兄妹的联袂出手让他内心振奋，让他感知正义和良知的力量是无处不在的。

还有一重惊叹，就是那个连背影也很美丽的钱家小妹。她优雅的举止显示着她良好的修养，一直连接到她温厚儒雅的家世。她眼睛里那种毅然的果决和悲天悯人的忧郁，闪耀着人性的美丽。在法肯豪森看来，那是世界上最迷人的风景。他羡慕钱卓伦有这么一个妹妹。当他不自觉地用长辈的眼光去打量她时，他觉得世界的一个局部突然变得美好起来。

她几次来求他救人，在他看来，那其实都是她在帮他，让他知道更多的无辜者在遭受不幸，在一次次下达命令的时候，虽然面临着巨大的压力，但内心还是很有成就感的。不过，为了保护钱女士，他不能向她袒露心扉，而且必须保持一定的距离，否则盖世太保连她也不会放过的。万一有什么闪失，他何以对得起他的好朋友钱卓伦将军。

法肯豪森的诸多反战“行状”当然引起了希特勒的不满，就连戈林和戈培尔也多次批评法肯豪森，说他不称职，对元首不忠，有背叛第三帝国之嫌疑。

由此，法肯豪森的身边人里，就有了不止一名监视他的密探。他们俗称盖世太保，实际是德语“国家秘密警察”（Geheime Staats polizei）的缩写Gestapo的音译。他们每个人都有着堂皇的军衔和职位，并且在表面上听从法肯豪森将军的指挥。其实，他的一举一动都在他们的监视和密报之中。每天不止一封电报及时地飞到希特勒的案头。

其时盟军已在诺曼底登陆成功。欧洲战场的形势发生了根本性的逆转，德国即将战败。希特勒不止一次地躲过国内反战人士对他的暗杀，加紧了对那些军队高层将领的控制。法肯豪森被召到柏林，遭到了希特勒的当面痛斥和最后警告。此时他非常清楚，自己的日子不多了，盖世太保们随时可能向他出示元首的所谓手谕，把他押回柏林交予军事法庭审判。

在这样的背景下，钱秀玲要再次见到法肯豪森并且解救那么多的人质，几乎是天方夜谭。

但是，钱秀玲性格中的执拗部分在这个特定时刻再次放大。虽然法肯豪森的秘书已经和颜悦色地婉拒了她的求见，她却坐在候客室的沙发上一动不动。她坚称有非常紧急的事情必须得到将军的接见，否则她不会挪动半步——除非他们拖着她的尸体出去。几乎是发毒誓，虽然她说出的每一个字都带着一个东方女性的温婉。秘书后来妥协了，告诉她，将军答应见她，但不是现在，最快的时间是二十四小时之后。她决绝地摇头，说人命关天，最多还有一个小时，就要有很多无辜的生命惨遭杀害。她双目圆睁，字字如钉："无论如何，我必须立即见到将军，哪怕我立刻去死！"

死，在这个非常年代几乎是一件最容易的事。若是一个不相干的以死相逼，更是会被人笑得满地找牙。但是秘书被她周身散发出的气场打动了。他知道将军很看重这个东方女人，于是他转身进到一个秘密的会议室。这里正在召开一个非常紧急的秘密会议。几位反战的将军面临着即刻被押上囚车运回德国的危险，但此刻他们商讨的还不是如何化解自己的岌岌之危，而是尽最大可能除掉希特勒——这是拯救当下德国的最好也是最后的办法。

当秘书把钱秀玲再次求见并且以死相逼的事，小心翼翼地用耳语的方式报告给法肯豪森将军时，他的第一反应是惊诧。由于战场的接连失利，德军变得异常疯狂，舍佛堡的警卫全部被党卫军部队接管。这个危险的凌晨潜伏着太多的杀机。他想，若非特别紧急的事，以她的教养是不可能说出以死相逼的话的。

他不由自主地站了起来。一分钟后他出现在办公室里。他看到钱秀玲面色憔悴地被秘书带进来，她的气色不好，煞白的小脸没有了往日的神采，眼睛里充满了焦虑和疲惫。

他情不自禁地走上去，叫了一声："孩子，你怎么会在这个时刻来这里？"

钱秀玲以最简短的话语告诉他，九十六条无辜的生命，他们的大限是一个半小时之后。是的，屠杀即将开始。这些人是真正的平民，他们非常无辜，将军，无论如何您要拯救他们。

法肯豪森沉吟了片刻。这个片刻让钱秀玲感觉有点长。她觉察到了他很为难，这是之前从来没有过的。他明显地衰老了，嘴角的肌肉松弛，花白的胡须也没有刮。然后她环顾了一下四周，她似乎从空气里感觉到有点异样。她不知道盖世太保就在隔壁，他们或许正在窃听，或者正在商量是否要提前对法肯豪森将军下手。

"好吧，我会尽最大的努力。"

她感觉将军说出这句话好艰难啊。

当她把那九十六个人质的名单交到他手里时，她发现他眼睛里掠过一丝沉重。

他放低声音，告诉她，他现在的处境非常危急，盖世太保就在离他最近的地方，他已经完全不被信任，但是他会尽最后的努力。

然后他叮嘱她赶紧离开这里，以后也不要再来找他。他伤感地说出了一句类似诀别的话：

"我待在这里的时间，可能不会超过四十八小时了。"

他想了想，又说了一句：

"以后见到你哥哥，卓伦将军，代我问候他。"

然后他朝她挥了挥手，走吧。

她一下子泪流满面，站在那里一动不动。

走吧，他说。

她朝他深深鞠了一躬。

她转身的时候身体有些笨重。法肯豪森注意到了。他叫住她。

她不好意思地告诉他，这是她怀的第三个孩子，已经五个半月了。

法肯豪森原本黯淡的眼神突然亮堂起来。他有些激动地走到她面前，摊开双手做出一个不可思议的姿势。继而他的神色变得严峻起来："您怎么可以……以死相逼？谁给了您这样的权力，让一个还没有出生的孩子在娘胎里跟着您受罪甚至送死！"

因为激动，他的发黑的嘴唇有点哆嗦。

"对不起将军，我实在是着急得没有办法了，或许我不那样说，您的手下就不会安排您的接见。"

法肯豪森的眼睛里溢满了泪水。他喃喃地叮嘱她一定要好好活着，好好地把孩子生下来。他也希望那些善良的人们都能好好地活下来。他送她走到办公室门口，又说了一句让钱秀玲几十年后还记得的话："好好活着！"

她知道这或许就是永诀。泪水再一次夺眶而出。走在幽暗的楼梯上，她感觉这偌大的城堡犹若一个令人窒息的坟墓，她痛惜法肯豪森将军即将被这坟墓所吞噬。同时她又百感交集，正是他在这里发出的指令，一再让那些即将赴死的无辜生命得以解救。几十年后她在纪录片《我奶奶是英雄吗》中回忆这段往事时，说过这样一席话：

> 当时我并不知道，将军的处境已经非常艰难。他身边的盖世太保随时会把他抓起来押解到柏林向希特勒邀功。将军是在最后的危急关头，行使了他最后的权力，把那九十六个人质从死刑改成劳役。

法肯豪森对自己命运的预计足够清晰而精准。几天之后，一九四四年七月十四日，一封由希特勒签署的解除他一切职务的命令送到他的案头。之后，他连起码的体面也没有保住，不但没有送别仪式，连离开舍佛堡时的汽车里都有全副武装的盖世太保押送。不过他的心情并没有常人想象的那么糟糕，因为这个结局在他意料之中。他唯一的指望是，那个名叫冯·施陶芬贝格的德军少校，能够如期把一个装有炸弹的公文包送到希特勒办公室，那里有一张六英尺长的橡木桌子，希特勒常常在这里主持最重要的会议。如果他座位底下的炸弹能够引爆，那么，历史将改写，一切将重新洗牌。遗憾的是，炸弹响了，被炸死的却不是希特勒，而是一个名叫布兰特的上校，因为他无意间把那个公文包挪向了自己的这一边。

十三
那条路

莫瑞斯的采访录音虽然断断续续，但是干货还是很多的。

第一次见到钱秀玲，并不是他和其他难友从德国集中营被释放回国的欢迎会上，而是在艾克兴市命名“钱秀玲路”的落成典礼仪式上。在德国集中营的时候，他不止一次和难友们提到那位拯救他们生命的女神。他们讨论她是一个怎样的人，他们之中有个画家叫卡佳，他好几次偷偷地在废纸的空白处，用一个铅笔头，想象着她的容颜，画出一个金发女郎，眼睛很大，身材高挑，会骑马，能打枪，同时又足够优雅而知性。无疑他们每个人的心头都驻扎着那样一位自由女神，这成为他们在非人的残酷条件下活下来的精神支柱之一。那一天，当他看见一个身材娇小的东方女性，脸带羞涩的微笑，出现在大家面前的时候，他和那些被拯救的难友情不自禁地朝她拥去，他们欢呼起来，挨个儿给她献花，拥抱她。有好一阵儿她的眼睛里噙满泪花，她要是个男性的话，肯定会被狂欢的人们抛向空中的。

莫瑞斯已经不记得当时钱女士有没有发表感言了。不过他认为这不重要，重要的是，艾克兴市政府，有史以来第一次把一条马路和一个外国女人的名字联系在一起。也就是说，当“钱秀玲路”载入当地历史的时候，实际上她已经与一个城市、一个国家甚至一个热爱和平的世界联系在一起了。

莫瑞斯是个容易害羞的人。他清晰地记得，那天当他把一束康乃馨献给钱女士的时候，她开心地接过去，还闻了闻，说谢谢。并说，你们受苦了，不过灾难已经过去，未来的日子会跟这花儿一样。

当他和同伴们知道，她是一位化学、物理学的双博士，但当下的身份只是丈夫诊所的一名护士，他们咂舌，惋惜，愈加对她肃然起敬。

莫瑞斯还记得，当时比利时国王和王后发来了贺电，比利时政府授予她“国家英雄”称号，绶带和奖章非常典雅而珍贵。庆典活动上官员和名流云集，当然更多的是从四面八方拥来的民众。他印象里的钱女士一直在躲避媒体的采访，她身材高大的丈夫好比她的贴身保镖，他们已经八岁的大儿子跟在后面，像一只欢快的小狗。活动结束后，葛利夏大夫护着她，把孩子驮在背上，很快就离开了现场。

幸好雷蒙·穆克的二战武器博物馆里，还保存着一段珍贵视频资料，它记录了钱秀玲在那次庆典上的一个招牌式的微笑：她有一点发福，发髻高高地盘起，愈显得风姿绰约。摄影师显然被她的笑容吸引住了，那是一个屏住气拍摄的足足一分多钟的长镜头：她先是不露齿地微笑着，慢慢扭转着她那有些丰腴的身体，举着鲜花向那些朝她欢呼的人们致意，有一个小男孩费劲地从人群里挤过来向她献花，却被近乎汹涌的人流挤得摔倒，他哭了起来，站在钱秀玲身边的葛利夏大夫赶紧冲过去，一把将他从人群里拽了出来，抱在怀里，钱秀玲噗地笑出声，这个近乎特写的镜头，清晰地记录了钱秀玲脸颊上的两个深深的酒窝，然后，那个开心释怀的笑容，很长时间都留在她的脸庞上，呈现出风情万种的意味。

那天，市长的开场白里，有这样一段文字：

当我们今天在这里集会，以比利时政府和艾克兴人民的名义，为格里高利·佩令吉夫人钱秀玲女士命名一条属于她的道路，以表达我们对她的敬仰和纪念。她以超凡的勇气拯救了我们一百一十位反战人士以及无辜民众，她的卓越品格必将成为这座城市的一个不可替代的坐标。此时此刻，我们通常使用的向来以其丰富语汇著称的法语，突然变得如此苍白和贫乏。是的，我们找不到一个准确的词汇来表达我们对她——佩令吉夫人钱女士的崇敬之情。

《一九四五年七月二十一日艾克兴周报·记忆版》

《艾克兴周报》是一份在当时发行量很大的报纸。它的头版有这样一条广告语：在艾克兴的三户人家里，必定有两家以上会订阅它——忠于事实的文字，是这样的一种东西，它不会撒谎，无论岁月更替、人事代谢。艾克兴市博物馆完好地保存着她当年的讲话稿，时间也是在一九四五年七月二十一日。可以想见，它和市长先生的致辞是在同一个集会上。后来它被刊登在二〇〇八年冬季出版的一本纪念钱秀玲去世的文史资料杂志的第一百一十五页：

女士们，先生们，你们好！

诸位的讲话对我充满了溢美之词。谢谢你们热情地接待我，赠我以美好回忆，令我十分动容；我谨在此表示诚挚感谢。

今日重返艾克兴，向这座城市的人质、牺牲者献上敬意，我倍感宽慰；大约一年多前我见到他们时，心情是十分沉重的。能够向这座城市友好的人民，尤其是向饱受德军暴行之苦的人们献上敬意，我感到十分荣幸；我与诸位一道，向为了国家的独立自由而倒下的英雄们致敬。

当我有幸在占领国政府首领面前为无辜的人质求情时，我意识到我是在为那些被最可怕的独裁者即将夺走的不幸生命而抗争，我完成了这项伟大的任务。如果说，这些宝贵的生命因此而得救，那么我也获得了奖赏：我虽无这样的预期，但确实感到了一种少有而温情的满足，因为我履行了一项神圣的义务。自我踏上比利时这片国土，我便一直欣赏并钦佩你们的美好品质，你们的热情和诚恳，让我不知不觉地加入你们的行列之中。

战争让我看到了比利时人的爱国和英勇无畏。我由衷敬佩为了这个国家的自由而无畏斗争的英雄们。

艾克兴人民选择了将今年的七月二十一日定为一个值得回忆与感激的纪念日，证明了市政府及所有公民的爱国情怀，对此我深表赞美。

在我看来，诸位的热情邀请，再一次证明了比利时人民的热情友爱。我爱着这个国度，将其视为我的第二故乡。

此文简短而饱含深情，是一篇被岁月遮蔽了七十多年的珍贵文献。虽然比利时政府已经授予她“国家英雄”称号，但在钱秀玲的心里，她还是一个中国人，她所赞美的比利时，永远只是她的“第二故乡”。

若干年后莫瑞斯当了艾克兴市的市长。在他长达近二十年的任期里，“钱秀玲路”至少被加宽加长了三次。他本人一直是一个故事的讲述者，在特定的时刻他会重新回到那张照片上，演绎当年的情景。他反复叙述的故事总是被无意地拉长。那张著名的九十六减五的合影，让几乎所有的人都持有一个共同的遗憾，那就是，应该让钱秀玲女士站在他们中间，因为没有她，就没有他们后来的生命。

莫瑞斯的市长生涯里也有很多遗憾。其中之一，就是没有能够把那户导致发生人质事件的民居买下来，做成一个永久性的纪念馆。这个事情听起来有点匪夷所思，但后来我们在艾克兴又遇到类似的事情，便就释然了。

钱秀玲路，前前后后我们去了三次。它不远，但并不像国内媒体说的在艾克兴市中心，而是在不算偏僻的市郊。如果没有路牌，你肯定区分不出它与别的马路有什么两样。路也不长，一两公里的样子。它的两旁，散布着不多的普通民居，看上去有些寥落。你可以说它很安静，没有什么车水马龙，道边也没有特意栽种名贵的树木。看得出当局并没有刻意去打扮它，即便有修补，也是按照普通的标准。看不出有什么特别——或许是我们价值观里难以理解的一种境界吧。

行走在钱秀玲路上，感慨还是多的。如果说，西方人把颂扬一个人说成是搞个人崇拜，那为什么每到一个城市，无论是广场还是公园，都会有那么多的历史人物雕塑，比例很大地矗立在你眼前，让你不得不仰望呢？钱秀玲的事迹，放在全世界的背景下，都是叹为观止的。如果她是比利时人，其影响持续程度，会不会比现在要更好一些呢？一种隐隐的缺失感，在我心头怎么也挥之不去。

雷蒙先生太忙。他除了是一个敬业的小城殡葬业从事者，还是当地的社会名流。因为抽不开身，他特意介绍了一位小城的历史文化研究者、拉丁文老师梅芙妮和她来自台湾的丈夫薛嘉仁先生陪同我们参观。

当一个深秋下午的阳光降临在艾克兴小城冷清的街道上的时候，梅芙妮老师和她的先生带领我和妻子穿过几条简陋的小巷，来到了被莫瑞斯和雷蒙不断念叨的人质大街。这就是一条普普通通的马路，路面并不很宽，如果不是在街角处有一块法文的路牌，我真的看不出它的特别之处在哪里。而它的不被遗忘，始终与被拯救的九十六条人命联系在一起。

我的第一个问题是，一个市政府，居然买不下一户民居？

梅芙妮先讲述了一个细节。就在当年艾克兴政府命名“佩令吉夫人——钱秀玲路”的庆典仪式上，当时的艾克兴市市长还赠给她一件礼物：古色古香的中国铜质香炉。据说是南北朝时期的，上面有着很精细的雕工，看上去很精美雅致。一种说法是，这件礼品是市长自己掏钱买了送给她的；还有一种说法，是一位当地的有钱人，感念钱女士的功德，买了这尊据说是南北朝时期的古老香炉，托市政府转赠给她的——无论如何，它不是政府埋单的。任何一届政府的财务项目里，它都无法立项，当然也就不能被“报销”。

梅芙妮的解释是，在比利时人的价值观里，政府并不拥有一切权力。它是为纳税人办事的机构，是纳税人的选票让执政者上台的。它没有权力不经纳税人同意，就把钱用到一个地方去——比如买一栋民居。老实说政府没有那笔钱，即便有，只要户主不愿意卖，政府就毫无办法。而且，就算户主同意出售，政府的预算项目里，也没有买民居做纪念馆这一说。除了受议会监督，政府还受选民监督。所以，政府必须看选民的脸色。在政府的辞典里，没有不经选民同意的“征用”一词。最后，政府想在那户民居的墙上钉一块牌子，表明这里曾经发生的一切。结果，户主的后代觉得，这块牌子一旦挂上去，会干扰他们安宁的生活，就没有同意。于是政府的这块牌子只能挂在离民居最近的巷口。

第二个问题是，钱秀玲前前后后一共救了多少人？

这个答案清清楚楚。就是在艾克兴小城的博物馆门前的空地上，我们见到了一块黑色花岗岩纪念碑。上面刻写着几组数字：

第一组，在整个二战期间，艾克兴小城有三百人死于非命。

第二组数字写的是，钱秀玲女士总共拯救了一百一十位人质的生命。

没有形容词。只有数字。

梅芙妮说，在当地人的价值观里，数字会给人最真切的感受。历史只提供数字，它不会强迫任何人信奉什么，反对什么。

我告诉梅芙妮，文学可不一样。它关心的是数字背后人们心灵的遭遇和付出，追寻的是事件、资料背后的审美意义。

梅芙妮宽容地笑了。她认为，任何非虚构文本都带有虚构的意

艾克兴博物馆前的石碑，
记载着钱秀玲拯救人质的事迹

味，因为作者的倾向会左右他选择什么，放弃什么。

梅芙妮为了表明她的观点是客观公允的，特意把我们领到了艾克兴市博物馆。不巧的是，博物馆正面临搬迁，一片狼藉。所幸钱秀玲的大幅相片还挂在墙上，与她有关的为数不多的历史资料，则已经打包装箱。七十岁的前馆长卢埃尔先生身体颇壮实，他听说钱女士的中国老家来了两位寻访者，非常高兴，破例为我们打开那些已经封存的资料。其中有一份一九四五年出版的比利时《南方日报》的《回顾专刊》，用两个专版来刊登艾克兴九十六名人质被解救的报道，其中有一段描写钱秀玲的内容，是这样说的：

> 她看上去确实平常。属于东方人的小个子，装束也带着东方色彩。她似乎不想淡化她是一个中国人的概念，同时，看得出她很低调。即便不带上她的已经八岁的儿子，人们也不会把她和一位“国家英雄”联系在一起。当她登台接受这一份比利时国家的最高荣誉的时候，她一脸的羞涩、带有些紧张的神情，却为她赢得了更密集与响亮的掌声，太多人向她围拢过去，无疑她是这一天集会上唯一亮眼的女神。

第三个问题是，二战之后的钱秀玲名声大噪，她是什么时候离开埃尔伯蒙村的？她在艾克兴居住过吗？

梅芙妮以十分肯定的语气告诉我，钱女士没有在艾克兴居住过，尽管在她的后半生，一直和艾克兴保持着紧密的联系。至于名声，她认为那应该不会对钱秀玲构成干扰。因为她这样一位内心强大的人，对待生活有自己的价值判断，有自己的行事逻辑。当然，过于偏僻的埃尔伯蒙村终非钱女士一家的久留之地，尽管他们在那里有非常好的口碑，也有经常走动的朋友。作为一名一度在比利时家喻户晓的公众人物，钱女士的“被围观”只是暂时的。在比利时你无论走到哪里，都看不到为任何个人修建的纪念馆或博物馆。即便是钱女士被国王授予“国家英雄”，媒体上宣传一阵子也就过去了，大家都在心里记住了她。而她的本色和低调，更是大家愿意看到的样子。

这应验了我的一次实地考察的感受：到达布鲁塞尔的第一天，我就兴致勃勃地去了市中心的一家书店，我希望能够在这里买到一本钱秀玲的传记，至少是记载她事迹的一本书，哪怕只是某本书里的一个片段。女营业员在电脑里搜索了半天，抱歉地说没有。我不死心，希望她继续找一找。于是女营业员请来一位上了年纪的资深人士，或许是经理之类——最终的结果依然是没有。我问他们，是不是知道钱秀玲这个名字？年长的那位先生肯定地点头，说，她是国王颁发的英雄勋章获得者，不过，那是很遥远的事情了。年长者的表情，似乎在很费力地拽回某种记忆，而年轻的女营业员却依然是一脸茫然的样子。

也就是说，即便是“国家英雄”勋章获得者，也并不享受出版个人传记这样的权利；或者说，没有一个作家会拿起笔，主动去写一个历史上公认的“国家英雄”。

不知怎么的，我突然又想起那些矗立在广场和公园的历史人物雕塑。被我咽回了的一个提问是，广场上和公园里那些历史人物雕塑，算不算是个人崇拜？为他们竖立雕像，依据是什么？

十四
天堂的门是窄的

那么，离开了埃尔伯蒙村的钱秀玲一家去了哪里呢？

这个问题，在离开艾克兴的时候，我们问过梅芙妮。她在回答的时候有点迟疑。后来她选择了一个大范围的回答：她反正没有回到中国，一直留在了比利时，这是肯定的。

梅芙妮自谦地表示，她没有去过中国，对那个古老的东方国度缺乏起码的了解。不过，按她的理解，钱秀玲女士一直没有回到中国，自有她的道理。

当我们把可能收集到的资料信息汇拢到一起，我们发现，当时钱秀玲一家的选项并不是很多。

他们当然可以回到布鲁塞尔。作为比利时的首都，它拥有国内最好的医院，葛利夏大夫正年轻，他非常清楚，乡村诊所的安逸日子最终会荒废他的技术，而他的一位来往密切的学长，正主持着布鲁塞尔一家权威医院的外科业务。将来他如果能够成为那家医院的权威医生，其前景当然是让人乐观的。一家大小的衣食无愁，在葛利夏大夫看来还在其次，在学术上的造诣才是他梦寐以求的。

从钱秀玲的角度看，首先她当然更愿意回国，这个背景应该在一九四六年，抗战是结束了，但是国内还在打仗。共产党和国民党的生死决战还没有到最后关头。她悄悄地回国，把母亲接到了上海亲戚家团聚。然后她去了一趟南京与堂兄钱卓伦见面。她想听听卓伦哥哥的意见。卓伦的意绪比早先消沉了很多，他甚至有些悲观，尽管他没有给秀玲一个明确的判断，但是，秀玲从他的情绪上感觉到了战事对国民党终将不利。其时钱卓伦已经是国防部第一厅厅长，还是掌管“人事”。不过，他的军衔还是中将，他早年军校的同班同学顾祝同和陈诚，早就是上将了。钱秀玲当然不知道其中的症结所在。面对秀玲妹妹的提问，钱卓伦沉吟片刻，并未直接作答，而是给她写了一幅字，那是李世民《过旧宅》的片段：

新丰停翠辇，谯邑驻鸣笳。
园荒一径断，苔古半阶斜。
前池消旧水，昔树发今花。
一朝辞此地，四海遂为家。

她突然明白了卓伦哥哥的意思。这滔滔乱世谁主沉浮，虽然还一时难料，但卓伦已经感觉到了一个王朝倾斜乃至覆灭的迹象，他只是不好直说。她回到上海，跟相聚在一起的兄妹们私下里谈论国是，其中的一位大哥在几十年后这样回忆：

> 她当时问，共产党和国民党，最后哪个能够坐江山？我说，你想吧，天下穷人多还是富人多？她说那当然是穷人多呀。我说，这不就明白了吗，共产党是替穷人说话的，穷人都跟着共产党走，共产党得到了大多数老百姓的支持，将来谁坐江山还不清楚吗？

在上海，她还听到一位亲戚说，共产党将来掌权了会对地主资本家不客气的，这叫“阶级斗争”。

她问，拥有多少土地才算地主？亲戚里面，没有人能够回答她。不过有一点，他们倒是解释得很清楚，这里的“地主”，并不单纯是土地主人的缩写，而是具有另外一种意义——那肯定是贫苦大众的对立面。

毕竟在国外太久，她对国内的政治格局不太懂，很多疑惑得不到正解。在返回比利时的途中，钱秀玲做出了一个并非内心所愿的决定：暂时留在比利时。毕竟，这个国家二战结束以后正在迅速恢复秩序，生活正在改善；上自国王，下至平民，走到哪里别人都知道她。尊严和体面并不是一种高高在上的奢侈品，而是平淡生活里有足够信任的氛围。她已经是四个孩子的母亲，那个热气腾腾的家，也在每时每刻地呼唤她。

一朝辞此地，四海遂为家。她读到这两句诗，心里便有苦楚的意味在。

不能忽略她彼时内心深处的一个梦的苏醒。回到鲁汶大学，做教师，从事研究，向居里夫人靠拢。早年的奢望已经变成了平心静气的致敬，当然，如果可能，她还想搏一搏。

最终的结果是，他们的家搬到了布鲁塞尔。她去了鲁汶大学任教。在埃尔伯蒙村开诊所并没有让他们拥有很多积蓄，因为，战乱的年景里，他们半点也不肯太多为难囊中羞涩的病人。葛利夏不是一个语言的巨人，但他内心的慈悲，常常表现在对病人的态度上。而口碑这样一种东西，在他们离去时，便悄悄地切换成众人眼里不舍的泪水。

斯捷潘神父要为他们举行一个隆重的送别仪式，被他们婉谢。一辆马车送他们去火车站，带着他们简单的行囊。他们来的时候只有一个孩子，现在已经儿女成群。另外一些医疗器械和家具，则已提前托运到布鲁塞尔。

阿葆特太太那几天一直以泪洗面。在她的生活里，葛利夏大夫的诊所已然是一个地标性的建筑。而她儿子罗格尔的救命恩人钱女士，更是她无话不谈的好友。前不久罗格尔已从德国集中营返回家中，紧接着就是一场有全村人参加的盛大婚礼。葛利夏夫妇荣幸地担任证婚人。钱秀玲一家离开埃尔伯蒙村的那天，他们全家人——

包括罗格尔的新婚太太，都到火车站去送行。斯捷潘神父当然一马当先，不过他那天情绪有些不振，他嘴里一直在喃喃地说些什么，没有人能够听得清楚。当火车开动的时候，他突然泪如泉涌，掩着脸背过身去。

一切就这样简单。他们的来，和他们的走，都是悄悄的。而一些闻讯赶来的村民聚在简陋的月台上拼命向他们招手。

葛利夏大夫在银行贷了一笔款，买下了布鲁塞尔市区地段还算不错的一套二手房，还给孩子们请了一位荷兰裔的保姆。钱秀玲每天坐轻轨列车去鲁汶大学上班，有时深夜才到家，孩子们已经睡下，葛利夏大夫的夜班似乎总是很多，没有他在的家，总是缺少一点生气。辛苦对于钱秀玲来说真的不算什么，她很享受这一份奔波。但愿这样平淡而有序的生活永远不要改变，她从不会对生活里的庸常和琐碎挑三拣四，生活的丰富肌理，要靠内心丰富的人来感知。直到有一天，报纸上的一条重要新闻，打破了她往日的平静。她突然觉得，又有一扇紧闭的大门横在她的面前。

德国战犯法肯豪森将军从国外被押回比利时审判

这条标题新闻一连多天叩击着她的内心。

之前她曾经多次在葛利夏面前念叨那位突然音讯全无的德国将军。每当媒体问及她拯救人质的行动，她都会毫不犹豫地说出法肯豪森将军的名字。战争总是制造出太多天各一方的相互牵挂，就她而言，法肯豪森将军首先是一位令她敬重的长辈。他们一起面对的那些危急时刻，已然镌刻在她内心的深处。甚至他的为人和风范，也悄悄改变着她的性格。没有他，哪里会有什么拯救故事。

终于，法肯豪森的消息慢慢地从一些隐秘的地方向她招手并且汇集。而她不知不觉变成了一个絮絮叨叨的解说者，凡是在她认为有必要的场合，她都会反复讲述法肯豪森将军在她的拯救行动中的关键作用。

司法部。最高法院。台湾当局驻比利时“大使馆”。圣雷那德大监狱。她频繁出入这些她平时八竿子挨不着的部门机构。她的询问老是让人心生奇怪。但她是钱秀玲，大家耳熟能详的“国家英雄”，没有人不想给她面子。于是，像一些模糊而零碎的拼图，一九四四年以后法肯豪森将军的际遇，带着它们各自的惨痛和憋屈，慢慢呈现在钱秀玲的面前。

一九四四年七月三十日，六十六岁的法肯豪森将军，被关进德国一个偏僻的集中营里。对于即将到来的各种“享受”，虽然有着足够的心理准备，但是，当他置身于一间臭气熏天的逼仄牢房，被黑压压的臭虫跳蚤蟑螂轮番进攻的时候，他还是感到自己被逼到了心理承受的底线。之后长达将近半年的监禁，忍饥挨饿的日日夜夜，没有一个人跟他说过一句话。这种冷暴力的最终目的，就是要让他在“静默”中被憋死，至少是精神崩溃。

一九四五年四月三十日，希特勒自杀。历史翻过了沉重的一页。

其时法肯豪森将军已被辗转关押在意大利的南提罗尔监狱。他自己也记不清被关过多少个监狱了。盟军进攻的枪炮声在四周响起，以一个职业军人的警觉，法肯豪森将军知道自己的大限将至，因为逃跑前的大屠杀是失败者的家常便饭。关押他们的党卫队不可能留下任何一个“活口”作为以后的罪证。不过，盟军的进攻速度超出了所有人的想象。

> 一九四五年五月四日在南提罗尔的下多夫监狱，很多人是被美军解救出来的。当时，看守他们的秘密警察正打算把他们全部处决，冯·法肯豪森后来被比利时人作为战犯审讯，在监狱里候审，关押了四年。
>
> ——威廉·夏伊勒《第三帝国的兴亡》(下卷)

如此，法肯豪森与其他被关押的人员侥幸活了下来。

《第三帝国的兴亡》一书还披露了这样一个细节：美国军人一开始并不知道这些赫赫有名的第三帝国的高级将领都是反希特勒的。幸亏有一位名叫施拉勃伦道夫的德国反战军官，正在遭受审讯。他曾经参加了刺杀希特勒的行动而未能成功。此时，一颗美军的炮弹炸死了审判官却让他死里逃生。他向美军指认了被关押人士中的一些反对希特勒的德国高级将领，其中就有法肯豪森。

像法肯豪森这样的人，对于生死的认识，跟普通人应该是不一样的。纵观他长达几十年的军人生涯，从参加八国联军侵略中国，到帮助国民党打共产党，再到协助日本人在东亚扩张，最后担任德国驻比利时的最高军政总督，要么杀人，要么差点被杀，血流成河与尸体遍野都是他日常生活的景致。说他有一根神经总是处于麻痹状态或许不太公平，因为他的人性没有泯灭，良心还时时醒着。公平与正义、自由与博爱，这些没有被肢解的信念一直像血液一样流淌在他的躯体里。

他一生遗憾多多。就生活而言，他曾经被劫财，房屋遭到焚毁。所幸有一个心爱的妻子，却没有跟她生下一儿半女。他喜欢孩子，但上帝对他比较吝啬。与他聚少离多的妻子韦德考珀，在战乱中几度离散，病体还被截肢，最后的病痛让她死在一家异国他乡的中下等医院里。

一九四八年三月二十一日，被关押了三年零八个月，辗转了德国、英国、法国、荷兰等多所监狱的法肯豪森，以头号战犯身份，被关押到比利时首都布鲁塞尔，关押在戒备森严的圣雷那德监狱，等待接受比利时军事法庭的审判。

……人们把纳粹在比利时犯下的滔天罪行，把痛失亲人的悲愤与仇恨，全部算到这位前“总督”身上，要求绞死他的呼声，一浪高过一浪！

——张雅文《与魔鬼博弈》

在这样一个特定的时刻，凭钱秀玲的一己之力，要为一个德国头号战犯翻案，无疑比登天还难。

好像是一种冥冥之中的惯性，她又给卓伦哥哥写信——其时他已经跟随败退的国民党到了台湾。不过，蒋介石政权的核心部门已经找不到一个叫钱卓伦的人了。场面上的一个虚职，让他过早地品尝着被边缘化的滋味——这是公众对此事的认识。于钱卓伦本人来说，他却早就有心理准备，而且安身乐命。这一切钱秀玲后来才知道。卓伦哥哥变得比以前更消沉，这种直觉于她并无答案，在内心里她默默为他祈祷。

她在信中告诉卓伦哥哥关于法肯豪森的境况，其心殷殷，落满纸端。很快卓伦回信了，他感到震惊而无奈，希望她尽一切力量帮助这位身陷囹圄的德国将军，并且，他已经通过渠道把法肯豪森的境遇报告给了蒋介石。据说蒋介石批了十万美元，通过当时的台湾当局驻比利时"大使馆"转交给了法肯豪森——天知道他会不会收到。

然后，她决定去探监。她知道这非常难。不过，她决心已定。葛利夏大夫对这件事没有发表意见，他知道他的东方玲一旦发力，没有人可以阻拦她，不过他觉得比利时政府不太可能让法肯豪森活着出来。好在他和妻子有个默契的约定，当一方做出一个决定，另一方没有反对的时候，哪怕是有所保留的沉默，就算是支持。

她硬着头皮去闯蒋介石政权驻这里的"邦交使馆"，起先并没有得到积极的回应。她一次一次地跑，说动了“使馆”的一名要员，他知道了钱秀玲的真实身份，答应予以斡旋，但他提出需要给他时间。因为大使馆跟东道国之间，只有请求而没有命令。一周过去了，没有消息。钱秀玲觉得不能这样被动地等待，她冷静下来细想想，自己也有问题，那就是投入的精力不够。她每天要上班，案头的工作常常做到深夜。家里还有一堆孩子。她想起早年父亲常常讲的一句话：蜡烛不能两头烧。她当下最重要的事，是为法肯豪森辩护。而且时间紧迫，想来，那个阴森冰冷的绞刑架已经在向法肯豪森招手。

鲁汶大学的那个教师职位于她，原本应该是最合适的。她喜欢母校的学术气氛，那里也是她收获爱情的地方。但是，时间待长了，她隐隐发现了一个致命的问题，那就是无处不在却又隐秘难觅的排外倾向。

她是助理教授。她有论文，有实验成果。但是她轮不到升职，重要的学术活动，她常常得不到机会。重大的科研项目，也不容她染指，故而也申请不到相关的经费。国家授予她的那个荣誉，在相对独立的大学，几乎是被置若罔闻的。人们念念不忘的是她的中国人身份。虽然比利时王国从一八三九年在著名的《伦敦条约》中就宣称“永久中立”，但是它的意识形态不可能脱离当时欧洲资本主义国家的主流倾向。一个来自中国的女人，要在鲁汶大学这样的欧洲排名前十的大学获得教授席位，可能是天方夜谭的现实版本。

她的已经退休的导师威尔逊教授曾经婉转地向她表达过深切的遗憾——他无法帮到她。她要么一直这样默默无闻，要么选择离开。去哪里呢？没有人可以给出方向。

她不知不觉走到了一个人生的三岔路口。她总得放弃一些什么，然后攥紧她最想要的。否则她会太累。

这个时候她的脑子特别清醒。救法肯豪森，需要大量精力。这跟当年她把一份人质名单交给法肯豪森请求帮助不是一回事。这里的工作将更为艰难。至于鲁汶大学，她奈何不了它，虽然她心里是爱它的，但是，且慢慢来，她内心给出的一个词组是：暂别。等她把自己的紧要事情办完，她为什么不可以卷土重来呢？一座几百年历史的名校，值得她用一生去仰望。即便是它的一些上不了台面的傲慢与偏见没有被改变，她也可以寻找哪怕是万分之一的可能去改写它。

骨子里她就是这么一个达观的人。她的辞职信用词温和、笔调婉转，甚至有点幽默。反正没有一点点怨天尤人。

就这样，鲁汶大学被她扔在了脑后。她再也不用每天去赶早晚班的火车了。她全力以赴地准备着与法肯豪森的见面。终于，有一天，她获得批准。她梳理了一下思路，然后信心满满地前往那座古老而阴森的圣雷那德监狱。

起先，监狱当局把她和法肯豪森的见面安排在一间临时的会客室。但钱秀玲谢绝了，她提出，希望在关押他的牢房里见面。她想知道法肯豪森最真实的生存状态，她也怕窃听或受到干扰——在她的概念里，牢房的安全系数会高一些。

监狱方面同意了。钱秀玲过后才知道，由于钱卓伦的努力，台湾当局驻比利时“使馆”再次知会比利时政府，要求对法肯豪森的待遇网开一面。只是监狱方面还没有来得及执行。

尽管她对法肯豪森的境遇做过最坏的推算，但当她真正见到他时，她还是被他那副万念俱灰的样子所惊呆。是的，你不能指望一个长期被关押的囚犯有着多好的精神状态，但是，当一个类似行尸走肉的人，蜷缩在破烂牢房的一角，呆怔怔地、毫无反应地看着你，两只深陷的眼睛如同阴森森的黑洞，泛不出半点光亮，而这个人曾经是那么高大健硕，你的内心是怎样的一种感受呢？

钱秀玲捂住自己的胸口，她感到一阵窒息。

确实，彼时的法肯豪森，就是一具仅仅还会呼吸的僵尸。

坐在他面前的这个年轻女人，她是谁？她带进来的一股清朗气场，荡涤着这阴暗牢房的每一寸空间。他浑浊的胸腔里，仿佛被注入了一股清流。阴霾般的晦气突然被驱散了，麻木的心灵一点一点苏醒过来。他终于看清，面前的这个女人，是钱女士！

他挣扎着从一堆破烂的毡毯里坐起来，惊诧地说：

“怎么是你？啊，钱女士！”

“将军，我来看您了！”

她俯下身子去搀扶他，那简直就是一把冰凉的骨头。他的瘦骨嶙峋的双手骨节粗大，因为皮肉稀薄，虬枝一样鼓突着；鸡皮疙瘩的手背上，布满了浅褐色的老年斑。

止不住的眼泪顺着她的脸颊往下淌。

她把他扶到狱警临时搬进来的一把椅子上，自己就站在他的对面，看着他，说："将军，您受苦了。"

除了简单的问候，她脑子里一片空白。原先想好的一些话，一句也想不起来。心里一直在难过，这一生她还从来没有经历过这样的场面。

她把获准带进来的水果和点心打开，当一股水果的清香弥漫在牢房上空的时候，法肯豪森重重地打了一个喷嚏。

"将军，请您相信，您为拯救比利时人质所做的努力，是不会被抹杀的。您一定要振作起来，我会经常来看您的。"

法肯豪森几乎不相信自己的耳朵。

"钱女士，谢谢您，我已经是个死过无数次的人，一切都为时已晚了，我知道地狱是怎么回事。谢谢您，以后您就不要来了。"

他的声音脆弱，像一个泄气的风箱。但是，钱秀玲接下来的一席话，让他黯淡的眼珠慢慢地有了光亮。

"不，将军，您必须活着，您有权利活着。您当年曾经鼓励我，要好好活着。那么多被您拯救的人，他们现在都活得很好，他们都希望见到您，希望您跟他们一样，可以享受自由的阳光。因为，为了这个世界的和平，您也尽过自己的一份力。"

泪水在法肯豪森的枯井般的眼眶里，一颗一颗地往下掉。他一度哽咽，几番背过身去。

她转达了卓伦哥哥的问候。并且告诉他，他的老朋友，那个曾经统治中国大陆，如今败退到了一个叫台湾的岛屿上的那个蒋先生，也惦记着他。她提到了那十万美元。法肯豪森一脸茫然地看着她，许久，呼吸突然急促起来，干瘪的胸脯起伏着，像汹涌浪潮里即将被吞噬的独木舟。

会见的规定时间很快就过去了。仿佛被注射了吗啡，法肯豪森的精神在某个瞬间里，突然旺起来，居然能站起来送她到门口。

他朝她挥手的时候，那种将军的威严风度突然又回来了，佝偻的腰背突然挺得很直。这个情景让钱秀玲感慨万端。她回到家，把在监狱里所见的一切讲给葛利夏听。葛利夏突然咕噜了一句："奇迹在你这里，都是平常事。"

什么意思啊！钱秀玲有点不高兴。难道你觉得，像法肯豪森这样的好人，不应该还他一个公平公正吗？

葛利夏大夫搓搓手。他的沉默一点也不难看。或许在大的理念上，他跟东方玲并没有大的差异。他也认为法肯豪森是个好人。但是，作为一个男人，总是不希望自己的女人为了另外一个男人——尽管他可以做她的父亲——去投入太多的精力。排除掉那个说不出口的原因，还因为风险太大，没有人会怜悯一个头号战犯——舆论会一边倒的。在他看来，那个被他的东方玲紧紧攥住的所谓希望，不但渺茫，而且有着覆灭的危险。而她在鲁汶大学的际遇并不让他惊讶，或许在他的潜意识里，女人的天花板比男人总要低一些，既然升职无望，那么就相夫教子，再给他生个孩子——他们可是约定要五个孩子的呀。

他们的夫妻关系里，平时钱秀玲很依赖他。但在大是大非面前，她显然是强势的、不依不饶的。每当这样的时候，佩令吉就选择了撤退和妥协——那不是消极的观望，而是带有沉默地从不理解中去寻求理解。

钱秀玲给自己排出了一张计划表：

一　召开记者招待会，向媒体讲述法肯豪森为拯救人质所做贡献的事迹；

二　去艾克兴和埃尔伯蒙，找到那些被法肯豪森将军拯救的人质，请他们联合签名；

三　撰写文章，阐明观点，为法肯豪森声援。在比利时影响最大的《最后一点钟报》上发表；

四　聘请律师，关键的时候为法肯豪森辩护。

做所有的这一切，除了精力，还需要一笔钱。

他们的积蓄不多。四个孩子开销很大，葛利夏每个月还要拿出一笔钱贴补他那年迈的双亲。钱秀玲知道自己的家底。但是她跟葛利夏提起钱的事，他一口答应。说，那当然，你不用为钱的事担心。

还跟她开玩笑:“你名字里就有钱，这辈子还怕缺钱吗?”

之后钱秀玲第二次去圣雷那德监狱探望法肯豪森将军，听他讲述他在德国参加反对希特勒秘密组织并不止一次实施暗杀的经历。他告诉她，从一九三三年起，他就开始反对希特勒。当时还没有一个严密的组织，但是，一些正直的军人会在私下里聚会，谈论如何对付那个把德国拖向无边深渊的魔鬼。

仿佛跟着他走进一个幽暗的隧洞，里面有各种狰狞的怪兽，然后是激流，漩涡，不断被巨浪冲击的礁石，差点被覆舟的惊险。时间总是太短，每一次都是他刚刚讲了一个开头，会见结束的时间就到了。

意犹未尽的结果是，催生了一篇原本以为会很难落地的文稿。辗转往返的路途上，只要她静下心来，就会有一种强势的声音——仿佛不是来自她的心底，而是来自天际。那是为法肯豪森辩护的声音。它刚正、磊落、洪亮、掷地有声，显示出一种百折不回的坚韧。一字一句如鼓点一样，擂在她的心口。她怕接不住那些声音，赶紧地跑回家去，把自己关进书房，她就是一个听写者，她认定那个声音来自公正的天庭，她不相信上帝，但此刻她相信天地之间会有一种正义的能量，它是可以杀伐邪恶，震慑人心的。

也不知道写了几天，反正一大摞稿纸。钱秀玲完全忘记了自己。修改后的文稿压缩成三千多字。报社的一位名叫斯塔夫的编辑提醒她，文章不要太长，拣最重要的说清楚；比如，一件衣服的来历，并不需要从种植棉花说起。

即将在《最后一点钟报》上发表的那篇文章，题目为《一个真实的反战勇士——法肯豪森将军拯救人质记》。

她认定了自己要为法肯豪森将军豁出去。文章交给报社后，她对自己的处境做了最坏的估计——坐牢或许还不至于，但会被舆论压倒。众口一词的反对、讽刺甚至污蔑——她都得有心理准备。

她和葛利夏进行了一次掏心掏肺的谈话。她问他，为法肯豪森辩护，最坏的结果会是什么？

葛利夏反问她：这是你最后的决定吗？要么，你还留有后路？或者是真的一点都不犹豫？

钱秀玲不假思索地说：绝无反悔。

葛利夏抓起了她的一只手。

“大不了，我们再回埃尔伯蒙村开诊所去。”

他那双善良的、灰褐色的眼睛里泛出的温暖的光亮，让钱秀玲感觉，她从来都是一个有依靠的女人。

报纸终于发表了她那篇文章。让她感到不悦的是，其中的一些观点，比如她对法肯豪森将军的历史定位，他参加秘密的反希特勒组织的一些细节，都被删掉了。

她给编辑斯塔夫打电话——他也是鲁汶大学毕业的，新闻系，同届生，他们是在学校的联欢活动上认识的——表达了自己的不满。

斯塔夫在电话里委屈地说，他已经尽力了。如果不是他的力争，也许这篇文章还得压缩，甚至不会被刊登在要闻版上。

他的言外之意是，主编对这篇文章的某些观点持不同观点，作为一家客观中立的报纸，他们原本是不该删除作者的观点的，但是，由于涉及一位头号战犯，报社当局不能不顾及广大读者的感受。

然后他吞吞吐吐地说，报纸刚出版，编辑部就接到一些读者打来的电话，有怒气冲冲的，也有冷嘲热讽的，甚至有的人说，要见见钱女士，当面与她辩论。

钱秀玲一点也不意外。说，好啊，我不怕有人反对，就怕无人问津。

葛利夏下班回来，闷声不响的。这并非他的常态。钱秀玲一眼就看出他心里有事。他是个不会掩饰的人，好好坏坏都写在脸上。钱秀玲断定他的情绪与她发表在报纸上的文章有关。她也不问，只当什么都没有发生。葛利夏的特点是，他想跟你说的，一句也藏不住；他不想告诉你的，打死他也不会吐一个字。

可是，晚上，躺在一个被窝里，当钱秀玲背过身去熄灯的时候，葛利夏憋不住了，他一把拽住玲的肩臂，说："玲，我们还是去埃尔伯蒙村吧！"

她依偎在他的宽厚的怀里，声音柔柔地："亲爱的，是不是舆论的压力让你顶不住了？"

葛利夏没有正面回答她。他只是说，他怀念在埃尔伯蒙村的日子。

后来钱秀玲才知道葛利夏供职的那家医院的院长，一个名叫科恩内利斯的胸外科专家，他是葛利夏崇拜的人，二战时期他的家庭有四个人死于纳粹的一次轰炸之下，当他得知报纸上那篇荒诞不经的文章是出于葛利夏大夫的妻子之手，他居然把葛利夏叫去说了一通。因为激动，科恩内利斯先生的情绪有点失控，话语自然不会那么好听。而且葛利夏从头至尾的沉默让他很难堪，最后葛利夏说了这样一句话：

"我敬重的院长先生，我能为您做些什么呢？把我太太叫来当面跟您辩论吗？我可看不出您一定会赢。"

礼貌地鞠躬，这是他很少出现的肢体语言。他走了。回到办公室他就找纸笔，他要辞职。然后，那封字迹潦草的辞职信很快飞到了院长的案头。

院长秘书，一个满脸雀斑的红头发年轻人神情紧张地找到他，代表院长向他申明，他们之间的观点交锋只限于讨论范畴，对葛利夏大夫出色的工作和日臻完美的医术，科恩内利斯院长深表满意，他不会在辞职信上签字的。

这是一生谨慎稳重的葛利夏大夫偶尔出现的一次"急躁"。像他这样没有城府的人，你只能将此解读为耿介。而钱秀玲的观点是，眼下只有布鲁塞尔才是前线。她不能离开。她对葛利夏的表现只给了一个“及格”分，她告诉他，千万不能用力过猛，更不能树敌太多。事实上，那位院长在根本上跟我们没有分歧，只是因为，像法肯豪森这样的人，身上的遮蔽物太多。中国有句古语，叫作“跳进黄河洗不清”。让一些无辜的人充当一个时代的殉葬品，这是历史老人惯用的一个伎俩。把对纳粹的仇恨集中到一个即将被审判的战犯身上，难道有错吗？当一场预料中的轩然大波已然来临的时候，钱秀玲一点也不胆怯，相反有一种出征的亢奋。

一个意外，来自一位不速之客的造访。钱秀玲开始没有很重视这个看上去四十多岁的女人，因为，那段时间里，老是有一些很容易激动的人来访，基本都是来跟她辩论的——有时候确实很搞笑，他们一律真诚，也大都神经质，都说自己睡眠不好，敏感易怒，他们不同意给那个德国老头赦免罪行，仿佛她是那个可以一锤定音的大法官。然后，一看时间不早了，他们便骂骂咧咧地离去。

这一个却不一样。你不能说她其貌不扬，但气质也说不上有多高贵。衣着是平常的，笑起来的时候，沧桑感会迅速爬上她的额头和眼眶周围。她沉静而练达，从话语到动作，节奏都稍微缓慢。

这天，钱秀玲家里来了一位四十多岁、身材高挑的女人，进门就自我介绍，她叫西西拉温特，生于一九〇六年，一九二六年五月与第一任丈夫结婚，后来离婚了。她在二战中由于反纳粹有功，曾荣获比利时政府颁发的英雄勋章。他们全家对纳粹都恨之入骨。可是她看到了钱秀玲的文章，却被法肯豪森将军那种超越国家与民族的正义感，深深地打动了。因为她曾经被盖世太保逮捕过，是朋友找到了法肯豪森将军求情救了她。

——张雅文《与魔鬼博弈》

居然有人入戏，且很深。唯一的原因竟然是看了钱秀玲的文章。这让钱秀玲惊呆片刻。她之前低估了文字的力量，怪不得那些文科生都一个个心高气傲的。

西西拉温特开门见山地说自己爱上了法肯豪森将军。她这个不大不小的年龄，当着一个第一次见面的陌生朋友，开口就说自己爱上一个德国战犯，一点也不怕忌讳，居然还让对方不怎么感到唐突——要么是爱情的力量，要么是经历过生死的人把一切自己不在乎的东西，诸如面子、名声之类的视如草芥。她甚至还说，如果他能出狱，她愿意跟他走，无论天涯海角。不，实际上当她读完钱秀玲的文章，她在精神上就跟他融为一体了。

钱秀玲珍视她的到来。一席交谈让她们之间一下子缩短了距离。在西西拉温特的叙述里，她相信这个世界的很多拍案惊奇，起点都是从内心出发的。

可不是吗，被法肯豪森将军深深吸引的西西拉温特女士，放下那张改变她命运的报纸，就涌起一股去探监的冲动，只是她没有钱秀玲那样的身份和功课。她的第一次探监行动轻而易举地以失败告终，大门外的警卫根本就不予理会。坐过监狱的她当然知道，那个地方并不像公园，买张门票就可以自由出入。但除此她别无他法。她的急切心情，连同那些自己精心烹调制作的食物，一次次被打发回来。她的第二次和第三次冒险也乏善可陈。后来，某个被她感动的警卫偷偷地帮助了她，允许她留下那些精美的令人馋涎欲滴的食品。当然，抵达法肯豪森手里的，已经不到十分之一。没有人告诉他，这是谁的恩赐。这样的情况接二连三地发生，他除了不断加码的纳闷，至死都不会相信，有一个素昧平生的比利时女人为了他在高墙外徘徊。这与其说是他命中的“桃花运”，还不如说是上帝自感歉疚时，给出的一丝光亮。

“您知道法肯豪森将军有多大年纪吗？”

钱秀玲刚含蓄地问出这句话，西西拉温特立即把话接了过去：

“我明白您的意思。我的前夫只比我大两岁，可是，他的观念还停留在中世纪。”

她的表情告诉钱秀玲，年龄不是问题。

“您的家人同意您这样做吗？”

钱秀玲不知不觉地为她有点担心。

西西拉温特使劲摇头。她满脸的失望表情，仿佛让她一下子老了五岁。

“没有一个是赞成的。不过，这些都不成问题。像我这样的人，连死都无所谓。是的，如果不是法肯豪森将军的拯救，早在一九四三年我就去了另一个世界。”

她说话直率，一点也不拐弯。看人的时候，眼光是直直的，带着些锋利。不可思议的是，她这样经历的人，还能遭遇一场爱情，而且来势猛烈、无可阻挡——谁能保证到最后那不是一场单相思呢。钱秀玲由此而感慨万端。

最后，她把一封厚厚的信交到钱秀玲手里。

“我信任您，您可以打开阅读它。”

她说着，把一份坦然和自信的神态传递给钱秀玲，让她感到，此人就是一直在“灯火阑珊处”等候法肯豪森出现的那个人，从即刻起，她再也不会走开。

“您放心，我一定会原封不动地把它送到将军手里，并且尽快。”

她把信封放到自己胸口。这一刻她是真心感动了。

不过，让钱秀玲始料不及的是，法肯豪森在第一时间里对这个消息反应冷漠。他告诉钱秀玲，前段时间，他是断断续续地收到一些狱方转来的东西，除了食物，还有内衣，他很奇怪，那些内衣都是他合身的尺码。当钱秀玲向他说明情况后，他突然挣扎着站起来说了一句话：“我不想见到这个人，让她以后不要这样做了！”

他表情冷漠，像一尊冷冰冰的正在风化的雕塑。钱秀玲明白他的意思，他是个将死之人，念想对于他来说已属多余。钱秀玲由此想到，最悲哀的黑暗，莫过于对黑暗的适应，而最可怕的黑暗，则是在黑暗中对光明的冷漠和淡忘。

她没有回应他的话。少顷，她把那封藏在胸口贴袋里的信递给了他。

法肯豪森接信的时候犹豫了一下，仿佛他接过的是一个难料凶吉的谜底。

他费力地打开信封，那封信看上去很长，有好几页；字体隽秀。他读得很慢，几次停下来喘气。

“简直是天方夜谭。”

他闭上眼睛咕噜道。

就像一个在黑暗中待得太久的人，突然出现的光亮会让他睁不开眼睛。

“她是真心的。和您一样，经历过生死的考验。”

钱秀玲委婉地劝他，多一个支持您的人有什么不好呢？

“我这辈子欠女人的太多，我可不想在临死前再去害一个女人！”

话是这样说，声音却不再低弱，喘气的声音也加重了许多。虽然脸色还是阴沉沉的，但眼睛里已经有咄咄逼人的光线。于是钱秀玲对这句话的解读，自然会从反义上去想。假若仅仅是一潭死水，那么任你随便扔下多大的石头，它都不会波涛汹涌；只有潮汐般的波动引发的惊涛骇浪，才能表明那是大海的特征。

显然法肯豪森将军在慢慢复活中。

虽然还是气若游丝，但没关系，慢慢来。即便是他不愿意再听钱秀玲说到类似的话题，她也不会在意。但她会提醒他，那个老是在监狱的高墙外为了思念他而徘徊不去的女子，不仅是他拯救的人之一，而且还是他最有力的支持者。她正以有限的一己之力，向不明真相的人们述说一个真正的反战勇士为比利时人民所做的一切。

由此，钱秀玲对西西拉温特的出现有了新的解读——一个女人的一生里，能遇到一个可以撞动她心灵的人，是多么地不易啊。西西拉温特是在以自己的行动叩问生命——如何用一个女人的方式，去撞开一扇锈死了的大门。她要用自己曾经死去的心，去激活一个濒死的灵魂。这又何尝不是一次相互的拯救呢！

法肯豪森长长地叹了一口气。那是一口被积郁太久的浊气，它盘踞在他的胸腔里，吸噬着他的精气神，让他逐渐变成一具行尸走肉。他费了好大的力气，终于把它吐出来了，那股气浪带着它自身的弧线，在那间狭小的牢房里来回打转，然后停留在空中久久不散。

他的身体似乎轻松了很多。

“对不起，请帮我把窗子打开。”

可是，一叶可怜巴巴的小窗，悬挂在监狱墙壁的上方，凭钱秀玲的身高，是够不着它的；或许那扇小窗根本就不是让人来打开它的，所以它才会悬得那么高。

“嗯，在今天之前，我根本不知道这屋子里还有一扇窗。”

他解嘲地说。

“不要和我再提那个女人，好吗？”

临别的时候，他又说。

钱秀玲明白法肯豪森的意思：在感情方面，自从他妻子死后，他的心情已经跟她一起入土了。

不过，这次会见还是让她很有成就感。

见到西西拉温特时，钱秀玲的转述有点小心翼翼。她不能夸大这次会见的“成果”，但又希望能让西西拉温特感觉到些微的光亮。好在西西拉温特并不死心。她知道那很难，所以才显得高贵。这才是法肯豪森！一个有情有义的男人。她有时间，更有耐心。自从她踏进钱秀玲家门的那天起，她就已经踏上一条不归之路。

接下来的关键词是：开庭。

从一九五〇年九月到一九五一年一月，在四个多月的时间里，最高法庭对法肯豪森的审判共开庭五十六次。

争议的浪潮几乎要颠覆比利时朝野。主张要杀法肯豪森的“主流派”们，振振有词，振聋发聩。

为法肯豪森辩护的声音很小。如果您不支起耳朵，您几乎听不到那个微弱的声音——只是声线的洪亮并不足以成为胜利者的特征，倒是那个娓娓道来的东方女人，她的声音一旦出现，全场便鸦雀无声。

上自国王夫妇、首相和各位股肱大臣，下至布鲁塞尔的普通市民都知道，有一个曾经获得“国家英雄”勋章的中国女人，在不遗余力地为法肯豪森——那个提起来就让人咬牙切齿的德国战犯请愿辩护。

然而，令人沮丧的是，情况有点糟糕。几乎是一面倒的声浪。到处都在咬牙切齿，这是一个供所有人同仇敌忾的机会。英雄，受难者或家属，小丑，政客，投机者，前伪政权的雇佣者，都在利用这个机会表现自己，洗刷自己，不杀法肯豪森，何以平家仇国恨？！

众口一词的状况似乎表明，一个曾经的纳粹附庸国的国民并不真正缺钙，当他们从国家伤口的废墟里站立起来时，他们需要一个断头台来祭祀那些无辜的亡灵，也证明自己的高尚无私与刚正勇敢。

可是，这个断头台上不应该出现一个尽自己最大努力帮助并解救那些濒死人质的勇士，否则，这将是比利时的耻辱。

钱秀玲把这句话写进了给法肯豪森辩护的文字里。葛利夏大夫认为此言太激进，措辞应该缓和一些。钱秀玲却坚持己见。她现在脑子里老是会出现恍惚的钟声，细细谛听，那可不是警钟，而是正在为一颗冤屈的灵魂敲响的丧钟。

好在，她的辩护词上，并不只是一个孤独的辩护者的一己之见。她的每一个观点都有或正在寻找支撑。她去了艾克兴，一个一个地去找到那些被法肯豪森拯救的人质，请他们签名；她还去了埃尔伯蒙村，罗格尔一家人都在那份辩护词上庄重地签下他们的名字。还有一些她已经记不得名字的被拯救者，他们从周边的村落赶来了，只有一句话，需要我们做些什么？或者是，我们能为此做些什么——开庭的时候我们当然可以作证，如果让一个拯救我们的好人白白送死，那可真是比利时的耻辱，当然也是我们的耻辱。

临近最后一次开庭的日子快要到了。钱秀玲获得一次和西西拉温特一起去探监的机会。她注意到西西拉温特很紧张，像个初次赴约的没有谈过恋爱的小姑娘。她跟在钱秀玲的身后，步履是滞重的；登记，检查，然后是等候接见的通知。当她跨上冰冷的花岗岩台阶，转过一个万字廊，穿过一条长长的甬道，终于进到那个低矮且阴暗的监房时，她突然有一种休克的感觉，心狂跳，浑身痉挛，满头虚汗，一步也挪不开去。钱秀玲一时被吓蒙，她搀着她，靠在墙边。她想喊人，却被西西拉温特阻止了。少顷，西西拉温特缓过来，说："突然仿佛回到了从前，那种噩梦般的生活，每一分钟都是煎熬。这里的一切，和我当年被监禁的地方太相像了。"

她提出，今天不想跟法肯豪森将军见面了。这样的状态，会把将军吓坏的。

"可是将军今天有期待，监狱方面已经通知他了。是否我们先休息一下，把会见推迟半小时，我来跟狱方解释。"

"不行。我状态太差。我请求您帮帮我，下次我一定不会这样了。"

她像一个溺水者抓住一根稻草，紧紧攥住她的手，眼神凄哀而无助。

钱秀玲不由自主地扶着她，一步一步往高墙外走。空气有些滞重。西西拉温特那单薄的身体就像一张纸，且感觉不到一点温度。一个从来说话很用力的，甚至有点咄咄逼人的女子，突然会变得如此脆弱，简直不可思议。

那次半途而废的会见给了钱秀玲一个启示：西西拉温特和法肯豪森将军终将有一天会走到一起。他们多次与死神擦肩而过，身上有一种类似异禀的东西会彼此照亮，那是什么呢？她一时还难以表达，但她分明感受到了。她觉得，如果能让这一对携手走向自由而幸福的天地，这将是她这一生最大的欣慰之一。

数十年后，钱秀玲的侄子——钱卓儒的儿子钱宪和这样回忆道：

> 姑妈难得有一次说到她当时为法肯豪森将军的案情奔走辩护的事。她当时已经做好了最坏的准备，或许会被剥夺国家荣誉，甚至坐牢。她都无所畏惧。她曾经说过这样一句话，如果法肯豪森被处死，那么正义的天平也就失去了分量，我这样的人，只为自己的内心活着，价值观被剥夺了，活着也是行尸走肉。

一九五一年一月二十七日。

谁也说不准那次开庭对法肯豪森意味着什么。但知道内情的人大抵心里有数，法庭无休止的开庭已经让很多人心生厌烦——比利时历史上很少杀过一个来自侵略国的四星上将战犯。杀掉他，可以一振国威，荡涤萎靡之气。

可是这一天的开庭气氛迥异。人特别多，有很多陌生面孔，据说他们来自艾克兴和埃尔伯蒙小村，也有从其他地方赶来的。有一位坐在轮椅上的神父，虽然行动不便却坚持要来，并且由他自己举着一块声援法肯豪森将军的牌子，落款是斯捷潘神父的全名。而推轮椅的青年男子，则是他的女婿罗格尔。

法肯豪森被带进来的时候，几乎没有引起人们的注意。因为这个场景不再新鲜，在大部分人心目中，他不过是一具苟延残喘的行尸走肉而已。他颤颤巍巍地走向被告席，坐下之后就微闭双眼，一动不动的样子仿佛在打坐。后来他告诉钱秀玲，那天一开始他感觉非常不好，似乎已经看到断头台上的绞索在他眼前晃动。之前的若干次开庭，一点一点地消磨着他的意志，泯灭着他内心积蓄的那点可怜的光亮。让一切该来的早点到来吧，无非一死——那并不足惜，只是他的所作所为并没有被更多的比利时人所理解，他只能带着这份遗憾去向另一个世界了。

略过那些冗长的开庭程序，人们把目光聚焦到那个黄皮肤黑头发、明眸皓齿的钱女士身上，她身材高大的丈夫坐在她的身后，看上去似乎神情自若而额头却不断在冒汗。钱秀玲端坐在辩护人位置的正中。她身着黑白两色的外套，还是东方女性的简洁头饰。她手头的卷宗很厚，人们注意到她的自信表情似乎一多半来自它们。尽管从头至尾她很少去打开——当所有的证词都烂熟于心的时候，卷宗或许就是某种摆设。

当法官大人宣布，由辩护人格里高利·佩令吉夫人钱秀玲女士发言时，四座突然静默，如入寂谷。

不能上来就讲故事，经历过战争的人们，对于故事，哪怕是充满了传奇的故事，都已经麻木了。钱秀玲深谙这一点。

钱秀玲选择了一个场景，她不是以讲故事的语气，而是引导人们进入某种回忆——最后一次，她去恳求法肯豪森将军拯救那九十六位人质的那个凌晨。她说道，当法肯豪森将军冒着生命危险，最后一次签署赦免那些性命岌岌可危的人质以死刑的命令时，盖世太保的窃听器就安在隔壁，他非常清楚自己的处境，却没有半点犹豫。

> 我在将军的办公室外见到了那些晃动的人影。后来我知道他们持有希特勒的手令，他们随时有可能把他抓走。法肯豪森将军彼时或许可以为自己找一条退路，但是，我亲眼见到的是，他在最后关头的坚毅和无畏。
>
> 后来他告诉我，不必感谢他，而是他要感谢那些抵抗组织的勇士，因为从一九三三年起，他就加入反对希特勒的阵营

里。那些人质冒着生命危险所做的事，跟他内心的目标是一致的。

然后她宣读了一份由众多被拯救人质签名的联名状。她读到一个名字的时候，法庭上就有一个人缓缓地站起来，向全场示意。

然后，那些证人排队走到法肯豪森面前，向他鞠躬致意。

钱秀玲惊呆了。这不是她的安排。没有任何人可以彩排这一切。

法肯豪森失控地号啕起来。

此时场内有骚动，媒体记者抑制不住冲动上前拍照，被法警阻拦；有些人鼓掌，尽管不很热烈；神圣的大法官颇有些动容；陪审团的那些庄严面孔也有红晕上脸，感人的东西是会传染的——这的确是一出好戏，但不是好莱坞大片，而是真真切切的比利时当代传奇。人们恍惚记得，当一个流亡政府寄居在英国的时候，它的人民却在以自己的方式进行着殊死的抵抗，而侵略者的最高司令竟然不顾自己的性命安危，一再拯救那些不要命的抵抗人士。原本以为，法肯豪森的下场一定会效法原德国派驻荷兰的军政总督英夸特那样，在被送上绞刑架的时候，一掬绝望之泪。可是，剧情在逆转，大量证词不但真实可信，而且无可辩驳。化学、物理学双博士钱秀玲并没有学过法律，但她以事实为依据的求证功夫几乎无懈可击。

庄严的法官不得不宣布休庭十五分钟。

西西拉温特一直在注视着法肯豪森将军。她多想走过去，给他递一块手帕，给他倒一杯水。尽管庄严的法庭不允许任何人接近他，但她分明感受到了他的气场。他的心在剧烈跳动，血液在加快奔流。钱秀玲的证词和众多证人的出场作证乃至排队鞠躬，如后浪推逐前浪，击拍着法肯豪森将军死水一般的内心，激活了他求生的欲望。

作为证人之一，西西拉温特请求在最后一个发言。她的语调温和而平静，好像她不是在为一个战犯作证，而是在朗诵莎士比亚的十四行诗。这跟她之前的语风不搭。没有人知道，她为此曾经煞费苦心。示弱而不是逞强，以最小的角度，阐述一个被拯救者的心怀——她强调自己的第二次生命是法肯豪森将军给的，给予她光明和温暖，给予她活下去的勇气，而还给法肯豪森将军以清白和自由，才会显示文明世界的正义力量。

> ……我出狱以后一度精神恍惚而忧郁。曾经想到过自杀。让我战胜疾病和自我的唯一力量，就是那个伸出援手救助我的人，我原以为，他的名字对于我来说只是一个符号，他就是上帝伸出的那只仁慈的手。我没有想过，他是一个被遮蔽和满心委屈的人，更是一个受到长期非人道折磨却依然顽强活着的人。过去我只以为，我能好好活着，就是对他最好的感恩与回报。当我知道了他的境遇，我突然觉得，拯救我的人在受难，我活着的每一天都很煎熬。之前我从来没有见过他，但我

想象过他的样子。今天，我终于见到他了，他真的好可怜啊！如果法庭真的要判处他死刑，那么公平和正义就将跌落到万丈深渊。我想以自己微弱的声音恳求法庭，尊敬的法官先生，陪审团的先生们，如果庄严的法庭坚持判处他死刑，那么我愿意替他去死。我想一再表明的是，一个给予很多人第二次生命的人，应该是无罪的。

她几度哽咽，说不下去的时候，身体出现痉挛。当她扶住了证人席的栏杆，坚持说完了最后一个字的时候，已然是满头冷汗。

钱秀玲的眼睛被泪水打湿了。她注意到，法肯豪森将军眼睛里一直有泪光。他佝偻着的后背，在西西拉温特的语境里慢慢挺直起来了。

此时有密集掌声。包括陪审团的成员，长期的一成不变的傲慢与矜持，让他们对鼓掌这样一种基本的肢体语言变得疏离而陌生。现场记者斯塔夫在他的一篇《法庭目击记》里这样写道：

陪审团的先生们这一天在法庭现场增加了一项肢体运动：鼓掌。为法肯豪森的辩护人与证人——佩令吉夫人钱秀玲女士和西西拉温特女士。这对他们来说是意外且陌生的劳动，因为他们从不鼓掌。看上去他们仪态如常，只是脸上有少许红晕——仿佛他们刚从一家上演莎士比亚戏剧的豪华包厢里走出来，可能是剧情的波诡云谲让他们过度入戏。

庭审一结束，西西拉温特就奔到钱秀玲面前，连声说对不起。她觉得自己今天有点抢戏——喧宾夺主，把众人的注意力集中到了自己身上。

“不过我不是故意的。我跟您一样，只是想救他。”

钱秀玲一把搂住她，说：“傻瓜，什么抢戏啊，你把陪审团的那些人给征服了。你没看到将军都流泪了吗！”

第二天布鲁塞尔的各大报纸刊登了法庭庭审的照片。除了泪流满面的法肯豪森，还有两个女人——钱秀玲居中，西西拉温特的照片比她的要小很多，而且位置在她的下方。

关于钱秀玲，《最后一点钟报》的报道这样写道：

> 她俨然是一个总导演。显然法官先生的戏码被她轻而易举地抢走了，她不动声色地掌控着全场的节奏，那些证人的抵达，让她面前的卷宗具有无可辩驳的力量。但她的最后发力并不是自己——最打动法庭的一百四十五秒钟，是一个名不见经传的女人，她叫西西拉温特，前死刑犯，其生命亦为法肯豪森将军所拯救，她的证词最终成为格里高利·佩令吉夫人辩护词的最有力支撑。

等待消息的日子是难挨的。

钱秀玲和西西拉温特还是过于乐观了。虽然一月二十七日的那次审判给了法肯豪森将军一次逆袭般的转折，但是，艰难的审判结果还是不尽如人意。

强制劳动十二年。

电话是西西拉温特打来的。她患了重感冒，鼻音浓重，嗓子也有点哑。这个结果虽然不是特别坏，但还是低于她们的期待。

原先以为，法肯豪森会被无罪释放。事实上，有些内幕是钱秀玲无法掌握的。一个国家的脸面，有时跟一个人的脸面完全一样。比利时王国无论如何不会让一个侵略者的头子无罪一身轻地离去，更何况，众多指向法肯豪森的矛头并没有放下，他在比利时的那几年里，侵略者所做的任何一件对比利时有伤害的事，都可以归到他的名下。国家机器发出的每一个声音，都需要四平八稳不被诟病的注脚。所以，十二年徒刑，是高层人士综合各方诉求后给出的一个比较合适的价位。至于七十三岁的法肯豪森能不能在阴暗的监狱里度过将近四千三百八十个日日夜夜，那就要看他的造化了。

钱秀玲还是有些沮丧。她在自己家里接待了西西拉温特。她刚刚探监回来，现在她大小是个名人了，全布鲁塞尔没有人不知道她，监狱方面出于各种因素也对她网开一面。她说法肯豪森将军的情绪没有她想象的那么坏，他还是一日三餐，每顿饭能吃几片面包、一点点鱼子酱和火腿肠——监狱方面确实在给他改善伙食。还允许他阅读每天出版的《最后一点钟报》。

“我会等他，一直等到他出狱，然后我们一起养老。我鼓励他每天放风的时候要走至少一千步。我自己也是，从今天开始我要练习慢跑，否则我拿什么来等他？”

快人快语的西西拉温特说这些话的时候，钱秀玲心生感慨。她注意到西西拉温特今天穿了一身运动装，脚上穿的是一双跑鞋。精气神跟以前完全不一样了。人，真是可以相互塑造的；西西拉温特人生的第二个春天真的已经到来了。

她感到欣慰。连葛利夏大夫也觉得有成就感。

两周后的一个接见日，钱秀玲打算和葛利夏大夫一起去看望法肯豪森，他们准备了一些可以带进去的东西。毛巾，肥皂，牙膏，内衣，等等。细心的葛利夏，还准备了一副放大镜。还没有出门，就接到了西西拉温特打来的电话：

“他被释放了！”

然后是她喜极而泣的声音。

怎么可能呢？他们面面相觑，怀疑西西拉温特是不是得了癔症。

他们赶到圣雷那德监狱。一个熟悉钱秀玲的狱警告诉她：“我们可爱的国家已经跟德国和好了，所以您来探望的那位德国将军，今天将被释放。”

泪水从钱秀玲的眼睛里夺眶而出。她一把抱住葛利夏，说：“亲爱的，这不是在做梦吧！”

十五

人生就是，不该来的来了，不该走的走了

他们要走了——法肯豪森和西西拉温特将先乘车前往德国黑森州的首府威斯巴登，然后再去一个名叫叙恩菲尔德的小镇。那里安息着法肯豪森的亡妻韦德考珀。鲜花是西西拉温特准备的，还有一棵常青树。他们要去祭拜她，告诉她后来发生的一切。

他们最终的归宿地，将是法肯豪森的故乡，德国的边陲小城拿骚。

送别的那一刻，葛利夏看出他的东方玲有些伤感。他轻轻附在她的耳边说："要高兴才是，还有什么结果比今天更圆满呢？老头获得了自由，还收获了爱情。上帝是多么仁慈的一位老人啊。"葛利夏说着，还朝下着小雨的天空看了一眼。

"你是不是嫉妒他？"

钱秀玲半开玩笑地看着他说。

"老实说，有那么一点点。不过，我还是挺为他高兴的。"

葛利夏老实而认真的神态，让钱秀玲笑了。

那天跟着去送他们的，还有钱秀玲跟葛利夏的最小的女儿雅达娜，她是个非常可爱的混血儿，皮肤白皙，头发却是金黄色的。法肯豪森从见到她起，就一直抱着她，和她说悄悄话，直到他们上车。

西西拉温特把钱秀玲拉到一边说："他非常喜欢孩子。可惜，他这辈子不可能有自己的孩子了，他要我转告你，再生一个，你和葛利夏大夫应该有五个孩子。"

钱秀玲笑了。她回过头来的时候，看见法肯豪森正和葛利夏窃窃私语。然后，她看到他摊开一个手掌，举起五个指头。接着是，葛利夏有点得意地笑了。

钱秀玲知道他们在说什么。

法肯豪森拥抱他们夫妇。大颗大颗的眼泪，怎么也抑制不住地在他干瘦的脸庞上流淌。他或许知道，这一别就是海角天涯。他余生无多，不可能再踏上比利时的土地了。

在汽车腾起的烟雾里，钱秀玲双手合十，喃喃地说：

"好人一生平安。"

她给卓伦哥哥写了一封很长的信。她想，卓伦哥哥知道了法肯豪森终于获得自由的消息，一定会非常高兴。但是，信发出两周了，也没有得到他的回复。有一天晚上，她突然接到也在台湾的卓儒哥哥的越洋电话。他告诉她，家里出事了。

到底发生了什么事呢？

一九四九年四月，钱卓伦突然接到宋美龄亲自打来的电话。她跟他聊了一会家常，也说到最近临摹碑帖的一些心得。然后对他说了一句至关重要的话：

“老头子说，等到了台湾，让我还是要跟企裴先生好好练字，不能一直这样三天打鱼两天晒网。”

钱卓伦想起，夫人跟他练字，是很久以前的事了。如今旧事重提，弦外之音，自当了然于心。

他区区一个中将，又不是炙手可热的要职，干吗夫人还要亲自给他打电话呢？

因为他欠夫人一个人情。还因为蒋介石怕他被共产党“赤化”，让夫人给他打电话，是给他面子，也是给他敲敲警钟。

台湾是必须要跟着去的。夫人希望他明确地表一个态。

于是，在电话里，他自然要表白忠心，一定携全家前往那个凶吉未卜的海岛，不会有半点疑虑。

尽管当年法肯豪森将军“捅”给他的一个细节，足以颠覆那个所谓的“泄密案”，但他更多的时候，还是会把那个细节当作是一个误传的段子。毕竟，他跟蒋公多年，自以为蒋公待他还是有真心的一面。

盘点他的家族，他跟前后两个妻子生有四子二女，其中长子宪章，字克顺，长期在国民党军队服役，到一九四八年，已是中校军衔；次子宪明，字克显，复旦大学新闻系毕业后，先是在国民党军队系统的《扫荡报》做记者，后来也跟他去了台湾，在中央社任记者，妻子王瑶君是他的同事，也是宜兴人。

卓伦第二个太太是苏州人，给他生了两个女儿，特别让他宠爱。军中同事都很羡慕他儿女满堂子孙绕膝的景象。

从一九四九年五月起，国民党军队陆续从上海、青岛、福州败退。美国发表白皮书，声明放弃中华民国政府。十月从广州、厦门败退。小诸葛白崇禧、“反共长城”胡宗南节节败退，华中、西北、西南尽失。十二月，卓伦跟随政府机关撤退到台北。

刚到台北时，一度住房紧张，生活完全被打乱。按中将级别，国防部给他分配了一大套房子，看起来很宽敞，但他家里人多，不够住。有的将军偷偷到民间去买房子，那时台湾民众收入低，房子并不贵。台北郊区的土地更便宜，也有高级将领私下里圈地造房的，价格算下来比买房便宜很多。但蒋介石知道了大发脾气。钱卓伦知道他猜忌心大，任何场合，他口口声声都要强调反攻大陆，如何容忍部下在台湾扎根买房置地呢！钱卓伦为保家人平安，又不好明说，只能说服家人，克服困难，挤在国防部配给的那套宿舍里。他和太太的卧室，只搁一床一桌，仅几平方米。

钱宪明、王瑶君夫妇

一次，一位老部下来看他。说到部队中下级军官的待遇，大叹其气地说："太困难了这样的生活！那些从大陆跟来的眷属，没房子住，只能用劈开的竹子编成墙壁，涂上石灰，号称'竹骨水泥'，再找块铁皮搭个顶。因为经常下雨，铁皮容易生锈，时常有铁锈灰尘落下来掉到饭碗里。夫妻儿女拥挤在一间屋子里，有门无窗，夏天像蒸笼一样热，遇上大风大雨的天气，关起门来做饭，随时有中毒的危险。"

钱卓伦用这个老部下的话来勉励家人，我们的条件跟他们比，算是不错的了。同时他也了解到，彼时部队的士气，是何等的低落。

在一次高级将领参加的会议上，蒋介石在大骂那些买房置地的将军们的时候，突然话锋一转："钱卓伦同志一家大小二十余口，一直挤在国防部宿舍里，从无怨言；其黄埔精神、革命觉悟，堪比卧薪尝胆……"

钱卓伦当时大惊。冷汗湿背。

会后，他的老同学陈诚将军，其时担任台湾省"主席"，送了他一句颇可玩味的话："企裴兄，总裁虽然日理万机，可没有忘记你啊！"

他听出了陈诚的弦外之音，却一脸的装糊涂。他这个民国二十四年的中将，"止步不前"已经十五年整。知道内情的人都知道其症结何在。到台湾不久，国防部大改组，他不再担任厅长实职，改任高参室主任。若干年后，其长子钱克顺在《先父钱卓伦的生平》一文里这样写道：

> 民国三十九年三月一日，故总统蒋公复行视事，国防部改组，调先父为国防部高参室中将主任，为准备反攻，奉命研究日本军事动员，组设动员研究组，与日籍教官磋商，参考日本昭和十八年陆军计划令，制定中国陆军动员等各项章则。

俨然很忙。但谁都知道，这个虚职的主要工作，就是为蒋介石反攻大陆提供各种“法令”依据。其虚不虚，不虚之中又何其虚也。

长子克顺从军多年，已是上校军衔，在某部任参谋之职，基本不常回家。次子克显的记者身份，可以到处跑，也能常常抽空，回来陪他喝茶唠嗑。天南海北的扯闲篇中，他总是在无意间把大陆发生的一些事情告诉父亲，多半引发他的情感波澜。

比如，当年来他家夜叙喝酒，导致他虚惊一场却从此时运不济的那两位同学，其中一位，在小时游泳救过他命的宋国中，官至解放军某纵队副师长，在攻打太原的战役中阵亡了；另一位绰号刘大裤子的刘世钊，已经是中国驻东欧某国的大使馆武官。

钱卓伦的感慨里，也有莫大的惊讶。当年来他家围炉把盏的那两位同窗，果然都是共产党。以他思维缜密的特点，他本该往更深的层面去想，为什么他们会准确无误地摸到他家，等着他开完会回来，然后以故旧的情感、喝酒交心的方式撬开他的嘴巴，轻而易举地拿着得到的情报扬长而去呢？

答案就像一层薄薄的纸，一捅就破。但他却止步，因了心里有凝重的一紧。

克昱提供的信息里，还包括国民党撤离大陆前，那些向共产党投诚的将领们的下落，比如程潜、陈明仁、陶峙岳、董其武等。在克昱眉飞色舞的叙述里，那些“弃暗投明”的将军，都得到了共产党的优待和重用。

父子骨肉无隙。起先钱卓伦对儿子并无戒备，慢慢时间长了，他感觉克昱的话题都是有备而来，而且步步紧逼。

是在为他指一条路，回大陆，投奔共产党。

要他放心，共产党一定会善待那些“脱胎换骨”的义士。不管他之前说过什么，做过什么。

共产党取台湾，不过瓮中捉鳖，何时动手，只是时间问题。

如此等等。

他发现儿子背后还有一个人，那就是儿媳王瑶君。她也是记者。他们夫妻很少一起回家，儿媳似乎比儿子更忙。钱卓伦对这个儿媳的感觉是，蛮孝顺，懂体贴，非常爱孩子；另一方面呢，她平时话不多，声音轻细而言慎如金，不怎么随便对一件事发表意见，但说出来的话，一是一，二是二，你得竖起耳朵听才是。

他问过儿子，冒冒失失的你，怎么就会找这样稳妥的老婆呢？

克显说，上大学的时候遇见的，姻缘这东西，一旦来了，躲也躲不掉。

听口气，倒不像是克显穷追猛打才得手，而是对方主动出击。

但夫妻间是恩爱的，似乎是那种姐弟式的恩爱，钱卓伦总觉得儿媳比儿子成熟许多。

有一次，父子在灯下小酌。小菜，是随意的两三样，酒是金门高粱，度数不低。克显七绕八绕，又说到大陆上的那些事。卓伦故意脸一沉，说："你是共产党派来策反老子的吗？"

克显似乎早就知道他会这么问。他的回答让卓伦一惊。

"其实，爸爸，你早该知道了，宋国中叔叔和刘世钊叔叔来咱们家吃饭，不是我给你们端茶倒水的吗？"

钱卓伦把酒杯重重一搁。那酒水一半晃荡在桌上。

"我早就知道，我对党国罪孽深重！你这不肖孽畜，害了我一世英名！"

按这口气，接下去就该拔枪。至少，也得大喝一声：来人哪！但是，话虽然重，脸上并无多少怒气，只是由于激动，风霜密布的脸上，肌肉在颤抖。

"到今天我也不想瞒您，爸爸，我是共产党员。在大学一年级就是。您想想，蒋介石为什么会兵败如山倒？是因为这个党、这个政府军队贪腐、黑暗，违背人民意志！"

“用不着你来教训老子！”

“而且，爸爸，那个所谓的‘泄密事件’，根本就是子虚乌有。那个人惯用的伎俩，就是不断用各种方法，来测验他身边的人是否忠诚，而您，不过是无数个牺牲品之一！”

“够了！”

钱卓伦大怔，继而是彻骨的心寒。法肯豪森当年送给他那份让人将信将疑的“礼物”，被共产党证实了。

他摔杯而去。幸好是在家里。

第一次摊牌，就这样不欢而散。

但是，从那以后，但凡克显夜不归宿，他就会让家人打电话去找。而他们的茶叙或小酌，则会选择在夜深人静，家人入睡以后进行。

之前的长夜，他总是挑了一盏灯，读书，或是习写王右军或孙过庭。现在他每到暮色四合的时候，就希望克显带着他的太太早点回家，潜意识里，他怕儿子出事，还希望听儿子讲讲海峡对岸的那些人与事。

但他忌讳“投诚”二字。这于他，还需要时间。有一个观点他跟儿子很接近，就是蒋介石的“反攻大陆”，完全是空中楼阁，自欺欺人。美国人已经对他失望，共产党收复台湾，只是时间上的事。

还有一点，他也承认，国民党是彻底腐败了，而且军心涣散，哪里还能打仗。

只是，个人方面，毕竟他追随蒋介石多年，至少在“泄密事件”之前，蒋待他还是不薄的。自古君主，猜忌心都大；现在蒋境遇落拓，他若弃主而去，于道德良心上，总还有迈不过去的坎。

有一天傍晚，儿媳比儿子回来得还早。她带回一大包菜，进了家门就直奔厨房，跟用人陈妈说，今晚她要亲自动手，做几个家乡菜。

掌灯的时候，克显也回来了。

这一顿丰盛的晚饭，有几样儿媳做的宜兴家乡菜，味道真是不错。一道是河蚌烧豆腐，他奇怪台湾靠海，哪里来的河蚌；一道是腌笃鲜，阿里山的竹笋，跟老家宜兴山里的毛笋，还是有区别的，前者的嫩里，带着自然的鲜，后者的口感就略糙些，火腿倒是地道，居然是浙江金华的；还有一道是雪里蕻炒肉丝，他称赞瑶君的刀工，那肉丝切得跟粉丝一样的细。味蕾先在兴奋，肠胃自然跟着起哄。一家人围着灯火，不说风卷残云，也是大快朵颐，平添了往日不多见的兴致。席间，儿媳用公筷不断给公公夹菜，问，菜的咸淡如何？还有几分宜兴味道吗？她笑起来的时候，能让你感到她骨子里的清和，你想跟她有半点隔膜，也办不成。

钱卓伦放下筷子，感叹一声：“一方水土养一方人。我自从军以来，就没有在老家好好待过几天，家乡菜的味道，只有在梦里才会出现。唉，我这辈子是回不去了！”

瑶君看了他一眼，笑着说："爸爸可别这样说，俗话讲，树高千丈，叶落归根。您身体这么好，我们可还盼着您带小辈们回归故土哪！"

瑶君说着，就拉着克显和孩子们站起来给他敬酒。

这样的气氛，酒自然要畅饮。但三杯下肚，酒瓶却被克显收起来，说，爸爸适当小酌便可，过量会伤身体的。

以钱卓伦的机敏和老到，他知道今晚或许是真正摊牌的时刻了。对方的套路其实并不新鲜，打亲情牌，从味蕾入手，先从舌尖上攻城略地，惹出思乡病来；乡愁之类都是幌子，什么叶落归根、回归故土，都是在佯攻，酒当然也在帮着发力，他估计，最后的底牌该在酒足饭饱之后的茶叙时被掀开。

他内心并无反感，而是装傻地受用着。这两个孩子还嫩了点，有点急于求成，这或许是他们的上司要求的。在他的考量里，亲情还是真的，儿女们不会害他，这一点他深信。只是心里感慨，他怎么会养育了一个共产党员？而且儿媳的角色，看上去比儿子还厉害。当年那两个共产党同学敢到他家里来套情报，或许早就吃准了他的底牌，他钱某人忠厚，不会加害朋友，管你是什么党。

有一点他却没有想到，当晚与他对谈的主角，还不是克显，而是儿媳王瑶君。

确切地说，王瑶君不但也是共产党，而且还是儿子的上级。

跟他谈，她当然也还是一口一个爸爸，语气跟往常无别。儿子就坐在她的旁边，却连插话的机会也没有。

但她是代表了共产党组织的，这一点毫无疑问。她态度严肃，但目光温煦。说，大陆的高层领导认真研究了钱卓伦的履历，认为他是一位北伐勇士、抗战名将。虽然追随蒋介石多年，但对人民并无血债。当年曾不顾自己安危，拒绝追捕两位共产党身份的同学；尤其是抗战时南京失守前夕，为拯救渡江难民，不顾先斩后奏之险，断然下令，以军用江轮摆渡难民过江，保全了十数万人民群众的生命。抗战期间，还坚决劝阻父亲出任日伪县长之职。凡此种种，都体现了钱卓伦先生作为一个爱国军人的可贵品质。

"所以，我党对您是敬重的。回归大陆，回到人民的怀抱，是我们对您的期望。"

瑶君说这些话的时候，眼睛里的光是热切的。语气笃定，每一个字都可以踩出一个深深的脚印来。

钱卓伦叹了口气，他问瑶君，克显加入共产党，是不是她介绍的？瑶君迟疑了一下，说，倒也不是。不过她的党龄是比他长。可是，那并不重要。

钱卓伦又问：如果我不配合你们，如果你们在我身上一无所获，你们的组织会不会处罚你们？

瑶君笑了，说："爸爸，我们相信您，终究我们会走在一条路上的。"

虽然还谈不拢，但气氛很好。这个安静的夜晚，原本是完美的。偏偏长子克顺突然回来了，在将近十点钟的深夜。他有家里的钥匙，并未叫门。他从小走路脚步就轻，所以他进来的时候，谁也没有听到。直到他突然出现在小书房的门口。

原本这个场面是不应该尴尬的，一家人嘛。换了往常，克顺可以拉过一把椅子，喝杯茶再去忙事。但他这一次不打招呼的突然出现，就融入一股冷硬的气场，给人一种不速之客的感觉，他的身上是带有寒气的。这一点，连克顺自己也感觉到了，他有点结结巴巴地向父亲和弟弟、弟媳解释，因为明天要出差，自己是赶回来拿几样东西。

此话似有破绽。克顺一家，自从他升了上校之后，分了新的宽敞房子，已经搬出去半年多。

克顺和克显两兄弟，原本是和睦的。只因两个人工作性质不一样，所以聚少离多。克顺为人处世比较稳妥，从小胆子不大，按理他可以去做个教书先生，却年少从军，从枪林弹雨里过来，居然毛发无损，一直做到上校；克显呢，幼时好动顽皮，喜欢舞刀弄枪，长大了偏偏从文做记者。钱卓伦知道，他的这两个儿子志向迥异，在好多事情上南辕北辙。虽是手足兄弟，貌合神离却是常态。

王瑶君倒是重新沏了一壶铁观音，邀克顺哥哥坐下，喝一杯热茶。但克顺推辞还有事，寒暄几句即离去了。

原先谈得好好的话题，这时却怎么也续不上了。

钱卓伦心里隐隐有一种不祥的预感，他知道这段时间，查“匪谍案”闹得满城风雨。情治部门天天加班，都在叫苦。而“太子”手段强硬，一再强调，错杀不错，漏杀才错。

他反复叮嘱儿子儿媳，出门要注意安全。

可是，不到三天，克显夫妇出事了。

他们一起去赴一个同事的结婚宴会，在台北的第一大饭店，被一群冲进来的便衣逮捕。

钱卓伦得到消息，虽然震惊，却似乎并不意外。

第一时间里，他脑海里闪过克顺深夜突然出现在小书房门口的情景。

他来不及多想，赶紧打通陈诚的电话。却不料，陈诚听完钱卓伦急促的讲述，竟然一口回绝。他的理由是，他刚卸任省警备司令，这一摊不归他管了。台湾省“主席”，就是个空架子。

好比一盆凉水从头顶泼下。这个老同学，过去不是这样的。或许，他真的有难言之隐？他镇定片刻，又打通了台北市长吴国桢的电话。

同僚之中，除了陈诚，他与吴国桢私交尚好。吴有留美背景，人比较耿直。过去吴在上海做市长时，他们工作上有些来往，吴还托他办过私事。

听他讲完，吴国桢断然说，人，肯定不是我这里抓的。

他提醒钱卓伦，现在的情治系统，全部归“太子”——蒋经国管了。原来台北市这一摊，归彭孟辑负责，彭只是个中将，虽然挂个台湾省警备司令，哪敢得罪“太子”？他特意面呈蒋介石，自谦德薄才浅，不堪肩此重任，务恳另荐贤能，最好是蒋经国这样的才俊来领导。

蒋介石本来就有心改造情报机构，把过去名目繁多的情报部门统一扎口为“政治行动委员会”，彭孟缉请辞，正中蒋介石下怀，蒋经国迅即被任命为该机构的负责人。他接管了彭孟缉的权力后，马上把这个委员会改名为“总统府机要室资料组”。别看是一个小小的“组”，其权威波及台湾党政军特各部门，特别是整合后的情报机构，至此全部被抓到他的手上。

钱卓伦心猛地一沉，知道大事不好。

在蒋身边多年，他对“太子”太了解了。

彼时台湾报纸正在连篇累牍刊登蒋经国主抓的三起“共产党间谍案”，如以洪国式为首的“共产党总潜伏组织”，以裕台贸易公司为首的“中国经济组织”，以李朋、汪声和为首的“苏联间谍案”。报纸上天天是杀人的消息。士农工商、党政军民，都不断有人涉案。一时间，人心惶惶，风声鹤唳。

内部人都知道，“太子”上位，声威俱烈，其在上海时的“打虎”行状，众人皆历历在目。何况今非昔比，那时尚有明明暗暗的掣肘，如今那些遗老遗少都边缘化了。他要抓的人与事，任何人连根针都插不进。

思来想去，只有一个人，或许可以去求一求情。

他打电话到士林官邸找宋美龄，原先的副官已经更换。新来的随员称夫人不在台北。至于在何地云游，对方不肯说。想来，他这个昔日的“书法老师”已然徒有其名，宋美龄到台湾后，跟黄君璧学山水画，郑曼青则教她画花卉；书法课却是不再提起，彼此的联系自然也就断了。

辗转通过熟人通报，宋美龄还算念旧，答应次日上午在日月潭边的涵碧楼见他。

从台北到日月潭，有二百四十公里。钱卓伦除了司机，连警卫都没有带，凌晨三点出发，下过雨的山路并不好走，有一段路，坑坑洼洼，轮胎几次陷进泥坑里，他只能下来帮着推行，浑身泥水，其苦不迭。

一见面，他就直奔主题，求夫人刀下救人。

夫人倒是不推诿，问清了情形，沉吟片刻，站起来打了一个电话。不过，原本开朗的脸色，从放下电话的那一刻起，却蒙了一层阴云。

“这事，是经国在抓。”

她只说到这里，便再无下文。

国民党高层里，谁都知道夫人跟蒋经国的微妙关系。倒不是那些旧账，非血亲的、只大十三岁的继母与“太子”之间的恩怨，都可以忽略不计。关键是民国三十七年，蒋经国在上海“打虎”，涉及宋、孔家族利益，针尖麦芒，各不相让，最后蒋介石给了夫人面子，宋、孔家族躲过一劫，雄心勃勃的蒋经国则以失败收场。

不过，最后夫人还是给他支了一招：

“去找老头子，你是他的旧部，他若肯骂你一顿，就还有救。”

夫人不轻易这样说话。她不干政，平时只做些慈善救助方面的事。人情份子虽然也有，但分寸掌控得极好。钱卓伦知道她这句话的分量。

但是，见蒋公何其难，当下已经不是从前了，而且，蒋很多时候不按常理出牌，找他求情，钱卓伦没有把握。但为救儿子儿媳，他已然慌不择路，只能铤而走险。

还是请吴国桢出面，先为他在蒋公面前陈情。这是一着险棋，谁都知道吴国桢与蒋经国关系很僵，过去他当上海市市长时，对蒋经国的“打虎”行动就意见很大，认为他不切实际、急于求成，特别不能忍受他目空一切，甚至架空自己的市长权力。吴之所以得到蒋公器重，固然是有留学美国的背景，与美政界高层有很深的关系；同时也因为吴从不结党营私，对蒋绝对忠诚。所以，蒋对他的建议意见，总要给点面子的。

吴国桢够朋友，很快帮他在蒋公面前说话。侍从室通知他去面见蒋公的时候，他觉得事情还会有转圜的机会。

没有寒暄。劈头盖面一顿训斥，甚至用宁波话骂了“娘希匹”。蒋公这一顿火发得好大，除了骂他教子无方、姑息养奸，还骂他这些年精神萎靡、吊儿郎当；甚至骂他心机叵测、劣性恶变，与党与国，身心隔膜，等等。

“一个中将家里，出了两个共产党，简直天下奇闻！放在古时，不若满门抄斩，也得株连九族！自己好好闭门思过，不要到处乱跑！”

虽然骂得难听，但钱卓伦心里稍安。接近蒋公的人都知道，大凡爱将宠臣，早年如戴笠之类，蒋从无好言，动辄训斥叱骂，甚至拳打脚踢。戴笠一直很享受此等“特权”。相反，如果他突然对身边的某人客客气气、以礼相待，那么你肯定完了。

蒋叫他不要“到处乱跑”，其背后是否意味着，事情就到此为止了，不要出去扩大影响，反而让他不好收拾。

果然，第二天，侍从室传来信息，允他日内去台北植物园附近的马场町特别监狱探视，并转达总裁口谕：希望企裴能大义灭亲，说服所押两犯登报悔过自新，并交出组织名单，可保性命无虞。

钱卓伦眼前一黑，差点栽倒在地。

这才明白，蒋公给他的唯一“面子”，就是让他在儿子儿媳遇害前见上一面。而保全性命，却要两个条件。以他对儿子儿媳的了解，“登报自新”几无可能，“交出组织”更是天方夜谭。

解读蒋公的几句话，灾难似乎是连环的，如果他劝降不力，不但儿子儿媳性命不保，恐怕连他甚至整个家族也脱不了干系。

他手脚冰凉，一下子变得特别虚弱。虽然过去历经枪林弹雨，早将生死置之度外，但现在搭进去的不仅是儿子儿媳的性命，极有可能是整个家族。

克顺这几日一直不回家。他打电话过去，接电话的人说，他不方便接听，电话就被挂断了。后来终于知道，自克显、瑶君出事当日，克顺也被软禁了。

一种可能是，克顺本来就是无辜的，不是他出卖的弟弟、弟媳；当然还有一种可能，“当局”为了保护克顺，故意把他禁闭起来。

他心乱如麻。戎马一生，还从来没有这样方寸大乱过。

出门的时候，发现附近有形迹可疑的游动人员。他知道，自己也被监视了。

在规定的时间里，见到了儿子。虽只分别几日，克显已被折磨得血肉模糊、皮开肉绽；两只眼睛深凹进去，像两个黑洞。

蒋公那两个条件，他说得艰难，斟酌着字眼，想尽量缓和、含蓄一些，克显还没有听完，就冷笑一声：“爸爸，虽然您和我各有信仰，但您能接受一个出卖组织的叛徒儿子吗？”

钱卓伦知道这屋子里有窃听器，说：“你总要为自己的子女想一想吧！命，又不仅仅是你自己的！”

克显惨然一笑：

“我和瑶君，自加入组织那天起，生命就不属于自己了。”

一时竟是无言相向。此刻，劝降的话，他一句也说不出。钱家的人，骨子深处都存放着祖先遗传的基因，那就是关键时刻的断然与果决，还有一份被温和包裹着的刚烈。

他凄然含泪，长叹一声："儿啊，爸爸对不起你和瑶君，我救不了你们！"

克显突然双膝跪地，泣不成声："爸爸，我和瑶君不能报答您的养育之恩了。几个孩子还要您照顾，爸爸，我们对不起您，您一定要多保重。"

双手将儿子扶起，最后一次与儿子拥抱。克显颤抖的身躯是滚烫的，这是留给他最后记忆里的体温。

见瑶君时，狱方把会见放在一间小会议室里。置有沙发和茶几。甚至，还有一杯茶。可见狱方知道她在共产党内的地位和分量。

她走进来时，步履有踉跄感。显然也是用刑了，不过场面上还不太难看。钱卓伦知道，当局对她的期待更大。

先是彼此说了一些家事。瑶君思路清晰，知道时间不多了，她要交代的，都是钱卓伦之前不知道的情况。比如，她和克显的一点存款，存放在哪家银行，存折在哪里；还有买保险的一些单据；与一些朋友经济上的来往，借过谁的钱，谁还欠他们的款；等等。几个孩子的生日，她唯恐他记不全，一一交代清楚。

再有就是，她自己的父母。她也拜托他捎一句话，她不能为他们养老送终了，很对不起他们。

她希望，她的父母可以帮着分担照顾那几个失去爹妈的孩子。

他听着，两行热泪，止不住地流。

怎么还说得出劝降的话？！

“爸爸，还有一件事求您，将来您若能返回老家，还请您把我和克显的骨灰带回去。”

最后的一句话是：“爸爸，下辈子我还当您的儿媳！”

他泣不成声。

瑶君的暗示，他听懂了。他们都知道室内有窃听设备，直到此时，她还在动员他回归大陆。

他知道，屋子的隔壁，一群人正趴在窃听器旁，等他说那些劝降的话，甚至等着奇迹的发生。他们说的每一句话，蒋公和“太子”都能听到或看到。至少，场面上的话他要说几句，要给蒋公一个面子。

可是他一句话也说不出。他也知道这样的后果，但他还是不想说了。都这个时候了，他已经什么也帮不了他们，再不想给视死如归的儿子儿媳增添不快之感了。

此时的瑶君，脸色惨白，神态安然。该说的话都说完了，她很开心，笑着。她站起来，给钱卓伦深深鞠了一躬，转身离去。

这是他见到的瑶君最后的笑容，与往常无别。

第二天一早，他得到消息，克显和瑶君于当日凌晨一时在马场町被处死。

监狱通知他去收尸，只有冷冰冰的一句话。

那一日，是他六十三岁的生日。

钱秀玲赶到台北的时候，事情似乎已经过去了。

两个哥哥，一个卓儒，一个卓伦，都要去看。

看卓伦哥哥，是卓儒陪她去的。不是在家里，而是在医院。事实上，钱卓伦在办完儿子儿媳的丧事之后，就病倒了。

不用说，一个家，就这样塌了。一群孩子，两儿两女，最大的十二岁，最小的，只有六岁。

这样的见面，自然是泪眼相向。不过，卓伦已从最深的悲哀里爬起来，虽是勉力支撑，遭受重创的精神，却还没有崩溃。

脑子一直清醒，只是长夜无眠。

在卓儒家里，秀玲熬了一罐白粥，放进保温桶里，端到了卓伦哥哥的病床前。搭粥的小菜，是咸菜和萝卜干，都是卓儒的太太自己腌的。这是少时家乡早餐的标配。喝着稠黏的白粥，嚼着嘣脆的萝卜干，老家的味道就有了。她陪着卓伦，说一些家常的话，时光便渐渐变得有些暖意。

难解的郁结，是在身心的深处。旁边没有人的时候，卓伦都吐给秀玲听了，他希望她帮着解一解。

秀玲总觉得门口有人影晃动。她改用家乡宜兴土话与卓伦交谈，感觉还是不好。便要来一辆轮椅，她推着卓伦哥哥，到了楼下的草坪上。

台北的天气，一年四季都湿热。天空是灰扑扑的，虽然是秋天，还是跟盛夏一样，抓一把空气，都能挤出水来。

卓伦提起克顺突然回家的那个夜晚，总感觉是一大疑团。他问过女佣陈妈，她神情有点紧张，推说那天晚上她一早就睡下了。现在回想起来，克顺有可能是在小书房门外偷听了他们的谈话。他走进书房的时候，或许什么都知道了。

克顺行伍出身，不徇私枉法、大义灭亲之类的训诫，在很多教纲里，比比皆是。

若真是克顺告发的，那真是钱家的奇耻大辱；不过，即便那是真的，他又能怎么样呢？站在“党国”的角度，克顺有错吗？

无论如何，钱家再不能承受一次白发人送黑发人的悲剧了。

钱卓伦的人生跌到了最低谷。

钱卓伦还跟秀玲说起，吴国桢市长冒着风险来看他，劝他尽快把一切都淡忘，尤其不要去追查是谁告发的。

莫非那就是一种含蓄的提示？

秀玲沉默良久，说了这样一席话：

“依我看，哥哥，克顺那里，你不要去追查了，慢慢让它过去，不要放在心里。咱们钱家的人，对别人都不记仇，何况自己人呢，你没有证据，就当它子虚乌有。克显和瑶君，我宁愿当他们去了非洲或者更远的天边，一辈子都不回来了。哥哥你放心，他们两个人是在一起的，他们不会寂寞。你还有孙儿孙女，你现在能保重自己，好好活着，就是对克显和瑶君最好的交代。”

说完这些，她已然是泣不成声。

十六
寻找挂过张大千山水画的那面墙

二〇一八年十月十六日，我们自艾克兴返回布鲁塞尔，按约定我们来到圣朗贝尔街区七十二号公寓，拜访钱秀玲的侄儿钱宪和、侄孙钱为强先生。

第一个问题，钱秀玲上世纪五十年代由于帮法肯豪森将军打赢了官司，在比利时名声大噪，加上她原先的“国家英雄”头衔，为什么她不利用那样的机会，打回鲁汶大学，继续她的“居里夫人”之梦呢？从我们已知的情况看，她离开了公众的视线，和几个中国朋友合伙开了餐馆，从此走上一条“餐馆老板娘”之路，这又是为什么呢？

满头银发的钱宪和先生时年八十二岁，台湾大学教授、国际碳酸盐岩石学专家。他是钱卓儒的儿子。早年，他父亲偕同妹妹钱秀玲在鲁汶大学就读，已经是半个多世纪前的佳话，于钱家人来说，他是这个佳话唯一的延续者，当年其父卓儒先生，在鲁汶大学读完本科，就回国了。之后就从大陆去了台湾。所以，钱宪和在台湾大学本科毕业后，父亲希望他能帮他圆一个梦——报考鲁汶大学古生物系研究生，从硕士读到博士。他遵从父嘱，如愿戴上了博士方帽。他拿到博士学位那天，姑妈钱秀玲盛装出现在他的毕业典礼上。在他的感觉里，那天姑妈比他还激动。

关于姑妈为什么开餐馆，钱宪和是这样说的：

一九五一年的时候，姑妈应她的导师威尔逊的介绍，进入了设在布鲁塞尔的联合国核能科学研究所，从事化学研究工作。她在那里干得很好，写出了好几篇有影响的论文。可是，第二年的时候，她又怀孕要生小孩了，她就离开了那个机构，回家相夫生子。一个女人回到家庭，再出来就很难了。至于开餐馆，因为她在比利时影响大，很多华侨去求她办事，有的生活有困难，直接就跟她借钱。她这个人，看到人家有困难而自己不能相帮，心里是很难受的。可是，当时她家里就佩令吉一个人工作，负担着五个孩子，开销是很大的。这个时候她认识了一对从法国来到比利时的中国安徽的陈神父夫妇，他们两个是吃货，老是到姑妈这里来蹭饭，他们发现姑妈能烧一手很好的江南菜，而陈神父的太太，会烧徽帮菜。有一次闲聊的时候，不知谁起意说了一句话，何不合伙开个中国餐馆？姑妈当时就心动了，开餐馆可以天天吃中国饭菜，可以认识很多中国人，还可以吸引外国人来喜欢中国菜。最关键的是，可以天天进账，有了钱，就可以随时帮助那些有困难的华侨同胞。

在钱宪和的讲述里，上世纪五十年代末期的布鲁塞尔市区圣朗贝尔大道——一条并不热闹的马路上，一家叫作“孔夫子”的酒家，从时光的深处渐渐淡入我们的视野。门面并不鲜亮，开间也不宽敞；迎面的招牌上，“孔夫子”三字，是集王羲之的字，黑苍苍，骨力洞达；孔夫子衣裾飘拂的绣像，被描了金，特别醒目。开张那天，阳光是格外地温煦，来捧场的朋友很多，尤其是艾克兴，来了不少人，连埃尔伯蒙村的罗格尔夫妇也带着他们的孩子来了，那些熟悉的身影里，我们能辨认的，还有莫瑞斯先生、雷蒙父子，以及不在那九十六个被拯救人质合影里的幸存者——中国人、前牧师路增祥先生。

酒店的格局，按照中国人的习惯，进门是有玄关的，迎面的墙上，贴着一个眉开眼笑的财神爷，下方是案几，搁一只香炉。最显眼的地方，是店堂的中央，挂着一幅张大千的山水画。这幅画，在钱宪和的记忆里，是姑妈钱秀玲跟他借的，他是个大学生，何来张大千的画？钱宪和说，是父亲卓儒送他的。那幅画尺幅很大，挂在墙上，蛮有气势。钱秀玲说，过去一个宅子，总讲要有镇宅之宝，现在有张大千给我们撑场子，这酒店还怕开不成吗！

首度与钱秀玲合伙开酒店的陈神父夫妇，钱宪和记不得他们的名字了，只知道他们是安徽人，早先在法国巴黎，后来到比利时的安特卫普做神父。似乎中国人在国外，就两个出息，要么做神父，那是嘴皮子功夫，抑或开餐馆——外国人吃的方面哪有中国人这么精细而讲究呢？印象里，爱吃中国菜的外国人，很多。

有一次在孔夫子酒家，钱宪和吃过陈神父太太做的一道毛豆腐，印象深刻，是将自己做的豆腐养到发霉，直至那豆腐上长出白毛来，然后下油锅，煎炸了吃。记得当时葛利夏大夫很忧虑，他担心这样腐朽变质的东西，会吃坏肚子的，结果，大家都抢着吃，一点没事。第二次再做毛豆腐的时候，他小心翼翼地尝了一小块，说，好吃。

这道菜，在孔夫子酒家，居然是招牌菜之一。

钱宪和还在孔夫子酒家吃过一道臭鳜鱼，也是徽菜。是将上好的鳜鱼码上大盐，搁到瓮里，六七天不去管它，一定要等闻到发臭的味道了，才用浓油赤酱烹制，其间，生姜和料酒要重。烧这道鱼，满屋都是臭味，但吃起来，却是异常鲜美。钱宪和记得，那次姑妈吃完，突然醒悟过来，说，比利时哪来的鳜鱼啊？陈神父的太太笑着说，安特卫普有一种鱼，跟鳜鱼很像，而布鲁塞尔却找不到，他们在一家菜市场见到一种仓鳊鱼，肉质坚硬且鲜美，他们就当它是鳜鱼了，做出来的味道，居然还行。

当然，钱宪和说，真正给孔夫子酒家撑台面的菜肴，并不是臭鳜鱼之类，而是广东卤鸭、文昌鸡、锅巴虾仁、红烧乳鸽，还有几道钱秀玲拿手的江南家乡菜。

钱秀玲特别推崇的一道菜，叫江南头菜。其实，它的本名，应该叫宜兴头菜。比利时人只过圣诞节，但钱秀玲对春节特别有感觉。小时候过年，第一道上的菜就是它。在她少时的印象里，家家户户都是这样。

各种口味的人都可以在这道菜里找到自己爱吃的东西，所以量大，品种繁多，要用汤盆或砂锅来装。它上桌了，过年的气氛就有了。

钱宪和听姑妈讲过，所谓头菜，除了是头一个上桌，还因为它原料丰富、荤素兼备，顾及各人喜好，寓含着全家福、大团圆的意思。

确实，品种很多：油发肉皮，猪肚片，猪肉丸，鱼丸，腰花，黑木耳，小开洋，笋片，海参，蹄筋，青大蒜，等等，满满一大盆。

这些原料，除了笋片，布鲁塞尔的市场里都能找到。当然，还有一样最重要的，那就是大骨头汤，要原味；芝麻香油，要纯正手磨的。

笋片之类，可以用蘑菇替代，布鲁塞尔的超市里，那种大朵的新鲜蘑菇，质地很嫩。油发肉皮也没有现成的，可以先把猪肉皮晒干，放进油锅里烹，一块小小的肉皮，在滚烫的油锅里，很快地膨胀起来，变成很大的一块。冷却后把它放进冷水里浸泡一会儿，它的质地会变得又软又松，切成一片一片的，放进锅里，被油炸开的气孔，会在一锅烩的烹制中，吮吸汤汁的鲜味，所以这肉皮入口，味道鲜美，既松且软，略带嚼劲，好吃！

鱼圆，也没有现成的，要自己从大鱼腹上选那种没有刺的部分，用刀背剁细，然后调料进去，在沸腾的骨头汤锅里汆成一个个小的圆子。时不可长，以保鱼圆的滑嫩口感为宜。

这道菜最早都是钱秀玲亲自做的。从原料的选配到下厨，包括熬骨头汤之类，她都干得蛮有兴致。仿佛她在实验室里完成一项研究，每一个步骤都是有挑战、有兴味的。后来，她要求厨师按她的配方做，她有时还要提点一下。

果然陈神父夫妇对这道“头菜”赞不绝口。陈太太说，就叫江南头菜吧，第一是它当得起，再者呢，来吃饭的又不都是宜兴人。

于是就改名叫江南头菜。

钱宪和记得，他周末放学后，回到布鲁塞尔，先是到孔夫子酒店落脚、吃饭，打烊后，才跟姑妈回家。

姑妈吃饭非常简单，但也考究，就吃两样东西，小馄饨和春卷。小馄饨是她自己包的，汤是骨头大汤，春卷一半是素馅，萝卜丝或细沙，都是她自己弄的。她做这些的时候，嘴里哼着小曲，蛮开心的，你看不出她是个化学、物理学博士，更像个家庭主妇。

酒店最早营业的时候，他们只请了一个厨师，香港人，祖籍广东，大家叫他麦师傅。他做粤菜很好，卤鸭做得地道，椒盐乳鸽尤其棒。江南菜，他有些凑合，做不出钱秀玲那样的味道。他可能不太看得起这些太家常的菜肴，觉得不上台面，充其量就是家居小吃。钱秀玲说，我就是要家居小吃的味道，在她的坚持下，麦师傅开始花精力去烹调那些钱秀玲非常看重的江南小菜了，包括小笼馒头、甜锅饭这样的点心。有一次，两位老华侨从荷兰赶过来，专门点那道江南头菜——他们是听别人说的。口碑这东西，就是一张嘴传给另一张嘴。他们一个是江苏武进人，就在宜兴隔壁；还有一个，是苏州太仓人，都是吴语地区，口音相仿，口味自然也差不多。闲聊的当口，满满一盆江南头菜，冒着热气，葱丝和芝麻油的香味直冲鼻子，端上来了。其中满头银发的一个，顿时泪目，说，我闻到小时候妈妈做的菜的味道了。

色香味，都是好的。不一会儿，全部吃光。钱秀玲送了他们一份炸春卷，分别是菜肉馅和萝卜丝馅的。他们吃撑了，打着饱嗝。脸面上那副满足的表情，像小孩一样地挂不住。另一个秃顶的客人，不怎么开口，吃完突然要纸笔，他要留几句话。钱秀玲一拍脑袋，说怎么就忘了要备一本留言簿呢，赶快让人去买。

结果，那个秃顶的客人——世代是开塾馆、当师爷的——就给孔夫子酒店写了一首打油诗。他居然也姓孔，祖籍是山东，当然是孔夫子的后代了。南宋的时候，祖上迁徙到了武进。他那诗里，有两句让钱秀玲和陈神父夫妇读了不觉叫好，也引发了彼此的乡愁：

身在异域尝家味

心回江南跪母恩

在钱宪和的记忆里，孔夫子酒家的生意，看起来人来人往，蛮火爆，却是好景不长，支撑了大概不到两年，就歇业转让了。内中的原因，当然是不赚钱，还亏本。

钱秀玲这辈子，一直做大小姐、念书，她怎么会经营生意呢？酒店开张阶段，来捧场的朋友是很多，但钱秀玲不好意思收他们的钱，很多人都是白吃白喝的。陈神父夫妇，虽然也不太懂经营，但看到钱秀玲这样大大咧咧，心里自然着急，跟她说过几次。她说，小时候她在老家的时候，大凡店铺开张，开头几天都是打折、连卖带送的，那些朋友大老远跑来捧场，有的还带礼品来，她怎么好意思收人家的钱呢。

时间长了，问题就慢慢暴露了。这个地段，在布鲁塞尔市区来说，虽不算偏远，但终非繁华中心。酒店走的是中低消费路线，店堂小，大的团队客人接待不了。菜肴的价格，却比一般酒店要低很多，钱秀玲坚持不肯涨价，她怕对不起那些远道跑来的食客，大都是华侨，上年纪的人居多，一见面，黄皮肤黑头发，总是老乡见老乡，两眼泪汪汪，坐半天还不肯走，钱秀玲要陪他们唠嗑，有的人话匣子拉开，诉说的都是在国外打拼的血泪往事，钱秀玲很容易入戏，被他们的辛酸经历感动，有时候，还恨不得自己掏腰包资助他们，饭菜自然是免费赠送了，这样日长岁久，酒店岂有不亏之理？

莫非是钱秀玲和陈神父夫妇过于强调“中国元素”，把外国人拦在了门外？

也不见得。钱宪和印象里，来吃饭的外国人，还是蛮多的。

不过，可能钱秀玲一开始过于强调她心目中的“中国元素”，尤其放不下她的“江南情调”，推出的江南系列菜肴，虽然得到不少华侨的称赞，却赚不到本地人的钱——欧洲人还是喜欢高热量的食物，比如鸡排、牛排、红酒咖啡。这些东西孔夫子酒家也不是没有，但麦师傅做的牛排，肯定比不上他做的卤鸭。

还有一个原因是，钱秀玲与陈神父夫妇的合作关系，一开始大家也不懂该怎么做。投资的本钱，大半是钱秀玲拿出来的；但是，分红的时候，陈神父夫妇提出的要求，超出了钱秀玲的承受能力。她这个人，但凡什么事，都不会跟朋友计较，但是，酒店入不敷出，是个严峻的现实。钱秀玲坚持了一段时间，最后也撑不住了，酒店只好散伙。

不管怎样，钱秀玲跟陈神父夫妇之间，并没有发生什么不愉快——后者毕竟也很卖力，他们打算去巴黎投奔儿女了，需要一笔钱安家。钱秀玲把本钱里的一部分，作为对朋友的相赠——好聚好散，钱秀玲还是很感激他们的相助，分别的时候，彼此还是依依不舍的。

那幅张大千的画，原本是钱秀玲姑妈借宪和侄子的。但是，酒店转让的时候，说当地有个规矩，店内的任何东西，店主都不能带走，甚至连两本写得满满的顾客留言簿，都要留下。

钱秀玲觉得对不起侄儿。她对钱宪和说，怎么办呢，这是你父亲送你的礼物呀，我家里还挂着几幅名人的字画，看中的你就拿走，算我补偿你的。

钱宪和自然不要。比起姑妈对他的照顾，一幅画算什么呢？

在他的心目中，秀玲姑妈对他的关心就跟自己妈妈一样。每逢周末，姑妈怕他不来，还给他打电话，让他住到自己家里，给他做喜欢吃的菜。他初到鲁汶大学时，别人都有野外实习补助金，最高的达五千元，低一档的，也有三千元。钱秀玲知道了，就帮他去奔走，最后找到了她一个留校的老同学，其时已然是掌权的人物，解决了他野外实习助学金的事。

不过，姑妈给他申请的是最低的一档，二千五百元。她没有解释原因。后来宪和听姑妈的那位同学讲：你姑妈就是这样的人，就怕自己比别人拿得多，拿少了她才心安。

后来钱秀玲几次提到过那幅画。这是她心中的一个歉疚。

居然在贸然寻访孔夫子酒家的那天，很意外地，我们见到了那两本顾客留言簿中的一本。

二〇一八年十月十八日的采访笔记，这样写道：

今天中午，翻译蓬飞带我们在布鲁塞尔市区的一条马路上，找到了当年钱秀玲和朋友合伙开的第一家酒店——孔夫子酒家。

进门还是那尊财神爷的画像——与钱宪和口述的一样。然后，画像的下端，搁着一张明式的案几，质地是黄杨木的，隐约的包浆，显示着它存世的年代。案几上有一个元宝形的香炉，有明显的灰垢，几支残香还在冒烟。前台坐着一个碧眼金发的外国女人，显然她是这里的雇员，老板娘四十多岁，台湾人，很热情地招呼我们，还沏了乌龙茶。我们点了几道菜：炒河粉、青椒土豆丝、西红柿鸡蛋汤；还要了江南头菜，越南裔的伙计听不懂；要春卷，也摇头；要红烧肉，他一拍脑袋说，OK！

环顾四周，吃饭的人三三两两，还是外国人居多。大都是简餐，一杯咖啡，几片蛋糕；或是一小片牛排、鱼排之类。抬眼望去，却见不到冷盘热炒的规模。

这已经不是一家地道的中国餐馆了。也许，只有混搭型的酒店，才能满足各方食客的需求，在夹缝里生存。

寻找有可能挂过张大千山水画的那面墙——欧式的略显花哨的装修格局，已然不是挂中国画所需要的白墙氛围，点缀墙面的，是几幅三流的抽象派油画。

居然发现一道后门，直通一个小院子。院子里有一棵高大的法桐，树荫下，一副圆形的陶台陶凳，上面搁着一套宜兴紫砂茶具。这是一把制作尚算精良的圆珠茶壶，紫泥，器型简洁，显然它很久没有泡茶了，摆在这里，就是个摆设。壶底有款，刀法拙朴，辨认了半天，似乎是“智叟制壶”，智叟者，寓言《愚公移山》里，那位取笑愚公挖山不止的看客也。制壶者以此自嘲，想来是个不俗的另类。

从陶台陶凳表面的釉水看，我确定它是江苏宜兴制造的钧釉产品。这个发现让我惊讶，难以想象它们是如何飞越迢迢的关山与深阔大洋，来到这里的！

突然记起一则历史资料，十六世纪初，荷兰东印度公司的货船，第一次将中国陶瓷器运到阿姆斯特丹港口的时候，光是紫砂器就有三千余件。而陶台陶凳之类，在中国的明代已然风生水起、普遍使用，紫砂壶搁在陶台陶凳上一起出国，是很自然的风雅搭配。

院子里还有一架风铃，一个秋千架。这些有情调的物件，我愿意相信，它们都是当年钱秀玲留下的。在工作的间隙，她会在这里小憩，也可以在这里会客。如果是有月亮的夜晚，法桐树会把月光匀称地洒在地上，抚慰思乡人的一份殷殷情怀。

这院子，让人浮想联翩。

等菜的时候，也还跟老板娘闲聊。问她知不知道这个酒店的第一任老板娘是谁？她不假思索地说，知道啊，钱秀玲啦。

蛮自豪的表情。一会儿拿着一个黑塑封面的本子走过来，说，这是当年她留下的顾客留言簿，本来有两本，其中一本，据说是政府的一个高官带客人来吃饭，还给题了词，结果被一个收藏家买走了，当然不是钱秀玲卖的，是哪一任我也讲不清楚啦。

这一份欣喜，几乎从天而降。赶紧打开，留言簿很厚，每一页都用护卡膜护着。开头的第一页是一位老华侨写的打油诗：

异域意外尝家肴，
美味饕餮尽逍遥。
乡愁绵绵寄万里，
恨无弯弓射大雕。
今日相拜孔夫子，
梦回桑梓白云高。

新加坡华人　郑万里

翻下去，有英文、法文、德文、日文、韩文的留言，而中文留言的并不多，这个发现，颠覆了我原来对酒店的认知。赶紧拍照，并用微信分别传给国内的懂外文的朋友。

有一处留言很特别，作者用圆珠笔画了一面美国国旗，旁边画了一个长发的东方美女侧像，然后再画一个翘起的大拇指，落款是USA.L。

应该是一位美国客人，用漫画的方式来赞美酒店遇见的一位美女。这位美女是不是钱秀玲呢，不清楚。但是作者心情很好，美国国旗作为他的底色与陪衬，和这里的美食一起，正在引发着他的灵感，这一点毫无疑问。

也就是说，孔夫子酒家接纳的，是五湖四海的食客，而且是外国人居多。想来也是，那时的很多华侨赤手空拳来到海外，所谓谋求发展，其实就是打工，成功人士很少。下馆子对很多人来说还是很奢侈的事。偶尔打打牙祭是有的。而有钱的外国旅游者，见到孔夫子这三个字，就像中国人在海外见到耶稣或莎士比亚的名字一样，光是一份好奇心就会驱使他们登堂入室，品尝一番。

由此，想到当初钱秀玲为什么要取“孔夫子”这个名字了，在海外，唯有他才可以代表中国，别的人还真不行。

发给朋友们求翻译的外文留言，陆陆续续地返回了。

日文的留言是这样的：

我如今远离日本

相隔一万里

身处欧洲异乡

十分想念故乡的妻子

在这里尝到了故乡的美味

是多么的美好

那种熟悉的香味

我怎能忘记

昭和四十三年于布鲁塞尔

昭和电工株式有限公司　冬木庄亮

这条留言不但写得情真意切，还提供了一些信息：此公在孔夫子酒家吃到了家乡的美味。也就是说，孔夫子酒家还能做地道的日本菜。

再就是留言的时间，昭和四十三年，亦即一九六八年。这个时间大大晚于钱家后人的回忆。这也意味着，钱秀玲“宅家”相夫教子的时间，至少在十年以上。

韩文留言：

您好！我是来自韩国的yangGuk

初次见到这个酒店的女主人时，就像是见到了家母一样！

我现在在这里吃饭、唱歌，太开心了。

祝昌盛！

有一条德文的留言，只有一句话：

一位东方的圣母！

爱您的德国　巴伐利亚州

Erich 埃里希　Johanna 约翰娜

从这些留言可以判断，孔夫子酒家的生意和口碑，都是好的。打动顾客的，不仅仅是这里的美味和服务，还有女主人的人格魅力。要说因为亏本而歇业，简直匪夷所思。

可是，在钱宪和的回忆里，当时姑妈一脸严肃地告诉他，孔夫子关了，再也亏不起了。

或许，可以有另外的解读：钱秀玲开酒店固然是为了生存和赚钱，但是，开着开着，她就不当它是生意了。她性格里，有豪放、任性的一面，情义的成分居多，什么都可以亏欠，唯独不能亏欠朋友，也不能亏欠自己的内心。

所以，“孔夫子”就义无反顾地亏了。

十七
海水岂可斗量

之后呢？

还是开中国餐馆。

如果评估一下钱秀玲当时的社会资源，她完全有可能在比利时上流社会获得一份体面而有尊严的工作。但是，她选择了急流勇退。

开餐馆其实很累，但是，在钱秀玲看来也很美。因为它的每一天都充满挑战。看起来，这是钱秀玲寻找自食其力的一条出路，其实何尝不是以退隐民间的方式，让人们忘记她——首先她自己把那些曾经拥有的东西放下了，并且，新的生活让她慢慢淡出那些曾经铭心刻骨的记忆。她希望过自在的生活，风轻云淡、无拘无束。

换了一个地方，紧靠布鲁塞尔大广场附近的一条热闹马路上；换了一个新名字，叫新雅餐馆。

这是钱秀玲的一次“战略转移”吗？从改名字，到换地段，我们发现，此时钱秀玲的经营观念，较前有了一些调整。也不排除有朋友向她提这样那样的建议。新雅这个名字，在当时比较时尚。钱秀玲少时在上海读书，喜欢那里的情调。那时的上海滩上，有新雅路、新雅粤菜馆、新雅饭店等，在她的印象里，香港、台湾、澳门这样的海派城市，都有以新雅命名的餐馆和马路，她见到了，第一感觉总是蛮亲切，她相信，有过城市生活经历的华人，这个名字也同样能唤起他们的美好记忆。

大广场这个地方，是布鲁塞尔市区最繁华的地段之一。这里保留了很多中世纪的建筑，抬眼望去，金碧辉煌、巍峨气派；各种店铺鳞次栉比、穿梭其间。在寸土寸金的地段占一席之地者，当非等闲之辈。比如，最有名的中世纪建筑——市政厅边上，有一家天鹅酒店，门口挂着一块小小的牌子：

卡尔·马克思曾在此住宿用餐。

钱秀玲来了。在这样的地方开一家餐馆，才有劲呢。这跟她骨子里的那份禀赋，是一致的。

找到了新雅餐馆的原址，就在那家天鹅酒店背后的一条马路上。就规模而言，这里确实比孔夫子酒店还要小一些，“中国味道”已荡然无存，完全是欧风，更别说什么疏朗的后院了。不过，因为有大广场的阔大气场撑着，它的每一寸空间都显得底气十足。如今它已经改为一家面包房。我们到达的时候，正赶上华夫饼出炉，甜香扑鼻，直流口水。买了两块，与夫人各自拿在手上，烤饼师傅笑嘻嘻地提醒我们，华夫饼要趁热吃。凭良心说，布鲁塞尔街头现烤的华夫饼，颠覆了我之前对华夫饼的认知，真的非常好吃，情急之下不免狼吞虎咽，大快朵颐。

通过翻译蓬飞先生，问起早先这里开过新雅餐馆的事，师傅摇头说不知道。然后我说出了钱秀玲的名字，他转身跟一个小老头，估计是老板，嘀咕了几句，小老头也一脸茫然。

有没有前任老板留下的顾客留言簿？

嗯，抱歉，我们没有听说过您说的那种东西。

想起一句唐诗：昔人已乘黄鹤去，此地空余黄鹤楼。

据钱家后人的介绍，钱秀玲在这里开餐馆的时间也不长，或许一年，或许两年。其间的故事，已然被岁月湮没。

在店堂里徜徉了一会儿。想象这么狭小的空间，能容纳几桌客人呢，充其量，也就五六桌吧。这个地方的租金一定非常贵，但生意一定很火。酒店的门外左右两侧，排放着一些简易的咖啡桌，这应该是酒店的延伸部分。生意拥挤的时候，等待用餐的顾客，可以在闲坐中等候，啜一杯热气腾腾的咖啡或清爽舒心的冷饮，在有一搭没一搭的闲聊中，看着行人走来走去的各种表情姿态，自己的心情会不知不觉融入其间，真的是一份额外享受。

少顷，笑容可掬的老板娘会以她的招牌式微笑，过来招呼着她的每一位客人。你跟她讲话的时候，她努力倾听的样子，会让你觉得特别可亲。她是那样善解人意，有时你跟她的沟通，也会有语言上的障碍，但是，新雅餐馆的菜肴和服务，总是让来这里的食客觉得，语言这个东西，在这里是让位于菜肴的，或者说，这里的温煦氛围，本身就是一种美好语境，而菜肴的语境则更为丰富。钱秀玲在开孔夫子酒家时，硬气地说过一句话，您要吃了不满意，可以不付钱。孔夫子酒家的任何东西她都没有带走，但这句话，她是一定带走的。当年的新雅餐馆，也跟孔夫子酒家一样，会有它的顾客留言簿吗？相信那每一条留言的背后，都会有热气腾腾的故事。不过，与各种遗憾一起，在时间的深海里，它们已经无影无踪。

显然开办新雅餐馆不是钱秀玲的终极目标。她是在这里冲个浪，她还要往深水区走。之后的玉泉餐厅，才是她从事餐饮业的巅峰，而时间，应该在一九七一年之后。

一个广义上的机缘是，这一年，中国与比利时建立了外交关系。一个长期关闭的门户正在打开。

第一次在中国驻比利时大使馆的大门外，看到高高飘扬的五星红旗，她内心有莫大感慨。虽然她对共产党了解不多，虽然她的长辈以及亲属在大陆或多或少受到了政治运动的牵连，在她心头不可能不留下些许阴影，但是，以她的心胸，不会把个人的际遇和生养她的祖国联系起来。见到新中国的国旗，第一时间里，她还是有心跳加快的感觉。虽然此时她已经加入了比利时国籍，但是，在她内心深处，她的祖国永远是放在第一位的。

然后，有一天，在她的餐馆里，来了几位和蔼亲切的中国客人，他们是中国驻比利时大使馆的官员，其中的一位，还是江苏老乡。他们亲切地叫她大姐，钱秀玲流泪了，老家来人了。这份感觉好亲切。他们了解到她在比利时的影响，称赞她在特定时刻出手拯救人质的勇敢与无畏。然后，也赞赏她彼时的低调和独立。她没有想到，其中一位年纪略大的长者，就是中国驻比利时的首任大使李连璧先生。他真诚地邀请她，方便的时候回老家看看。并且说，随着中国和比利时的正式建交，会有越来越多的中国人来到这里。李大使环顾四周，还幽默地说，大姐啊，您的餐馆应该比这里大几倍才行，不然，老家客人来多了待不下啊！

没有足够的细节表明，钱秀玲再次迁徙她的餐馆——从大广场转到布鲁塞尔最有名的特尔菲伦大街，相当于北京的王府井——与中国大使馆官员的造访有着必然的联系。但是，从此之后，中国大使馆成了钱秀玲的一座精神上的靠山，这确是实情。

玉泉餐厅刚开张不久，有一天，来了一位头发花白的女客，看上去六十多岁，面容清瘦。她要见钱秀玲。

恰巧，那天钱秀玲出去办事未归。她说，她可以等。自己点了一份便餐，一个人慢慢吃着，神态安详。

她就是久违了的西西拉温特。

钱秀玲与她见面时，两个人紧紧拥抱，许久许久，都说不出话来。

平静下来，她告诉钱秀玲，法肯豪森将军已经去世了，享年八十八岁。他晚年的生活，是在回忆和反思中度过的，经常夜不能寐。他虽然永久地淡出了人们的视野，但是，思想还一直很活跃。这些年里，他断断续续写下一部二十多万字的回忆录。这里面，有很多对德国民族文化传统、意识形态的思考，尤其是，为什么德国会出现像希特勒那样的战争魔鬼呢？他的思考是痛苦的。但他说，唯有痛定思痛，才能探索症结的源头。

她把这部名为《战外回忆录》的书，还不是正式出版的内部印本，但上面有法肯豪森的亲笔签名，送给了钱秀玲。

“他临终前很安详，一再说，要我替他感谢你。”

捧着厚厚的书本，钱秀玲一时无语。太多的感慨，不知如何表达。她说，一定会好好读这部书的。她可以想象，法肯豪森把自己的精神都融入这部书里了。

她问西西拉温特，以后是不是就回比利时定居了呢？

西西拉温特神态决然地摇头，说：“我还将回到德国去，在他的老家度过余生。因为，我的家人至今都不肯原谅我，更别说和好之类。我死后，将与他合葬，永远留在他身边。”

钱秀玲叹了一口气，说：“这么多年，你的性格一点没变。我从心里佩服你。”

临别时，钱秀玲送了她一笔钱。她坚决不肯收。钱秀玲说：“带上吧，这是我的一点心意。对自己好点。年纪大了，总要用钱的。

我帮不了你什么，你要是再不收，会让我很沮丧。”

送走了她，钱秀玲心里好一阵不能平静。她知道，这个世界，注定有一些好人，曾经给予你很多的光亮，但就是无法不与你擦肩而过。她相信，法肯豪森将军去世前一定没有太大痛苦，因为他有西西拉温特陪伴在侧。没有她，他也断然写不成这么厚的一本书。这一点，她倍感欣慰。在他的晚年，会遇到西西拉温特这样一位可敬的女性，也许真的是上帝的恩赐吧。

玉泉餐厅这个名字，背后有什么内涵呢？

钱秀玲曾经告诉她的侄孙钱为强，这个名字，看上去很普通，但它很中国。玉，代表了一种高贵的品质，中国人喜欢讲“玉精神”；泉，当然是永不枯竭、细水长流的意思。

钱为强算是钱家在大陆的后人里，第一个到比利时来“洋插队”的人，当然是因为他姑婆钱秀玲一手提携的缘故。

> 上世纪七十年代末，国家对外开放的力度加大，出国的人开始多了。姑婆回过一趟上海，跟我们团聚。当时我们都不知道她在比利时具体做什么工作，我爷爷是姑婆的亲哥哥，他们的谈话，有时是避开我们这些小辈的。有一次姑婆问我，愿意不愿意跟她去比利时，在她自己的餐馆里工作——她的设想是，先在她的餐馆里学一手做餐饮的本事，然后

自己出去开一个餐馆，这是当时很多华人在海外发展的路径。我当时在上海的一家化工厂当三班倒的工人，一份很枯燥的工作。能跟姑婆出国，当然很高兴。不过，家里人跟我一样，认为出国这样的大事，没个一年半载，手续是办不下来的。

让钱为强没有想到的是，仅仅一个多月后，他突然接到比利时驻上海领事馆的通知，让他去面签。然后，一路绿灯，很快就办妥了一切出国的手续。

在他的印象里，几乎所有的人——从领事馆到大使馆，只要提到钱秀玲的名字，都会非常重视。

到了布鲁塞尔，他没有想到，姑婆的餐馆，居然开在最繁华的特尔菲伦大街上。不到五百米的地方，就是独立五十周年纪念塔，相当于北京的人民英雄纪念碑。大街非常开阔，人流量多，玉泉餐厅的位置当然是黄金地段里的首选了。一条甬道进去，两旁是植物，店名是隶书体，好像是从唐代的一本碑帖上找来的字，文雅而圆润。进门是客堂，有镶嵌着象牙的屏风，当然是中国风格，然后分别有七八个包间，楼上也可以摆几桌。钱为强没有想到，玉泉餐厅的生意居然非常火爆，平时都是客满，中午也不例外；平时是四个跑堂的，后来增加到八个，基本上连小憩的工夫都没有。周末更是拥挤，很多顾客在门外的咖啡座上等候“翻台”——等客人吃完重摆桌布碗碟。实在忙不过来，只能在周末周日这两天，临时加聘两到三个跑堂人员。钱为强到餐厅的第一天，姑婆钱秀玲就让他到厨房里打下手，她叮嘱他，要好好学，先从刀工开始练。当时厨房里有四个人，大厨师陈彼得是台湾人，他做的北京烤鸭特别棒，很多客人就是冲着他的烤鸭来的，天天供不应求。陈彼得这个人，平时把自己看得很高，对别人说话，都是居高临下的。但在钱秀玲面前，却是服服帖帖。他有句口头禅：除非你让大姐来跟我说。

时间长了，钱为强就知道，原来其中有个故事。之前陈彼得在另一家中餐馆做厨师，也是很牛的。有一次，他有急事要回台湾，居然事先不跟老板打招呼，那天是周末，有个老华侨嫁女儿，在餐馆订了八桌喜酒，关键时刻，陈彼得失踪了。老板急得团团转，最后打通陈彼得的电话，他已经在台北落地。这事怎么得了？老板差点休克。临时找来一个二百五的厨师，仓促上阵，饭菜一塌糊涂。老华侨当然很气愤，甚至拒绝付款。一下子，餐馆的牌子等于被砸掉了。老板到法院起诉，但人不在，法院也鞭长莫及，从此不允许陈某人入境。钱秀玲并不知道这事，她只是听别人说，陈彼得烤鸭做得好。后来她听说他回台湾了，就给他打电话，问他愿不愿意到玉泉餐厅来当大厨。陈彼得说，我来不了啊，海关不让我进。钱秀玲说，那有什么难，我来跟他们说。于是，钱秀玲就给海关的人打电话，那边一听是钱女士出面了，赶紧说，没问题，他来吧。结果，陈彼得又到布鲁塞尔来了。

陈彼得来玉泉餐厅没几天，就被他原来的老板知道了。对方打上门来，不但要告陈彼得，还要追究钱秀玲的责任。直到这时，钱秀玲才知道他们之间发生的事。怎么办呢？钱秀玲要陈彼得向前老板道歉，并且赔偿一笔钱。这笔钱如果他一时拿不出，她可以先垫上。实际上，等于她替陈彼得赔钱了。然后，她也向那个老板道歉了，因为她确实不知道实情。

因为这件事，陈彼得在玉泉餐厅很乖。后来，他原来老板的餐馆关闭了，日子混不下去，就来找钱秀玲，说随便做什么都可以，只要给口饭吃。钱秀玲就安排他在前台收银。开头还蛮起劲的，后来日子长了，总感到委屈，经常在餐厅里发牢骚，甚至影响别人干活。钱秀玲都看在眼里，总是用好言安抚他，说以后他如果重新开张，她一定会支持他。她的宽容，别人真是做不到的。

玉泉餐厅的员工，干活都很卖力。一是因为钱秀玲的人格魅力，再就是餐厅的分配机制。钱为强来了才知道，餐厅员工的工资，是每天发放的。钱秀玲有个规矩，每天晚上打烊以后，大家不走，等着收银员把钱箱拿上来，全部倒在一张桌子上，大家一起点钞，然后，把钞票码齐了，放成几叠，等钱秀玲来分钱。她拿过一把算盘，噼里啪啦一算，去掉各种成本、损耗以及股本积累，余下的钱，她会根据每个人的岗位，来餐厅工作的年份，以及每天工作服务的份额，给出当日的工资以及股份——满三年以上的员工，钱秀玲是送股份的。她觉得，一个人能在一家餐厅干三年，就完全是自家人了，应该有福同享。所有的分配，都当着大家的面，公开且透明。你想想，一天忙下来，晚上回家的时候，腰包里鼓鼓的，员工怎能不高兴呢。白天干活都特别起劲。每一个人都觉得，活儿是为自己干的。钱为强说，走遍布鲁塞尔的大小饭店，没有一家能有这样的分配机制。

洒脱，大气，对任何人都那么和善。她总是笑吟吟的，从来见不到她愁眉苦脸的样子——员工们都知道她的一句名言：微笑又不要我一分钱。

唯独有一次，她发火了，而且火气不小。

还是那个陈彼得的前老板。他来玉泉餐厅后，估计是找不到当老板的感觉了，经常发牢骚、挑事，钱秀玲知道他心里苦闷，便处处放他一马。给他开的工资比一般员工还高。可是，他却还嫌低。有一次，当着大家的面，他公开跟钱秀玲提出，嫌待遇低，还说自己是凤凰落地不如鸡。

那是一个打烊收工后的夜晚，钱秀玲把所有员工召集起来开会。开始的时候，她还是平心静气的，听他把话说完，也没有动怒。说，那你要怎么样呢，你说吧，还要加多少钱？

那个不识趣的前老板居然提出一个大家听了都笑起来的要求。

钱秀玲突然拍了桌子，霍地站起来，抑制不住愤怒地说："你到全布鲁塞尔去打听打听我钱秀玲的为人。我愿意帮你，是希望你东山再起，咱们都是中国人，出来做事都不容易。可是，你在这里的所作所为，太让人失望了，我若再这样迁就你，便是对店里弟兄们的不公！”

话音刚落，店里所有的员工都站起来鼓掌。

钱秀玲认为，对坏人好，就是对好人恶。她这杆秤如果不公平，餐厅就会走下坡路。

她要求他立刻走人。

对方态度软下来，表示不会再提出任何要求，求她再给一次机会。

她手一挥：恕不远送！

在相当长的时间里，玉泉餐厅都是特尔菲伦大街的一道风景。作为一个地道的布鲁塞尔人，能被朋友邀请到玉泉餐厅吃饭，应该是一种很高的礼遇。无论达官显宦，还是平头百姓，说到玉泉餐厅，都会赞赏有加。这里的一切都充满着诱人的意味，不论是菜肴还是环境、服务。钱秀玲会在每天中午开餐前半个小时到达，从厨房到门厅以及每一个包厢，她都要亲自检查。从鲜花的摆放，到桌布椅套乃至餐具的搭配，甚至卫生消毒，她都会过问。然后，重要的宾客到来时，她会在门口迎宾。不认识的客人，她也会去打个招呼，问一问菜肴是否合口味，如果是带着小孩的，她会送一份儿童餐。第一次来吃饭的客人，她也会送一道新菜，或是一道靓汤。那种气氛，真的让人很温馨。

也有熟悉的客人，会对自己带来的客人说起钱秀玲当年拯救人质的故事。有的人会拦住钱秀玲问，阿姨，这是真的吗？

钱秀玲总是笑着说：“那都是过去的事了。要说救人，那是我的堂兄，他认识德国将军，是他们救的人，我不过是跑跑腿。”

有一次，一位德国的记者在餐厅吃饭，问起她当年救人的事，她说：“年代久远，我都已经不记得了。那不是多大的事。就像您走在路上，路边有个孩子摔倒在地，你顺便把他扶起来，就是这样简单。”

钱为强感觉，姑婆对媒体的人，有一份特殊的警觉。她不希望他们炒作，甚至不希望提起她。她对为强说，陈年烂芝麻的事，老提它干吗，以后有人问起你，你就说不知道。

餐厅忙碌的高峰过去了，她才开始用自己的午餐，通常是和丈夫两个人。其时葛利夏大夫已经退休，他的口味早已被他的东方玲同化了。小馄饨和炸春卷，依然是他们餐桌上的主打食物。钱为强感觉，葛利夏大夫是个好好先生，他很寡言，高而瘦，很讲究风度，来餐厅吃饭，都是西装领带。钱秀玲在说什么的时候，他总在一边笑，很少插话，相比较之下，钱秀玲就显得比较强势。

上了年纪以后，钱秀玲以素食为主，小馄饨是素菜虾仁馅的。在钱为强的印象里，她特别喜欢烧一个家乡素菜——呱唧菜。用自己腌的咸菜，自己发的豆芽，加豆腐皮、黄花菜、黑木耳等，起锅后要淋上麻油，嚼起来，会有呱唧呱唧的声音，爽口而下饭，所以叫呱唧菜。

彼时钱秀玲的家，离玉泉餐厅仅一箭之地。跨过马路，走几分钟就到了，在一栋高档公寓的八楼，房子很大。钱为强到布鲁塞尔后，几乎每天下午，餐厅收工后，都要跟着姑婆去她家。姑婆会给他泡一杯咖啡，然后坐下来，按照自己编的教程，教他法语，她要求他尽快掌握法语，否则就很难在比利时立足。这样的日子，大概有一年多。有时，她会停下来，跟为强说一些家乡的陈年旧事，她老跟他说起自己的父亲，觉得对不起他。说着说着，眼泪就下来了。这个时候，为强觉得，姑婆就是一个心肠柔软的家居女人。

钱秀玲和葛利夏育有五个孩子，都已成家立业。他们当中，有当医生的，有开画廊的，有做生意的。有的出类拔萃，也有的平淡无奇。在钱为强的印象里，钱秀玲最喜欢长孙杰罗姆。有一次杰罗姆过生日，她亲自去商店选了一款莱卡相机，作为生日礼物送给他。每到星期三，学校下午不上课，杰罗姆就会给奶奶打电话，带着他的几个同学到餐厅来吃饭。杰罗姆还教他的同学们使用中国筷子，然后他会老练地点几道玉泉餐厅的招牌菜，钱为强一直记得他们吃饭时那种兴高采烈的样子。杰罗姆一来，钱秀玲总是特别开心。她非常重视他带来的小客人，她跟他们聊天的时候，好像自己也回到了童年时代。有一次，来的同学里，有一个羞答答的女生，叫玛莎。钱秀玲高兴坏了，赶紧叫伙计去附近的商场给她买一个文具盒，作为礼物送给她。

私下里，钱秀玲对为强说:“我的儿孙们，对中国都没有感觉，就这个孙子，我让他从小吃中国菜，用中国筷子，给他讲中国故事，他现在很喜欢吃中国菜，以后他就会喜欢中国。”

有一天，钱秀玲的一位老华侨朋友蒋竹山带着全家人来吃饭。老蒋是上海人，来比利时也有几十年了。他的儿子、孙子都不会讲中国话。老蒋感叹地说，没有语言环境，怎么让我们的子孙说中国话呢？可是，连中国话也不会说，那还算什么中国人呢！再过一两代，他们就把自己的祖宗给忘光了。

一句话触动了钱秀玲。她说，我们何不来办一个华侨中文学校呢，让那些华侨的子女都来学习中国的传统文化，让他们记住自己的根脉来自哪里。

钱秀玲在她的华人朋友圈摸了一个底，几乎所有被咨询的人群里，其第二代和第三代，对中文都已是十分陌生的了。

都赞成办一所华侨中文学校。

有一段时间钱秀玲特别忙碌。她说过的话，总是会尽力去做。一些有经济实力的老华侨聚集到她的身边，大家推举她出任华侨中文学校的校长。然后，找校舍，报批文，联系师资，聘请员工，购买教学设备，校园、教室布置，等等，都是她在亲力亲为。钱为强跟着她出去办过几件事，所到之处，都对她非常敬重。他问姑婆，怎么那些人都很买您账啊，姑婆笑着说，我也不知道啊，可能是天底下还是好人多的缘故吧。

为强还记得他与姑婆的一段对话。他问她，为什么要办这个学校，是不是要贴进去很多钱？

钱秀玲说，她年轻时候想做居里夫人那样的科学家，可是，命运却让她错过了。她也多次想回去报效国家，也错过了多次机会。到如今她也上岁数了，很多东西都看淡了，但自己骨子里是中国人，这一点，内心的感觉却越来越强烈了。办中文学校，她就是想多听听中国话，多见见中国人。看到那些中国孩子，她特别开心，如果那些老华侨的后代，能够不忘记自己的根本，让中国的文化，在他们的子孙后代里延续下去，这是多有意义的一件事啊。

除了这样，我还能做什么呢？

钱为强记得，姑婆说到这时，眼睛里是湿润的。

至于钱，钱秀玲说，人这一辈子，钱是挣不完，也是用不完的。挣来的钱，要用在自己喜欢的事情上，办中文学校，是她到比利时以来，最让自己开心的事情。

她变得风风火火，行色匆匆。餐厅里的人，只要提到中文学校，她的话匣子就会哗哗打开，脸上有一种特别的神采。有一段时间，她很少在餐厅露面，精力都扑到中文学校上去了。后来大家都知道，她要么在餐厅，要么在中文学校，要么在餐厅到中文学校的路上。

有一天她回来时特别高兴，说中国大使馆的文化参赞专门来中文学校参观，说了不少赞扬和勉励的话。大使馆还送了一批书给学校，其中有《唐诗三百首》《宋词三百首》《诸子文粹》《说文解字》《红楼梦》等。她说，看到这些书，就想起小时候念书的情景，我就是读着这些书长大的呀！

二〇一八年十月二十日　采访手记：

来比利时近两周，旅行签证的日期就要结束了。

终于采访到了上任才两天的艾克兴市市长夏维先生。四十来岁，高大且威猛，络腮胡子，一条做旧的牛仔裤包住他颀长的双腿，像个篮球健将。此公原先只是当地某中学的工会副主席，因为有从政的热情，又有财大气粗的老板朋友——雷蒙·穆克的朋友努埃尔，当地经济发展总公司的老板出手帮忙，居然就战胜了其他九个竞选对手而出线成功。其时“反对派”不服，天天在广场上集会表示反对。夏维最初谢绝了我们的采访，是努埃尔打了招呼，他才同意见一面。

看上去他还没有进入市长角色，拘谨中有点漫不经心，两只手一直在来回搓着，其间不断在看手表，似乎在敦促我快点结束。

我就问了一个问题：

“在艾克兴，还有人记得钱秀玲吗？您上任后，是否会在钱秀玲事迹的宣传推广上做些事情？”

夏维的回答还是很诚恳的：

“我是本地人，从小就听父母讲钱女士拯救人质的故事。现在，中年以下年纪的人，能知道钱女士故事的，确实不是很多了，但是这并不意味着时代在遗忘她，历史是会铭记她的功德的。在我看来，我们平常的生活里，如果有人救了一个人，大家都会觉得他很不容易，何况钱女士是在战争年代，拯救了一百多人，太了不起了。我上任后，会让人把钱女士的故事编入学生的课外读本，让他们知道，曾经有那么一位伟大的女性，在久远的年代做了一件值得让我们永远缅怀的好事。”

我送了一把紫砂壶给夏维。他回赠一个包装得非常漂亮的普通咖啡杯，说，艾克兴是一座与爱情有关的城市，很多外地的年轻人结婚的时候，都会选择到这里来举行婚礼，度过他们的蜜月。

回顾此行，最大的遗憾，莫过于没有采访到钱秀玲的长子悌米吉。托钱为强先生几次与悌米吉联系，希望他能与我们见面，但对方均以各种借口推托。

钱为强认为，他从未到过中国，对中国缺乏了解，特别是二〇〇二年，中国央视推出的那部电视剧《盖世太保枪口下的中国女人》，他看了以后认为有些情节不够真实，甚至有些恼火。其间也缺乏沟通，从此对中国人敬而远之。

据说他已经八十三岁。

而钱宪和先生则向我披露，早年钱秀玲姑妈曾私下告诉他一个细节：还是在埃尔伯蒙村的时候，童年的悌米吉曾经被玩伴骂“中国佬”，他很伤心。尽管钱秀玲多次给他心理疏导，但在其幼小心灵里，还是留下了些许阴影。“中国”在他心目中，色调是灰的。长大后，他看到母亲的那些中国亲戚来投奔他们，住在他们家，在妈妈的餐馆打工、挣钱，看到母亲待他们比家人还好，心理上也有些失衡。

钱秀玲对自己孩子管教甚严，完全是东方式的传统教育。但是，孩子们上了中学乃至大学后，接受的却是西方的思想观念，“叛逆”的因子由此爆发。凡此种种，集中在悌米吉身上，就是对中国的不亲善与冷漠。

十八

尘归尘，土归土

秀玲贤妹惠鉴：

前两札俱悉。三月以来寒热缠身，微恙不断，养疴期间未能奉书，良深歉仄。愚兄已于去年十二月退役，卸甲归家，从此心归桃源，与世无涉。尤与某公避而远之，若隔关山。政府尚念多年追随之劳，由经济部聘为中国纺织建设公司顾问，空设虚职，无须每日到班撞钟，一口养命残羹而已。汗颜！

余积疾之伤，非躯表而在内心。凡数十年知愚兄者，惟贤妹也。去岁以来，遂与愚嫂皈依基督，晨昏祈祷。眼前光明，竟日渐浩大。可悲可喜，惟问苍天耳。祈颂

近佳

葛利夏贤妹夫一并俪康！

愚兄　企裴

民国四十三年　五月十五日

此信写于一九五四年。虽是平常家书，却透露了钱卓伦晚年心绪之一角。

从字面上看。他终于“退役”而平安落地。“一口残羹”乃由“经济部”下属的一家官办公司发给。所谓“某公”，看官当一目了然。蒋介石最终未将他置于死地，宋美龄应该起了很大作用。蒋也知道，钱卓伦晚年丧子丧媳，当属人生之大不幸。杀子之仇，其壑何深？这道理，路人甲也懂得。剥其军衔军装，一口闲饭也还是要给，不把事情做绝，也是做给跟他几十年的那些随从看的。而钱卓伦的“皈依基督”，既是内心痛彻空茫之需要，亦是对自己的一种保护。

此时钱氏家书，便是冰冷内心里难得注入的温煦光亮。这片光，几十年里，一直贯穿于钱氏兄妹的信札中。那些泛黄的纸面，映照着不平凡岁月的庸常日子，给后人留下颇多念想。

二〇一八年十二月五日采访手记：

专程飞赴台北。

四日下午两点钟，台北市第一大饭店，一楼，丹堤咖啡馆。

终于约到了钱卓伦的孙子钱育旋先生、外孙沈艺江先生，还有一位年龄稍大的长者——钱卓儒的二儿子钱宪行先生。

面对着卓伦将军的后人，想问的问题很多。

首先，钱秀玲在上世纪五六十年代经常来台湾吗？她跟钱卓伦堂兄见面的时候，有否讲过在比利时拯救人质的事情？

钱育旋先生满头飞雪，年龄七十有一，但身体硬朗，脸色红润。他父亲钱克显、母亲王瑶君遇难时，他姐姐十二岁，他十岁，一个弟弟才八岁，最小的妹妹只有六岁。

他的回答是这样的：

> 以前没有听说过秀玲姑婆在比利时救人的事。在大陆播出那个电视剧之前，我们整个家族都不知道。当然，那个时候我们还小，姑婆来台湾看望我爷爷，他们大人谈事，是避开我们小孩的。可是，我爷爷也从未讲过此事。我想，对于他们来讲，这种事情太小了吧，在他们看来，都是举手之劳的事，不值得放在嘴上讲，尤其不会对我们小孩子讲。

钱宪行先生是钱宪和的弟弟，钱卓儒的二儿子。他有八十岁了，就辈分而言，也比钱育旋他们长一辈。在这方面的见闻，会不会比他们多一些呢？

> 姑妈来台北看望我爸爸和卓伦伯父，好多次我都在场。他们在一起就是叙家常，说说各自的家庭、孩子，也说到宜兴老

家的一些故旧。我没有听她讲过在比利时拯救人质的事情。在我的印象里，我父亲钱卓儒和卓伦伯父，也都没有说过。

也就是说，如果中国中央电视台不播出那部《盖世太保枪口下的中国女人》，钱家的后人至今都不知道有钱秀玲拯救人质这回事。

这个不难解释。因为他们没有把它当成多大的事。他们身处的年代，很多人为了家国，为了一个信念，抛家舍子，献出了自己的生命甚至整个家族。救人这点事，在他们看来，就是跟自己熟悉的朋友打个招呼，求个情。那又算得了什么！

这是沈艺江先生的观点。作为钱卓伦的外孙，他的童年时代是在外公身边度过的。在他的印象里，秀玲姑婆来他家，说得最多的就是孩子。她自己的孩子，以及钱家所有的孩子。

那么，钱卓伦将军晚年的精神状态如何呢？

在钱育旋先生送我的为数不多的钱卓伦资料中，有钱卓伦长子钱克顺的一篇文章，题为《先父卓伦公生平》。其中谈到了乃父的晚年生活：

先父晚年与继母笃信基督，晨昏祈祷，按期聚会，传扬福音，参加神工，风雨无阻。自此与烟酒等俗娱绝缘。先父素重乡谊，桑梓之情甚深。早年在南京、重庆，均联络乡贤，发起建立宜兴同乡会。南京梅花巷宜兴会馆，乃先父一手创立。来台后，与张玉麟、谢绍竑诸老商组台北宜兴同乡会，并创办《宜兴乡讯》，刊头书法，乃先父所题。

在卓伦先生后人的叙述中，台北湿热的豪雨里，一个撑着伞、在热带植物的绿荫下踽踽而行的长者渐次淡出，瘦高，清癯。一头曾经黑而密的头发已经花白而稀疏，目光亦不再如炬，看人的时候，反应有点慢，但神态是和煦的，甚至一直挺拔的腰背，也变得微驼。朋友的圈子，随着岁月的变迁，也慢慢变得更小，但知己总是有的。烟酒绝不再沾，茶却难戒。一人独处之时，便喝白开水。在家，总穿旧衣服。给朋友寄信，都是用旧信封拆开，翻一面，糊起来再用。来往的朋友，都知道他简单的生活规律，叫作“三点成一线”：自家居所——基督教堂——宜兴同乡会馆。

决心远离原先那个圈子。不闻、不问、不交往。但以余生之心力，做一点自己喜欢的事情。

人到晚年，许多东西渐渐看淡，然每见到宜兴同乡，总有述说不完的乡谊。其时海峡两岸封闭隔断，依然兵火相向，音讯几乎归零。有时，老乡聚首，会从彼此口中获得一星半点老家的信息，喜忧不定，聊胜于无。早先在南京时，他便是宜兴同乡会的主导者，当时的金陵古城梅花巷内，一栋古色古香的宽敞庭院，是同乡会的会所，都是他在张罗。其人气兴旺、群贤毕至的景象，历历在目。抗战期间迁到陪都重庆，同乡会活动一如既往，也是他在打点、照应周全。到了台北，心境日渐凄凉，思乡之心更甚，隔三岔五，能与老乡一起叙旧聊天，感觉是庸淡生活里的一种指望。

于是，台北宜兴同乡会，在他手上，从无到有，聚沙成塔。一年下来，颇具规模。会所虽无旧时南京之规模，却也小巧玲珑，闹中取静，其间古松翠竹，曲径通幽。他亲任理事长，并创办《宜兴乡讯》刊物，兼任主笔。卓伦先生彼时忘我投入，其精神状态几近恢复到刚来台时的模样，亦让家人稍微心安。

沈艺江先生回忆他的外公，有一段时间，老是在家里给外面的朋友打电话约稿。他说，办刊物就像开店铺，货物充足、琳琅满目，生意才会火爆。《宜兴乡讯》刚出版一期，就遇上了“稿荒”。投稿的人不多，可以用的稿件更少。没办法，他只好自己上阵，以“方圆氏”之笔名，开设《桑梓回忆录》专栏。记得他的第一篇文章，题目叫《辛亥宜兴光复纪略》，以革命军首义于武昌为背景，记述辛亥革命前驱光复古城宜兴的过程。文字干净简练，史料翔实。其中有一段，写到这一场辛亥巨变来到宜兴时，年少的他曾经参与其间的情景：

> 吾乡地处苏浙皖三省之交，背山面湖，伏莽夙多。值兹国家多故之秋，地方有识之士，为谋安定闾阎计，公请徐公致章

焕其老先生出任领导，筹划自卫之策，焕老以科甲出仕，宦游归来，息隐珂里，不预外事，惟值时局艰难之际，毅然兴急公好义之举，慨允挺身而出，与地方热心人士，筹组保安会，编练保安团，以武力卫护桑梓。斯时邑中负笈外埠之学子，均已辍学返归，遂号召其义务保乡保家，参加保安团组织，所有会址团部，均设于东珠巷之后余堂，延吴育万为司令兼总教练，程鸿翔、钱卓伦辅之。知识青年，从者踊跃。一面编队施训，昼操夜巡；一面向沪上洋商购置枪械，采办军装，不一月，俨然成为强有力部队，负起地方保障之任矣。

文字温厚朴实，言简意赅，无方巾气。在几年时间里，他先后写下回忆故乡的文史掌故文章六十多篇。如《周处斩蛟的故事》《伍子胥与史贞女》《民族英雄卢象升》《国山碑之来历》等。写作的过程于他，等于是一路梦游故乡，对历史掌故的梳理，亦是对自己精神脉络的回望。

在煤矿谋事的卓儒堂弟，也是一家老小十几口。卓儒经常来看他。有时从他那里，卓伦能得到一星半点老家的信息。他会留卓儒陪他吃顿便饭，一起回忆过去在大陆的旧时光。

闲来啜墨，自称墨戏，却被友人奉为书法，台北的官场，对他的字是认的。他又惜墨如金，不肯随便涂写。能得到一幅卓伦墨宝，当是不低之礼遇。于右任评价过他的字，“二王”底子极为深厚，亦汲取明清诸家风貌，清润秀逸、萧疏平远。其书风看似随意，却松弛有度、脱俗古淡，予人以“不期而至、清风故人”之感。

与朋友论书法之道，卓伦先生每每有独特见解。《宜兴乡讯》曾经刊登他对古人书法的鉴赏文字。比如，谈到郑板桥时，他曾有如下文字予以评析：

> 郑燮对书法自有其独特之见解，认为清初书法尚圆媚是受赵孟頫、董其昌影响。而近人则争学大唐书，纯皮几骨非欧虞，因而也使书法误入歧途，到了干枯无味的地步。他对书法时派的批判，虽有偏颇之处，但亦不无道理。试想一旦大家争相追慕一家一派书体时，弊端必油然而生。郑燮乃清醒之士，他之书法逆势而行，以隶、楷参半，自称“六分半书”，一如金冬心之漆书，面貌一新，如千山独行。

一日，与卓儒堂弟啜茶，忽突发奇叹：

> 过去的时光犹不可追。所谓未来，又何能确定？一个人可以拥有的，唯有当下。任何一个人，无论富贵贫贱，过的都是今日的生活，既非昨日，亦非明日。唯一能被夺走的，也是今日。若悟得此道，便无所失去，亦无所得到。长命百岁与短寿

夭折莫不如此。

卓儒听得费解，问，哥哥何意？他微微一笑，不再解释。

后来卓儒懂得了，他是在与自己讲和。心动神知，对这个世界，他已渐渐地无所求，无所恨，也无所依恋。

又一日，住校寄宿的孙子钱育旋突然得到家中电话，爷爷病重，盼他即刻去荣民总医院探视。

在他的印象里，他与爷爷总是聚少离多。父母遇难的那一年，他才十岁。记得家里突然放了两口棺材，父母的照片被加上了黑框。一家人吓蒙了，抱头大哭之际，爷爷来了，一直搂着他们兄妹几个，止不住泪如雨下。

之后，他和姐姐妹妹还有弟弟，一直跟外婆外公过。只有逢年过节，才能与爷爷团聚一下。他心中的爷爷慈眉善目，话语总是温煦有加，但彼此之间，一直是有距离的。后来他才知道，爷爷其实一直是被监视的，不跟他们住在一起，疏离一些，除了家庭的某些缘故，也是为保他们的平安。

那一日正是他高三大考的最后一天。匆忙考完最后一门功课，便赶到荣总，一进病房，爷爷正躺在病床上，面容很消瘦，身上已经插了几根管子。见到他来了，突然脸上浮起了笑容，强撑起来，大着声音，要护士进来把管子统统拔掉，他要吃饭。

他这时才知道，爷爷已经几日汤水不进了。是他的到来，唤起了他生命里最后的那点能量。所谓回光返照，是要有最亲的人来催发。最后的一口气不肯断，是一直在等。

他端着碗，喂爷爷喝了一小碗粥汤。他看到爷爷艰难地吞咽，半晌，大口喘气，慢慢地附在他耳边说了一句话："小旋，你长得最像你父亲。"

说罢，昏花的老眼里涌出大颗大颗的泪珠。

他也难过地几次背过身去。

我今蒙恩宠召永住天家快乐快乐

你须敬虔事奉儆醒等候平安平安

这是爷爷最后的绝笔，也是一副自挽联。

此联背后还有一层深意，这是钱育旋后来才明白的。以卓伦先生对蒋公的了解，他死后，蒋会派人来送挽幛，这是他对旧部下去世后的惯例，亦是一种所谓的"规格"。卓伦先生要求家人，他的墓上，只安放他的自挽联。

这是他最后的交代。

全部放下，怎么可能？最后的时刻，他还是有牵挂。

一九六七年三月五日，因患糖尿病、心脏病并发症，医治无效，钱卓伦在台北逝世，享年七十七岁。

二〇一八年十二月七日采访手记：

上午在街市买鲜花，由钱育旋陪同，去阳明山钱卓伦墓祭拜。阳明山的半山腰上，到处都是墓场，一路过去，经过民国年间诸多达官显宦的墓穴，孙科墓、陈诚墓、阎锡山墓、严家淦墓……芦柴花一丛一丛，点缀着青翠山岗，山风吹拂中，点点凄白，影影绰绰，如同浮云在山间游弋。

向钱卓伦先生的墓碑鞠躬，献花。墓极简朴，并无隆起之墓穹，只是平铺着一层花岗岩石，几无装饰。墓的两侧，镶立着他的自挽联，亦是青白色的花岗岩，笔力清遒、柔中见刚。重读之下，不禁怆然。

一阵细雨，斜斜地随风而来，平添了些许的凉爽。雨中，听钱育旋先生娓娓道来：

“爷爷对蒋介石太了解了，他知道，蒋会派人来送挽幛。所以提前写好自挽联，让人刻到墓上。果然，爷爷去世的第二天，总统府来人，送来了蒋的亲笔题词。可是，家里长辈说，家父已让人把自挽联刻到墓上了。等于是婉言谢绝。来人什么也没有说，放下题词就走了。”

“那个题词写的什么，还能找到吗？”

“早就被扔掉了。”

至于爷爷长期被当局监视，钱育旋认为，他本人是知道的。不过，他把什么都放下了，根本就不在乎。只是有一件事，他未必清楚。那就是，当局不但长期监视钱卓伦，也还一直监视着他的儿孙，几乎一个也不放过。钱克显的子女当然首当其冲。一直到钱育旋四十岁那年，也就是他父母遇难三十年后，突然有一天，有个陌生人来找他，称自己是“国安”部门的，告诉他，自即日起，正式解除对他以及弟弟钱育城的监视。

这一篇拍案惊奇的续章，屈指算来，整整三十年。

“我爷爷这一生，最大的憋屈，就是我父母被蒋介石父子杀害。他晚年对此有很多反思，也曾经留下一些文字。不过，在他临终之前，全部付之一炬，他怕给我们留下麻烦。至于我父母，共产党方面是承认他们为革命烈士的。你可以上北京西山无名烈士广场网站查一下，在一千五百余名共产党隐蔽战线牺牲于台湾的烈士中，有我父亲钱克显、母亲王瑶君的名字。在西山革命烈士公墓群里，也有我父母的墓碑，不过，那是按照姓氏笔画排列的，他们的墓，并不在一起。”

平缓的讲述，于波澜不惊中，透出隐隐辛酸。

默然打开手机，查到了隶属于中国人民解放军总政治部的北京西山无名英雄广场网站。果然，在第三十二组、第三十八组，分别找到了钱克显、王瑶君的名字。

北京西山无名英雄广场名单

（中国人民解放军总政联络部提供）

…………

第三十二组：

彭啸生/湖北（1053）、彭佑昌、钱克显/江苏、邱阿贵、邱垂本、邱垂和、邱番仔、邱干耀、邱金涂、邱焜棋、邱连球（疑似基隆中学案犯）、邱木舜、邱树南、邱水、邱顺兴（1009）、邱桶（16名）

…………

第三十八组：

王炎山、王瑶君/江苏、王耀东、王仪犹/山东、王幼石/广东（照片）、王宇光/广东、王再传、王正均/福建（照片，中校，吴石案同犯）、王忠贤、魏德旺、魏如罗、魏文贤（1071）、温干群/福建、温胜万（1038）、温万金（15名）

十九
无法补偿的亏欠

有一天她突然对孙子杰罗姆说，奶奶要回一趟中国老家。

这一年，她六十六岁。她真的一点也不显老，浑身充满活力，看上去，五十岁不到的样子。

是的，飞回中国老家。要说简单，也就十二个小时。可就是这十二个小时的距离，让她等了半个多世纪。多少次回家，都是在梦里。这一次却不是了，是真真切切的旅程。她的机票上写着：一九七九年五月三日。这一天对她弥足珍贵。

之前想回国，无用的功课做了很多。回望那思乡的心路，犹如断线远扬的风筝，忽远忽近，于无限顾盼期望中，终究又一次次怅然消失。

葛利夏呢，一起去吗？

她考虑再三，说，这次就算我先回去打个前站吧，以后总有机会。

说到底，她内心有顾虑。半个世纪的沧桑，世道人心变幻莫测。她可以承受一切的变故，但葛利夏不一样，他心目中有关中国的印象，全都来自她的叙述与描摹。他早在几十年前，就把那个遥远的国度，当成一个美丽的如花似玉的世界了。

知道她要动身，中国大使馆的朋友就赶紧帮她张罗。各种手续，一一办妥。之前她提过几次想回国，大使馆的朋友并非不帮忙，而是说“政策”还没有开放。但从一九七八年开始，他们就动员她，说国内变化很大，希望她回去看看。

她也知道，斗转星移是这世间的常态。从各种渠道传来的消息，都在说国内正在发生巨大的变革。一种叫作“改革开放”的声浪，越过大洋传到了比利时。她发现，就连大使馆的那些官员，精神面貌都有了很大变化。

准备动身的那些日子，有时思绪会突然回到几十年前的王婆桥，回到那些风雨如晦的年月。父亲，母亲，兄弟姐妹，一个一个朝她走来。她突然感到，自己是不是真的有点老了。

大使馆的朋友跟她打过一个招呼，她理解，这也是一种善意的解释。按照时下的规定，她的行程必须报备国内相关机构，比如，几号出发，先到哪里，找什么人，住什么地方，亲戚家是不可以住的，必须住到指定的涉外宾馆。她最终要去的地方，是她的出生地宜兴，却因那里只是一个县城，没有严格意义上的涉外宾馆，她不能在那里过夜，而必须住到上海这样的城市。这一点，让她在情感上难以接受，于是向大使馆提出请求，至少让她在老家住上一晚，否则，她宁愿不回去。

后来大使馆帮她与国内的某外事部门通融，同意她在宜兴住一夜，并指定她住在宜兴宾馆。

于是她先飞到上海，与那里的卓侪哥哥一家团聚。然后，由她的一个侄子陪同到北京游览。再到杭州，在西湖边待了半天。然后转车去临安，她想去凭吊一下钱家老祖宗钱镠的遗迹。这也是卓伦哥哥的心愿。那年他病重，她飞到台北去探望。他说了很多未了的心事，其中有一件，就是临安的老祖宗钱镠。过去只是听长辈讲过，却从来没有机会去临安拜谒，供上一炷香。当时卓伦说了一句凄凉的话，她一直记得。他说自己这辈子是不可能回去了，若她今后有机会回国，一定要记得去临安，在老祖宗的陵墓上拜谒一下，也替他磕几个头，烧一炷香。

到了临安小城，问了几个人，都说不清楚钱镠陵墓在哪里。她便找到当地的文物管理所，一位姓钱的副所长接待了她，此公居然也是钱镠的后人，说到这位老祖宗，自然是如数家珍。小小的县城里，没有代步的交通工具，他便自告奋勇，骑一辆叮叮当当的破自行车，让她坐在后座上。她平生还是第一次坐这样的车，却也一跃而上，说，蛮舒服的！抬头看一路的景致，街市是热闹的，虽然沿街的房子一律灰旧，人群衣着的色调，也是灰白黑的居多，但市井的气息，还是温煦扑面。钱所长带她去拜谒钱王陵墓，映入眼帘的，是一个破败的所在，到处堆积着枯枝败叶，周边也有陈年积下的垃圾。钱所长解释说，前几天刮台风，还没有来得及打扫。

她默然。钱所长低声说，老祖宗的陵墓能保下来，已经很不容易了。但今后，情况会越来越好的。

在附近的小店里，她请了两份香，依次在陵寝前叩拜。

钱所长不解地问，您一个人，为何要烧两份香呢？她答，受我堂兄所托。

便不再言语。

见她面色肃然，双手合十，口中默念着什么，或又想起故人，竟是双泪长流。

钱所长还带她参观了钱王庙，看了许多珍贵的文物。她现在知道了，世称“人间天堂”的杭州苏州，其繁丽与精致，都是钱镠老祖宗所建。仅是西湖，在他手上就三次拓宽，景致的留存与美化，幸其筚路蓝缕，玉汝于成。苏州的园林，也是他儿子秉承父愿，多年营造。这些，后人大概都不知道了。

一块字迹斑驳的古碑上，刻着钱镠遗训：

> 吾家世代，居衣锦之城郭，守高祖之松楸。今日兴隆，化家为国，子孙后代，莫轻弃吾祖先。

她释然于怀，仿佛雨过天晴。她现在相信，记录历史的文字，是可以打败时间，并将一种精神传给后代的。

现在，她要踏上故乡的土地了，心跳在加速。车窗外，掠过金黄与碧绿、紫红相间的田野。她知道，那是油菜花、麦苗、紫云英。她还想起小时候，把紫云英叫作“荷花郎”，拔一把粉嫩的荷花郎，掺一些酒糟，炒着吃是极香的味道。

岭外音书断，经冬复历春。
近乡情更怯，不敢问来人。

耳畔，仿佛响起当年高先生领着大家背诵的这首唐诗。钱家祠堂从时间的深处淡出，连窗台上的一株小草都很清晰地朝她摇曳着。

按照原定的计划，前来接她的人，是她的一个名叫家吉的侄孙，她知道由于历史原因，他已经改姓路了。不过，改姓不改其心，他还是钱家的人。家里人还是叫他原来的名字家吉。其时，家吉在当地的宜兴饭店任财务科长。钱氏家族中吃“公家饭”的，他算是唯一的一个，其中一个原因，就是他不姓钱了。在当地，他居然还是个“兜得转”的人物。为了迎接她的到来，家吉利用自己的人脉关系，提前一周去县物资局借了一辆面包车。不过，这辆面包车过于破烂，正面临大修；而且，没有汽油。家吉还是有办法，在一周之内不但修好了车，还搞来两百公升汽油。

见面那天，家吉早早随车前往当地名胜善卷洞等候。钱秀玲的到来，在钱氏家族，是件大事，家吉先生在三十年后说到此事，还保持着清晰的记忆：

> 下午两点钟，我把车停在善卷洞的门口停车场上，手里举一块牌子：接姑婆钱秀玲。大概过了半个小时，迎面走来一位看上去五十多岁的中年妇女，装扮很特别，头发烫成长波浪，化着淡妆，皮肤看上去特别白皙，还涂着口红。五月初，天气还不算热，她穿着一身连衣裙，是深绿色的，镶着金丝的花纹，感觉很名贵。胸前还别着一枚闪闪发光的钻石胸针。长筒的丝袜，穿在一双乳白色的高跟鞋里。这样的打扮，国内还很少见。她微笑着朝我走来，用一口纯正的宜兴话说，你就是家吉吧！我叫了她一声姑婆，她就一把抱住我，再也说不出话来。我看到她的眼泪顺着脸庞往下淌。

汽车开进宜兴城的时候，钱秀玲突然提出，她想下来走走，看看宜兴古城的变化。家吉没有想到，她下车这一走，竟然引发了一场拥挤——从太滆桥到宜兴饭店，算是当时最热闹繁华的地带，这个尚未对外开放的江南小城，不但街巷狭窄，而且闭塞保守，还从来没有一个珠光宝气的女子，这样大摇大摆地在大街上走，于是，她的身后，就有了不断增多的好奇的尾随者。她笑吟吟地朝那些惊诧、好奇的围观者打着招呼，即便是有些鲁莽的围观者拥到她跟前，她也报之以一笑，甚至主动与他们握手。于是群情振奋，很多人以为是在拍电影，有人说是电影明星白杨来了，也有人嚷，是王丹凤！家吉高声解释：她不是电影演员，是海外华人，也是我们宜兴人！大家帮帮忙，让我们过去。钱秀玲一边走，一边问身旁的家吉，早先宜兴女中的地址，就是这里往南走不到一公里，如今那校舍还在吗？走到一条巷子路口，她停住了，说，这是北门的书院巷吧，卓伦哥哥的家就在里面，门牌是五号。他家的房子还在吗？现在是谁住在里面？

她一路问着，很多话，家吉答不上来，有的呢，又不便答。后来她仿佛明白了什么，便不再发问。

走到城中一座水泥的平桥边，左右看看，迟疑着，又忍不住问：这是蛟桥吗？原先是高大的石拱桥啊，上面的石狮子，小时候我都爬上去玩过。

家吉说，“文革”的时候拆掉重建了。

她朝河水看看，说，河也浅了，当年的水很清，河面好像也开阔一些。

总之，很兴奋，有时又掩饰不住黯然。这样走走停停，终于到了宜兴饭店。迎面是一个宽敞、亮堂的门厅，墙上点缀着时下的口号，比如，粉碎“四人帮”、思想大解放等等。也有锦旗奖状之类，都是一律的大红。家吉告诉她，这是城里最大的饭店，规格自然也最高。不过，其时还没有“包厢”的概念，亲属们为钱秀玲接风洗尘的晚宴，就安排在楼下大厅最南端的一张可以容纳十二人的大圆桌上。接下来是秀玲跟亲属们见面的时刻了，并没有预期中的喜极而泣，大家的脸上，挂着一份谨慎的喜悦。细伯伯，是下一辈孩子对她的统称，再小一辈的，就叫姑婆。场面上的高潮，是彼此介绍时，秀玲突然认出某个侄儿侄女的五官，与乃父乃母的极其相似，由此引发的感慨；而礼品的赠予，又让他们各自拘谨的表情里，突然生出一份欣喜。间或爆发的一阵欢笑，便掩饰了那些离世亲人的悲戚话题。说实话，钱家的长辈一个也不在了，他们在世时的际遇，钱秀玲多少知道一些。她甚至不敢问，他们去世时的情形。与秀玲平辈的兄妹，要么不在家乡，要么因种种原因过早离世。与她见面的，多是侄儿侄女。他们的表情，似乎都有一点拘谨，当大家依次坐下来时，突然发现，他们这一桌早已被围观者包围得水泄不通，就连上菜的服务员也挤不进来。家吉当即与饭店经理商量，把二楼会计室腾出来，临时改为晚宴的包厢，于是，集体转移。钱秀玲一直笑，说，干吗要转移呢，我无所谓啊。钱家的亲戚们一起帮着搬桌椅，一个个动作轻捷而熟练。虽然这一顿团圆的晚饭，比预定的时间晚了半个多小时，但是，当第一道香气扑鼻的宜兴头菜端上来的时候，钱秀玲开心地说，啊，这才是真正的头菜的味道啊。说着，眼泪又扑簌簌下来了。

据家吉回忆，那天晚宴的菜肴，确是精心安排的。掌勺大师傅叫叶祖仁，见过很大的世面，以往省里的大领导来宜兴，都是他掌勺。那天他的看家本事悉数拿出，按照家吉的要求，选宜兴地方菜里最新鲜时令的食材，不要花架子，而要烧出最家常的味道。比如蟠龙痴虎、银杏虾仁、糖醋鳜鱼，都是当地的传统名菜。一只用紫砂汽锅装的“素珍鼎”里，就有竹荪蛋、小花菇、鸡枞菌、牛肝菌，其汤浓而不腻，是用老母鸡、干贝、火腿、开洋之类，用文火炖了半天才成。生烤鳝背、银鱼羹等，或鲜嫩生脆，或爽滑细腻。而蒜苗清炒青蚕豆籽，其碧绿欲滴、酥软嘣脆的口感，仿佛将钱秀玲拽回到了童年的乡间。每上一道菜，她先要凝视片刻，然后准确地报出菜名。尝一口，不住称赞。最后上的一道横山鱼头汤，用特号大砂锅装着，汤色乳白，香菜翠绿，黑木耳、菌菇片、笋衣漂浮其间，煞是诱人。她说，这道鱼头汤，若是在比利时，会轰动整个布鲁塞尔的。

吃到一半的时候，秀玲便站起来要找纸笔。说，她要把今晚吃的菜都记下来，带到比利时去烧。家吉就把预先准备的菜单给了她。她接过来，一阵开怀大笑，赶紧放进提包里。吃完的时候她又提出，想见见掌勺的师傅，并且，想到厨房里去看一看。

家吉当即把叶祖仁叫上来。钱秀玲对着他，鞠了一躬，说：“叶师傅，今天您烧的菜太好吃了。我是一个几十年没有回家乡的人，这顿晚饭，填补了我几十年的亏空啊。”

叶祖仁才三十多岁，一时有点受宠若惊。

又问叶师傅，每个月的工资是多少。

叶师傅如实回答，三十二元。

钱秀玲说："跟我去比利时的餐厅工作好吗？我给你每个月开三千元工资。"

叶祖仁吓蒙了。三千元，是他将近十年的收入啊。他不知道比利时在哪里，但他知道那是在很遥远的欧洲。他可是个连省城都没有去过的人。突然想到一个非常具体的问题，不禁脱口而出："好是好，不过，我的十几年工龄没了！"

"工龄？"钱秀玲不解。

家吉跟她解释了一番，她终于明白了。她说："这个你放心，我给你买养老保险，一定会对你负责的。"

在场的人，还都听不懂"养老保险"是什么意思。

叶祖仁却已憋出一头大汗。他朝钱秀玲拱拱手，赶紧告退了。

这一天钱秀玲的遗憾，当然还不只叶师傅的婉拒；她不明白的是，当她提出，第二天上午想去王婆桥、钱墅村看看时，几乎所有人都劝她别去。一种异口同声的说法是，这些天正在修路，汽车不好走。她说，那就坐船去啊，她小时候，经常跟父亲坐那种扯篷的快船进城，两岸的景致，那真是好极了。她让家吉赶紧给她租一条船。家吉说，这几天河道也在疏浚，船也不能走。她看着大家面面相觑的表情，不知道内中有什么难言之隐，问他们，都又说没有。

一时彼此都有些尴尬。一席话，想说，却又咽回去了。她不忍心，也不明白他们那种为难的样子。

她想说的是，我总要回家给父母上个坟吧，还有我那些祖宗，我梦见他们等我回去呢！

还是家吉聪明，毕竟是在场面上走动的，一番话，就让钱秀玲释怀了：

“姑婆，您这次来，就算是来打前站的吧，国家正在改革开放，形势会越来越好，您下次来的时候，回王婆桥的路一定修得又宽又好，到时候，我一定用小轿车送您回家看看！”

后来钱秀玲才知道，她与亲属们的这次聚会，非常不容易。事先他们都被叮嘱过，该说什么，不该说什么。至于王婆桥和钱墅村，当时是不可以接待“外宾”的，他们都有义务配合政府，婉拒她的这一“要求”。

时隔八年之后，当钱秀玲再次踏上故乡的土地，她发现中国真的变了。

并不仅是外在的马路变宽，楼层变高，衣着变得鲜丽，而是人的精神面貌在发生变化，原先亲属们脸上那种说不出的拘谨与紧张、地方官员们的刻板与矜持，都不见了。仿佛每个人眉眼，都是舒展而开朗的。各种信息，在不经意的言谈中，予以她极大的快慰。亲属里，有的考上了大学，有的当上了乡镇企业的厂长，有的在跑供销、上夜校、考职称。都是行色匆匆的样子。而她这次归来，带了葛利夏同行，这是她之前的承诺。葛利夏比她还激动，平时讷言的他，变得絮絮叨叨，喜欢问这问那。自出发那天起，他每晚要服安眠药。其瘦而高、儒雅且随和的形象，第一次出现在亲友们面前的时候，大家就非常喜欢他，叫他细姑父或细姑公，他蛮开心。居然，他会几句中文，除了“你好”和“谢谢”、“好吃”之外，还会说一句:“葛利夏可是我的中国名字!”

钱秀玲扳着指头算了一下，幽幽地说，这个名字被搁置了五十年。若不是发生那么多的战争和变故，他早就是中国人了。

竟然，她这一次旅行，带有“官方”的色彩。起先，她自己也不知道，作为受到官方重视的“海外华人”，此行她会受到那么多关照及礼遇。

接待她的机构，是宜兴政府下属的侨务办公室，简称“侨办”。一日，该单位突然接到由省里转发的国务院侨办红头文件，称其接到中国驻比利时大使馆的公函，告知比利时有一位名叫钱秀玲的华人，拟于月内来国内访问，其主要行程是江苏宜兴。钱秀玲是比利时“国家英雄”，二战期间拯救一百余名反战人质，功勋卓著，在比利时，特别是该国华侨界，享有较高声望。文件要求宜兴政府在她访问期间，予以热情接待并提供各种便利。

于是就有了政府派车接送，分管县长宴请，活动专人陪同，餐

钱秀玲与先生葛利夏在宜兴

饮起居有人安排照顾的种种方便。

可是，钱秀玲并不习惯。第一次回来时，那种纯粹的民间走动，才符合她的本意。除亲友外，她不想打扰任何人。

她被善意地告知，一定要领政府的情。而且，只要政府出面了，她在家乡想办的事，就会一路绿灯。

果然，她提出要回王婆桥、钱墅村看看，县侨办主任一口答应，并且亲自陪同。亲友私下跟她说，这规格，在我们这里，已经有些偏高了。

秋日雨后的一个清早，一辆面包车把她和葛利夏送到王婆桥下。他们下了车，踩着雨后的泥地，绕过几根新埋的电线杆子，往桥边走去。举目望去，田野里刚收割过，一茬茬的稻根，湿漉漉的，仿佛在流着汁水。空气里还留有稻谷的清香。空旷的田野，有一种让人陶醉的流连。她的耳际，却分明有一种隐隐的鸣响，仿佛这原野里汇聚着历代的哀荣歌哭。这其中，有她父亲的叹息，有母亲的叮咛，有高先生的朗声吟哦，甚至，也有她自己与姐妹兄弟们的脚步声。她突然一步也迈不动了，虽然目光还是平静，恍然觉得，这里是她的前世，而绝非今生。

有关王婆桥的故事，葛利夏已经听他的东方玲讲过N遍了，他特别喜欢。那斑驳石板桥的构造，很像一个匍匐的沧桑老人。桥的两侧，随意生长着芦苇，被风一吹，一片一片很有韵致的白花，其飞絮在天空里，飘到无形，也很好看。他问，玲，这是什么花？钱秀玲答道，芦花。此时，有船从桥的拱门下经过，摇橹的声音，咿呀咿呀，葛利夏觉得非常好听，连同他们摇橹的姿势，连同那清澈的婉转延伸的河面，也很美。而河岸上的阡陌，那种浑厚的色调，简直让人陶醉。

钱秀玲说，当年，我就跟着父亲，坐一种有篷的船，比这种要小一些，飞快的速度，摇到城里去。

葛利夏说，站在这里，让他想到了埃尔伯蒙村。不过，埃尔伯蒙没有这样美丽的河流。这个你没有讲过，我们应该早一些回来才对。

最后的一句话，像一记鼓，咚地敲在她心上。

进村的感觉，还是比想象的要好很多。离别五十多年后的钱墅村，虽然灰旧中有些破败，但格调还是温馨的。也有一些新房子，在低矮的屋群里，冒出它们新贵般的楼顶，比对之下，旧屋显得颓败，新居却也给人一些向上的欣慰。人声，狗吠，鸡啼，都特别亲切。浓浓的乡情，到处都是。上年纪的人，也有认出她的，一把搂住，其黧黑而皲裂的手掌，半天不放，让她的心咚咚跳着，说不出话来。村里的道路，那种踩在泥巴里拔不出脚的泥泞，居然让葛利夏很兴奋。他的皮鞋成了一双真正的泥鞋，却乐此不疲。他说，他非常愿意在这里开一个诊所，为那些朴实的农人看病。而她，应着葛利夏有一搭没一搭的话，急着要找自己的家门，要找钱家祠堂，却都找不到了。

“我的家呢？”

她四顾茫然。

陪同的亲属告诉她，这几十年里，村里的房子变化很大。有些老房子拆掉了，屋基也改成了田地，都是有政策的。她的家，还有钱家祠堂，现在都变成了稻田。

她一时有抑制不住的伤感。原想问，父母的墓地在哪里，到了嘴边，她把话咽回去了。不过，当她走过一条仅一人可行的小径，来到一片篱笆园边，前面有几间稍微齐整些的房屋拦住了去路。她的侄女棠娜指着半截颓败的旧屋说，细伯伯，你看，还有一间屋没有全部拆掉。

她迎上去，仔细辨认，终于看出，这是她父亲当年的小书房。

她家的房子，前后有三进，小书房是在第二进的右侧。她的闺房，就在隔壁。现在，其他的房子荡然无存，如果没有人提醒，她即便站在这里，也认不出来。

小书房，是家中的核心。家里的很多事情，包括她去比利时念书，都是父亲在小书房里决定的。

如今，这里是生产大队的仓库，堆放着一些农药、化肥，以及杂物。门上着锁，管钥匙的人一时找不到。钱秀玲就从缺了玻璃的窗子，朝里面看了一眼。

那一眼，看得她心里生痛。决然说了一声，走吧。

声音有点大。

大家都感受到了她的情绪变化。彼此的默然，仿佛都在表达歉意。

猛然，她为自己说出这两个字的语气感到歉疚。

她是什么？一个久远不归的亏欠者，一个不在场的匆匆过客。这村子、房子的命运，从来与一个国家的兴衰沉浮捆在一起。曾经风雨如磐，而今否极泰来？她没有为之遮风挡雨，众生的踯躅或前行、困顿或勉力里，都没有她的份。哪怕半点磨难，半点责任，她都没有担过。她或许可以哭，难过，纠结，却没有资格发泄哪怕一点点的不满。

她内心有深深忏悔。为什么这几十年，不尽一切可能回来？她必须面对两个字，那就是逃避。说到底，她的亏欠无法补偿，这让她内心掠过一阵锥心般的疼痛。

在巨大而持续的沉默里，她与葛利夏走出村子。

少顷，她向陪同的县侨办主任提了一个要求。她想买一块地，给钱家的祖宗建一个衣冠冢。

此事很快得到落实。县里的统战部，也参与此事，积极协调。隔了一天，钱秀玲再次来到钱墅村。她看中了村后朝南向阳的一块坡田，是当地农民的自留地。因为是公家出面，对方愿意成全，很快谈好价格。当天就开工，衣冠冢里，放着她父母以及其他长辈的照片，没有照片的，就用其生前的一样物件，或一个烟嘴，或一个做针线的针箍。然后，找来乡间的一位老石匠，选上好的石料，连夜凿了一块碑，将钱家故世的长辈们的名字，按辈分悉数刻上。并且，在离开宜兴的前一日，她带领全体亲属到衣冠冢前祭拜。

这一次，她是伏在地上号啕大哭，如同江河滔滔。

回去的路上，她对葛利夏说，她的一生里，这样的痛哭，只有两次。一次是父亲去世，她远在天边回不来，还有，就是这一次。痛痛快快地哭过，心里好受多了。

用一个小瓶子装了一瓶坟上的土，放进口袋里。什么话也没有说。

侄女钱棠娜这样回忆道：

细伯伯的性格里，有刚强的一面。她做事很果断，比如，建衣冠冢的事，前后只有几天，就办好了。那天上完坟，她的心情好了很多，跟我们讲起她在比利时的子女，还是蛮开心的。不过，在家乡期间，她没有跟我们讲过在比利时拯救人质的事。我们并不知道，她还是比利时的“国家英雄”。

侄孙家吉说：

她跟我们几个小辈讲，你们愿意跟姑婆到比利时去闯一闯吗？年轻人不要贪恋家门口这点地方，要有大志气。国家如今开放了，你们应该出去看看，外面的世界是个什么样子。按照她的想法，如果我们愿意，就可以到比利时她的餐馆打工，学一手厨艺，然后自己出去独立门户，即便开不了餐馆，开个外卖店，也可以赚钱，将来回国，对自己也是一段历练。后来果真是，我的好几个亲戚去投奔她了，她的玉泉餐厅，实际成了培养厨师和外卖店老板的黄埔军校。

那天上完坟，走进村子，一位乡干部来了，邀请她和葛利夏一行，去参观乡办的耐火厂。一路上，乡干部说，他的爷爷跟秀玲姑婆一起在钱家祠堂念过书。说起来，山亲水近，都是自家人。说到钱家祠堂，乡干部说，当时呢，也是一窝蜂，"文革"的时候，这些都是"四旧"，拆掉盖仓库用了。谁晓得世道会变成今天这样呢！他一直有一搭没一搭地说着，像是自嘲，又像是解释。钱秀玲默然，不再回应。他们一行在厂长陪同下，看了几个车间，也看了产品，自然要称赞一番。钱秀玲感慨地说，真没想到，乡村里居然办成这样规模的工厂，了不起！乡干部说，如今到处都在办厂，乡村里已经没有人闲在家中了。

一行人到了厂长办公室，在人造革的沙发上坐下喝茶。厂长有些不好意思地拿出一个硕大的梨子，说，刚才让人到小街上买水果，只买到一个梨子。钱秀玲笑着说，哇，这梨子好大！

又对葛利夏说，你不懂我们中国人的规矩，梨子是不能分的，这叫不能分离。

“那怎么办呢？”葛利夏听明白后，故作为难地摊开手说。

钱秀玲说：“你是第一次来的稀客，这梨子就你吃吧。”

葛利夏说：“为什么我们不能来破一下强加给它的魔咒呢？今天我们大家来分吃它，它会让我们每一个人更甜蜜的，不是吗？”

天哪，从来都是寡言讷口的葛利夏，突然变得口吐莲花。连钱秀玲也感到奇怪。

于是，这个足足一斤多重的梨子，就被分成了八瓣。在场的每个人都吃了一瓣，都说很甜。

二十

我奶奶是英雄吗

二〇〇〇年九月四日，艾克兴市的媒体刊登了授予钱秀玲女士“荣誉市民”称号的消息。

这一年，她八十八岁。

又发生了好多事。不过，有些事情就是供人们忘却的。只有于己刻骨铭心的事情，才能难以忘怀。

一九九五年春天，葛利夏大夫去世，享年八十六岁。很长一段时间里，她精神恍恍惚惚，老是记不住事，清醒的时候，总还有锥心的痛感。她明白，葛利夏是先去找一个地方休眠了，他会在那里等她。她分明听到了他的召唤，她说，亲爱的，我知道了。

半年后，小儿子尼古拉英年早逝，才五十一岁。

人生的这些无常，背后都有其宿命。早走是走，晚走也是走。这是她安慰自己的话。她这一生，见过了太多的生离死别，知道聚聚散散才是人生的全部。可是，当亲人真的撒手而去时，她感到自己内心的一部分，也跟着一起去了。

艾克兴市一直记得她，她还是高兴的。每去一次，总能见到一些老朋友。那个热情的市长，让·杜特里约，几次上门来谈荣誉市民授牌的事。他叫她妈妈，连“钱”字也省略掉了——如果不是她拯救了他的父亲，哪里还有他的今生。他的话是不错，不过，钱秀玲总觉得自己受不起。上了年纪，她就更不愿意谈当年那点事，何况，有些事情她真的已经淡忘了。

授牌那天，是大儿子悌米吉陪她去的。他是个优秀的医生，继承了乃父的衣钵。他们在艾克兴受到的敬重和欢迎，母子两人的感受并不一样，钱秀玲觉得，那么多人，一直铭记着她当年做的那点事，有必要吗？如果只有被记录或歌颂的人与事，才是历史，没有被记录下来的东西，都是让你去遗忘的，这不公平。她也知道，这个世界最大的特点，就是不太公平；很多人就是为了争一个公平的世道，就献出了生命，而正义之类，都是由此派生的。与那些值得被铭记的人相比，她宁愿自己被遗忘，干干净净地遗忘。

这些话，她在授牌的仪式上说了。大家默然。然后持续鼓掌。留存不多的被拯救者们，或是他们的遗孀、子女，都过来拥抱她，问候她，与她合影。让·杜特里约市长坚持请她坐着接受荣誉市民的匾牌，因为匾牌比较重。他可以弯下腰来，把这一份荣誉授予她。

于是，摄影师镜头里的那个被定格瞬间，记录了钱秀玲端坐在一把椅子上，让·杜特里约以鞠躬的姿态给她授牌的场面。

让·杜特里约说，历史会记住今天。艾克兴以您的名字命名的道路，已经在路牌上加了一个字，那就是“德”字，您知道，在比利时，大凡一个人的姓氏被加上这个“德”字，就意味着崇高和庄严。格里高利·佩令吉先生和您完全配得上这个“德”字。

所以“钱秀玲路”的完整表述应该是这样的：

格里高利·德·佩令吉夫人——钱秀玲路

悌米吉的感受却不一样。他很为母亲骄傲。一个人做了一件好事，几十年间一直不被世人遗忘，在别人，似乎不太可能。他是个医生，救死扶伤是他的职业宗旨。救活一个濒死的病人，在他是家常便饭。没有人会记住他救活了谁，他自己也不会津津乐道。所以，他为母亲反复获得的这一份荣誉感到高兴。

不过，他觉得，在他的记忆里，母亲从来对这件事没有什么成就感——并非她小看它，而是她觉得，事情早过去了，换了别人也会那么做。她从来没有把它作为一个故事讲给他们兄弟姐妹听过。尽管妈妈给他们兄妹讲过无数个故事，有关母亲拯救人质的事，陆陆续续，他都是从别人嘴里得知的。母亲的态度一直是，希望别人把这件事，连同她，一起忘记。

支撑母亲这种想法的东西是什么呢？他不知道。

离开艾克兴的时候，让·杜特里约市长把她扶上车，俯在她耳

钱秀玲路

边说："妈妈，我会很快就去中国，去您的故乡访问。"钱秀玲说："应该去，我的家乡人很好客，也很厚道，您去了就知道了。"

她从车窗里伸出手来，跟簇拥在车旁的人们道别的时候，眼睛里有泪花。汽车开出一段路了，她的手还没有放下。嘴里喃喃地，在轻声细语。悌米吉把车停在道边，俯上去，终于听明白她在说什么了：

"可爱的人们，忘记我吧。"

悌米吉一怔。妈妈为什么要这样说呢？

问她："妈妈，要不要去那条路再看一看？"

他当然指的是，重新挂上"德"字路牌的钱秀玲路。

不要了，走吧。她说。

她仰在后座上，似在闭目养神，再也不说什么。

在悌米吉的印象里，母亲的晚年，特别是父亲和弟弟去世之后，她变得越来越寡言，老是在沉思着什么。

让·杜特里约市长从中国回来了，给她带来了很多消息。他告诉她，艾克兴和她的故乡宜兴已经结为友好城市。市长尤其对她的家乡菜赞不绝口，说："妈妈，您当年怎么舍得离开家乡的呀，那么美的地方，而且，那些美食真的让人非常留恋。"

她说："对家乡我确有愧疚，我没有为她做什么。"她还告诉市长，她的一个侄女棠娜，是当地乡办服装厂的厂长，想把她的服装销到比利时来，他要是有兴趣，可以跟她搞点合作。市长说："好的，妈妈，我记住了。"

钱棠娜女士还保留着当年“细伯伯”写给她的三封信，其中有一封这样写道：

亲爱的棠娜：

你的来信已经收到，谢谢！我在回来后两三个星期内，就请为强寄给你一大册衣服图样和两本欧式裙子样本，你收到没有？里面有几百种衣服的款式，我很奇怪，你一直没有消息给我。现在有家兴回国，我趁这个机会请他带些衣服款式的杂志给你，收到了请告知。这种图书和服装杂志对你有没有参考价值，你能按这些服装的样式去做吗？

我也希望能帮祖国和欧洲做生意，不过自己对商业一点经验也没有，不知怎样去做。比如宜兴丁山的陶瓷，欧洲人很喜欢，假如这里有销路就可以做，宜兴特别有名的土特产，还有哪些？如果有机会，我愿意为家乡牵线搭桥。

有一位很大的商人，他专门做中国生意的，经常到我的餐馆来。他在这里请过很多和中国人做生意的比利时人吃饭。我有机会，一定和他聊聊看。不过，我还不知道和他怎么谈，或者，我就从宜兴的陶瓷和外贸服装说起吧。若有好消息，我会写信给你。

快要过旧历年了，祝你们全家新年快乐、万事如意。

姑妈　秀玲

钱棠娜回忆，当时她曾经托“细伯伯”帮着联系把外贸服装销售到比利时，她很热心，还托中国驻比利时商务处一位官员给她写信，告诉她，与比利时人做生意需要注意哪些事项，有些什么要求，等等。

过了不久，由市长带队的宜兴代表团到艾克兴回访，他们还特意到布鲁塞尔她的家里看望。他们用宜兴话跟她交谈，都叫她钱妈妈。他们给她看家乡建设的图片，她说：“这个夜景是宜兴的团氿吗？我怎么感觉，这有点像杭州的西湖呢！”

这一天，她感觉特别开心。

有一天，她在家里接待了来自中国的女作家张雅文。当她得知，这位女作家为了采访她，自己借了十万元钱，在语言不通的情况下，只身一人来比利时，她很感动。两人谈得很投缘。后来中国中央电视台根据张雅文的小说改编了电视剧，添加了很多情节。摄制组来到比利时拍摄，动静很大。她先是心下有不安，觉得那些事情早已随风飘逝，何须再提？有的细节，她也确实记不清了。倒是说起堂兄卓伦哥哥，她还能很快进入一种清晰的语境，谈兴很浓。她家里最醒目的地方，挂着他的书法。说到他的一笔字，她还能用一句话说出特点：骨骼清峻。这本是有良知的人的气质，是读书人本来的样子。而说到自己，她的一句“真的忘记了”，已然变成了口头禅。

很快，电视剧不但在中国，在比利时的电视台也播出了，非常轰动。她住的公寓楼下，常常有人来打听，那位拯救人质的东方女神，就住在这里吗？媒体的采访更是紧追不放，她平静的生活被打扰，她曾经致函给有关媒体，婉拒一切采访。这是当时的实情。

该剧的一位导演，在接受比利时媒体采访时，这样说道：

> 这个故事原先知道的人太少。就如辛德勒，因为他拯救了自己国家里的大量犹太人，而在全世界名声大振。钱秀玲拯救的是比利时人，而不是中国人，正因如此，我认为钱秀玲更具口碑，更比辛德勒具有国际意义。

不过，关于这部电视剧，钱家的人，有一些不同的看法。关键的一点，是里面没有提到钱卓伦将军。在他们看来，如果没有他，整个故事就缺乏支撑，而钱秀玲本人，对卓伦哥哥的被“缺席”，尤感遗憾。

> 尽管对电视剧最终的呈现效果不很满意，但是，“细伯伯”坦言不生气。在她看来，他们想拍成什么样子是剧组的权利，他们抱有怎样的目的，也是早就决定了的。老人深知“英雄”背后的用意和利益关系，并且能够平静地对待这一切。她说，这些都是生命中的小事，过去也就过去了。
>
> ——钱童心《我的太姑婆钱秀玲》

她或许知道并理解，没有一个艺术家愿意撒谎或进行违背事实的杜撰。在特定的时期，那些艰难的讲述中，不得不妥协的某些决定背后，何尝没有艺术家们暗自的叹息。请相信，一个故事讲出来了，就收不回去了；有故事，总比没有故事好。昨天的故事，就是让今天的人来修补和匡正的，而明天的人，还可以继续把今天偏离轨道的故事拽回到历史的原点。

有一天，孙女塔吉亚娜陪她散步。

"奶奶，你觉得他们为什么要拍摄你的故事？"

"因为二战时候，一个中国女人借助她堂兄和德国将军的关系，救出了被捕的比利时反战人质。"

"你还记得他们和你说了些什么？"

"不记得了。"

——钱童心《我的太姑婆钱秀玲》

有些事情，她真的不记得了。她也希望别人忘却。她不喜欢有一句话，叫永不忘却。何必呢，怎么可能？人岂不太累，世界也会太复杂。要是可能，就放下吧，好好地享受当下，让有限的生命无挂无碍。

供职于比利时某电视台的孙女塔吉亚娜，是一位纪录片编导。钱家人的遗憾触发了她的灵感，继而转换成一份责任。她决心要给奶奶一个交代。跟奶奶聊天的时候，她的摄像机镜头记录了大量的口述资料，二〇〇四年，她带着一个摄制组，几次去中国拍摄，遍访了钱家后人以及相关人士。甚至，他们一度深入宜兴乡间采访，在油菜花盛开季节的王婆桥上，塔吉亚娜突然找到了属于奶奶的基调，那种开阔、清远、仁慈、柔中有刚，与奶奶的性格、情怀是何等的一脉相承啊。

不过，塔吉亚娜的中国之行，并非十分圆满。她的摄制组在钱墅村拍摄时，需要到钱家的衣冠冢前取景。可是，他们到达后却发现，衣冠冢已被毁坏，墓碑竟被拦腰砍成三段，墓地上一片狼藉。这是怎么一回事呢？

当时适逢乡村殡葬改革，按照政府的要求，那些分布在田野里的坟墓，在规定的时间内，一律要迁到指定的公墓去。村里的干部，找到了钱秀玲的一个侄子，告诉他迁坟的事。殊不知，他年纪大了，身体也不好，是个忘事的人，并没有在规定的时间内，把消息传递给钱家的其他人。这次殡葬改革，面广量大，是一项浩大的工程，只能搞一刀切。当时的乡村办事，不如今天这么人性化。有一句公家话语，叫“逾期按无主坟处理”。就是说，超过了规定的时间，只能由公家派人来平坟。所以，就造成了钱家衣冠冢被毁坏的事情。至于墓碑被斩断的事，后来我们也做了调查，并不是故意毁坏的，而是当时村里雇了几个老年劳力，把墓碑抬到统一的地点里集中起来，以后好让墓主的后人来领。那块墓碑既高且厚，几个老人抬不动，也不知是谁出的主意，就把墓碑敲成三段，结果，他们还没有抬走，钱家的人却来了。

这一番言论，出自一位不希望披露姓名的当地前官员之口。其核心意思就是，此事从前到后，一是政策，二是误会。

可是，塔吉亚娜的摄像机镜头，当时却记录了一位当地在职官员的话语：

……平坟，是为了殡葬改革，这是国家的政策。别说你这个墓碑被敲成三段，别人的坟墓，浇了钢筋水泥的，用炸药炸掉的也有。比你们地位高、名望大的，也大有人在。

无论如何，这个说法，让钱家人难以接受。如果是统一政策下的平坟迁墓，钱家人应该是通情达理的。而掘祖坟，自古以来就是天仇，毁墓碑，更是天理难容。在当代中国，一项政策的出台，总有它深远的背景和现实的考量。如果这时有人出来解释原委，并且好言安抚，这事也就过去了。

可是，种种不周，造成了不必要的遗憾。此事容易让钱家人联想历史，所谓惊弓之鸟，正是他们彼时的写照。基层干部做事，都有红头文件依照，离开了文件，千头万绪，长期的惯性或许会让他们迷失方寸。“希望能够顾全大局”——大小官场沿袭的一句习惯用语，便可以挡回所有的诉求和愿景。

彼时以钱秀玲为原型的电视剧风靡国内外。家乡的父母官还去了比利时钱秀玲家中做客。发生这样的事，似乎不在情理。有人出来解释说，这是村里几个老农民干的事，他们一天只拿四十元工钱，抬不动那些太重的墓碑，被打碎的碑可不止一块。这些事，市里和乡镇并不知情。可是，另一位不愿意披露姓名的民间人士认为，这个说法站不住脚，老农民应该更了解钱家，乡村的老人最懂风俗，知道把墓碑敲断，属于什么行为。

塔吉亚娜自从踏上中国的土地，特别是到了奶奶的故乡，印象都是正面的。她喜欢这里美好的人情，丰饶的物产，以及那些看不够的迷人风光。很多天，她一直沉浸在一份从来没有过的激动里。唯独坟墓被毁的事情，尤其是被采访官员的一番宏论，都让她非常反感。按说，这里的一切都令人难以忘怀，但是，她的情感却由此陷进了一片沼泽。

于是，《我奶奶是英雄吗》一片里，就有了一个诘问：这里的一切仿佛只有被记录下来的才是历史，没有被记录的人或事，都是让你去遗忘的。

她想通过这部纪录片告诉人们，奶奶钱秀玲并不是世俗意义上的英雄。她只是一个正直善良的人。别人一直在津津乐道的那点事，她早就忘记了。她不希望自己曾经做过的那点事被捆绑在一个“高大上”的柱子上，然后被不恰当地、无休止地放大。

她恳请被遗忘，而不是被铭记。

“毁墓事件”一直瞒着钱秀玲。钱家人的一个默契是，她年岁大了，怕她伤心，就别让她知道了。

可是，塔吉亚娜的纪录片里，无可避免地陈列着一组触目惊心的镜头，还有那位官员振振有词的同期声。钱秀玲没有看过孙女的纪录片。但是，有一次，在无意中，她看到了这个片子。当钱家的后人在被毁的坟墓废墟上供上香烛、水果，磕头祭拜的镜头出现时，她惊呆了。

久久地，她沉默，拂去泪水，一句话也没有说。

在一个柜子里，她找出从老家祖宗坟上取回的那一小瓶泥土，放在客厅里用来搁照片的一个柜子上。这样她就能天天看到它了。

对这件事，她始终没有评论。

九十岁以后，身体每况愈下。

她打太极拳，唱歌，散步，和儿孙们聊天，看相册里的老照片，一张张的照片背后，都有故事。她讲起那些故事，像极了童年在老家时，母亲纺线的声音。

中国大使馆的官员始终关心她，经常来看她。每逢她的生日，大使馆肯定会送来鲜花、蛋糕，以及美好的祝福。

喜欢唱一首老歌：

飞飞飞飞，这个样子飞
慢慢飞，这边飞，那边飞
要上去就要把头抬
要转弯便要摆摆尾
要下来就要斜着飞
哎，这个样子飞到这里来
……

这段歌词，是根据塔吉亚娜的纪录片里，钱秀玲唱歌的同期声记录的。她是在歌唱一只欢快的小鸟吗？还是在羡慕它拥有那么广阔的蓝天呢？她飞不动了，但她还有力气为一只翱翔在天空的、自由自在的小鸟歌唱，至少在一个难得的片刻，她的心，也跟随那只小鸟，一起飞起来、飞起来了。

不过突然有一天，孩子们把她送进了布鲁塞尔市区的一家养老院。我们只是听说子女发生矛盾，把目标指向了“细伯伯”的遗产，卖了老人的住处。但这一切也无从证实。从那以后，她很少再有人看望，气色也每况愈下。不过，叔叔还是经常会给她送小馄饨，吃小馄饨的时候，她总是很开心，叔叔这样告诉我们。

——钱童心《我的太姑婆钱秀玲》

一个星期天，正在法国留学的重侄孙女钱童心，风尘仆仆地赶至布鲁塞尔市区奥特根大街的一家养老院，来看望她的太姑婆钱秀玲。

她正背对着门，坐在一把有护栏围着、防止她跌倒的黄色靠背椅上。这是我二十年来见过的最孤独的背影。

看到有人来，老人显然很高兴。她穿一身蓝紫色的花衬衫，满头白发梳理得很精神，骨瘦如柴却风韵犹存。她冲着我微笑，这是我二十年来见过的最温暖的笑容。一起去看望的叔叔，照例拿出了准备好的小馄饨喂给她吃，她的胃口比我想象的要好。

我看到房间的黑板上用法语写着：请带些水果，如果有可能，带些小馄饨，请带些杂志。

房间的桌子上，零星地摆放着她和家人的照片，以及一张她被授予“国家英雄”勋章时与市长的合影。

墙上贴着孩子们小时候的照片。你要怎样想象眼前这位风烛残年的老人，曾经是如何在盖世太保的枪口下周旋，经历了近一个世纪的变迁，最终又回到人生的起点，不觉泪下。

——钱童心《我的太姑婆钱秀玲》

提到她的晚年，侄子钱宪和这样回忆：

那是个中下等的养老院。开始的时候，孩子说她的房子要装修，让她到养老院去住一段日子。过了几个月，有一天我去看她，陪她出去兜风，汽车开到她楼下那条马路，她突然说，我的房子什么时候装修好啊？我说，什么装修啊，没听说过呢。她一听就明白了，什么话也没说，之后再也不提。我姑妈这个人就是这样，她从来只说好的，不说坏的。

二〇〇八年八月一日，钱秀玲在布鲁塞尔去世，享年九十六岁。

她的葬礼简单而隆重。灵柩上覆盖着比利时国旗。艾克兴市政府代表、当年地下抵抗组织战士的后代们、被拯救人质的后人、比利时政府代表、中国驻比利时大使馆代表前往灵堂，为她送行。

翻开二〇一八年十月九日的比利时手记，这样写道：

上午在钱为强夫妇的带领下，前往位于布鲁塞尔市郊的韦曾贝克·奥珀姆墓园，祭拜钱秀玲老人。

墓园颇空旷。深秋季节，花木还是茂盛的。一路走去，挨挨挤挤的墓区，有的墓修得金碧辉煌，有的墓建得像一个艺术雕塑，也有的墓非常朴素。钱秀玲老人的墓坐落在第三区的墓群里，普通得令人惊讶，甚至，比一般的墓还看小一些。也没有任何装饰。墓边没有走道，紧挨着别的墓，连脚都插不下。献花的时候，人只能俯身站到墓上——感觉很难过。而且，这还是三个人的合墓。钱为强先生说，最下面的是她的小儿子，中间是她的丈夫，最上面才是她。

在墓的盖板上，用法文写着三个人的名字和生卒年月：

尼古拉·德·佩令吉

1944—1995

格里高利·德·佩令吉

1909—1995

及其夫人

钱秀玲

1913—2008

总以为，会有墓志铭，或者一个坐像什么的。墓前应该有一片开阔的草地。可是，什么都没有。

我们的习惯思维，到了这里，遇到了障碍。

唯其如此，才是钱秀玲啊。

拜谒钱秀玲墓

钱为强先生说，姑婆不希望惊动别人。她也不要任何溢美之词。她生前有过交代，一切从简，她希望和丈夫以及英年早逝的儿子待在一起。

久久无语。心很堵。想起十六年前的那个越洋电话，爽约的我，终于来了，钱奶奶，对不起。

“好啊，我在布鲁塞尔等你们。”

老人朗朗的笑声，犹在耳边。

鞠躬的时候，一滴泪落到墓上，却浑然不觉。

起风了，一片枫叶吹落在墓上，在灼灼的天光下，愈显得如血一般殷红。

尾声
杰罗姆踏上了奶奶的土地

杰罗姆又来中国了。

二〇一九年十二月二十一日。按约定，我去上海接他。之前他一直希望，要来奶奶的家乡看看。

他去了太湖边奶奶的村庄。非常兴奋。他说，昨天晚上梦见奶奶了，她说，你到了老家，见到长辈要磕头。

磕头，需要一个语境才行。杰罗姆走进村子的时候，尾随围观的人，比当年他奶奶回来时还多。进村的时候，他一点也不陌生，仿佛他以前来过；或许，冥冥之中有人在指点他，怎么拐弯，怎么过桥，进了村子，要沿着池塘，拐过一棵垂杨柳，往南走。当村里的狗一起吠起来的时候，他特别开心，仿佛是一支仪仗队在欢迎他。作为一个国际知名的摄影家，他太喜欢这里的格调，素朴的农屋，打谷场上堆放的杂物，散漫的人们各种生动的表情，让他始终放不下相机——他特意带着的那架莱卡相机，是奶奶当年送的。

杰罗姆回到奶奶故乡

与钱家的亲属们站到了一起，这一天的到来，于钱家人来说，真的并不容易。镜头前的他们多少有些拘谨。迎着初冬清煦的天光，这一个瞬间，定格在奶奶离开这里去比利时读书的第九十个冬天。

然后，他去了一个山清水秀的墓园。在那里，他见到了奶奶带领钱家亲属为列位祖宗建的衣冠冢——那是钱家后人重新修建的，算是弥补了奶奶心头的一个遗憾。他磕头的时候，在场的钱家人都落泪了。

墓园的主人，一个朴素的当地人，怯生生地提出一个愿望，选墓园里最好的一块地，给钱秀玲老人修个衣冠冢，也好让想念她的人们，来这里看看她；也让她，在家乡有个归宿。

杰罗姆去看了那块地。一面是青青的山岗，一面是平缓的小河，周边绿荫环绕，幽静而开阔。在苍蓝的天际下，那块地有着平缓的呼吸。

杰罗姆郑重地表示，此事他会回去跟长辈和兄弟姐妹们商议。然后，过了半个月，他的电子邮件到了：

> 我非常诚恳地代表佩令吉家族，同意将奶奶钱秀玲的衣冠冢，建在她魂牵梦绕的故乡，并以我个人的名义，表示由衷的感谢。
>
> 杰罗姆·佩令吉

他说，希望能在不久的将来，在这里住一段时间，拍摄至少三百张原住民的照片，然后，在奶奶的家乡办一个摄影展。

是的，他说，他还会再来。

2019年6月1日—2020年2月28日

写于宜兴铭泽园——宽斋

2020年3月1日—8日，修改

2020年4月6日，修改

2020年8月8日定稿

后记

忘记，何曾容易

这本书写了九个月，酝酿的时间，前后却有十六年。

原先不敢相信，这个题材可以写一本书。

我从不怀疑，钱秀玲的故事应该可以写成一部历史巨著。但是，耳熟能详的那点事，几句话就可以讲完。太多的故事被老人带去了另一个世界。她生前不喜欢别人关注，回避媒体的追踪。比利时方面没有给她写一部书，甚至没有留下一个独立完整的钱秀玲故事。很长时间内，没有人知道钱秀玲是谁，她的名字一度突然在中国家喻户晓，主要还是二〇〇二年央视拍摄的以她为“原型”的电视剧。不过，当时钱家人看后不太满意，可能是限于当时的历史条件，钱秀玲堂兄钱卓伦的名字没有提及。他们认为，没有他，整个故事就没有支撑，所有的情节就会塌方。当然，钱家人选择了沉默。不过，历史总是公正的，它有昭示后人的强大功能。即便我不写，也会有人出来写。我既然要写，起码在真实性上不能妥协——

在写作这部书之前，我有幸读到了张雅文老师的《与魔鬼博弈》一书中，有关钱秀玲的章节，雅文老师提到了钱卓伦，并且给予他非常正面的评价，这让我非常欣慰。我与雅文老师通过几次电话，她对我的写作表示了支持和鼓励，并且慷慨地同意引用她文章里的部分历史资料。同时，我的实地采访中，意外地打开了钱秀玲救人之外的故事线索，特别是她堂兄钱卓伦及其子女未被人知的故事，其本身，就是荡气回肠的篇章。在分别去比利时和台湾采访后，我觉得，写一本书的条件基本具备。但是，写完这本书，还是觉得意犹未尽，虽然我已经竭尽全力。

十六年间，常常会想到那个前往比利时与老人见面的爽约。总想着要去比利时，见一见老人，以及她拯救的那些人质。因为限于当时的条件，未能成行的我，便拍摄了一部纪录片，时在二〇〇二年，适逢张雅文老师来宜兴拜谒钱秀玲出生地，其中有一段三分钟的钱秀玲电话同期声，原本以为，这多少可以弥补心头的遗憾，却不料，因为未能亲赴比利时拍摄第一手资料而造成的虎头蛇尾，让我一想起此事，便有一种深重的歉疚。

第二部纪录片，则是二〇一八年，我与妻子去比利时采访时，用随身携带的两部摄像机拍摄的。直到这时，我都不敢想象，有关钱秀玲的故事，真的还可以写一部书。我的心愿是，去看看钱秀玲的旧居，她拯救人质的城市，以她的名字命名的道路，并且，去她的墓前祭拜，等等。然后拍摄一些视频资料，作为永久的纪念。

记得，由于语言不通，在进入布鲁塞尔机场边检站口的时候，就因为一句普通的荷兰语问话没听懂，被海关警察关进了一间很小的“问讯室”——顿时有一种被拘留的感觉。在之后的一个多小时里，没有人进来问一句话，也打不出一个电话。这似乎是一种宿命，但我对妻子说，万事开头难，我们会顺利的。

当众多被历史遮蔽的素材抖落风尘，陆续来到我的面前的时候，我觉得，时光深处的一位老人在帮助我。比如说，杰罗姆的协助，一百零三岁的幸存者莫瑞斯的出现，钱育旋提供的其祖父钱卓伦的惊天秘密，以及一些绝版的资料，事先都没有任何的预兆。但说来就来了，挡也挡不住。

本书写作，有幸得到了钱家人的支持——钱秀玲的侄女钱棠娜女士，侄子钱宪和先生、钱宪行先生；孙子杰罗姆先生，侄孙钱为群先生全家、钱为强先生夫妇；侄孙路踺（家吉）先生；钱卓伦的孙子钱育旋先生、外孙沈艺江先生等，都为本书写作提供了珍贵的素材和热心的帮助。塔吉亚娜女士是钱秀玲的孙女，虽然我未能与她见面，但她的法文版纪录片《我奶奶是英雄吗》，给了我很大的启发和参照，这里也要谢谢她。钱家人很厚道，也包容；其古道热肠，一如秀玲、卓伦前辈，让我感触尤深。此外，在比利时采访期间，还得到了莫瑞斯老先生、护士巴斯塔女士、二战纪念馆馆长雷蒙·穆克先生、艾克兴博物馆原馆长卢埃尔先生、艾克兴市市长夏维先生、二战历史研究者梅芙妮女士以及薛嘉仁先生、蓬飞先生的协助；宜兴方面，沈晓红女士、储红飙先生、黄波女士、钱志明、许祥芬夫妇、夏涛先生、戴军女士、蒋亦琦、谈伟、吴达如、孙同、傅剑龙先生等，对本书写作和纪录片拍摄、资料收集提供了各种支持帮助，在此一并表示谢忱。

这本书稿的出版也有点磕磕绊绊，最后是译林出版社果断接手、极快签约。由于拙著《江南繁荒录》的愉快合作，译林出版社和我成了很好的朋友。

最后，我还要感谢我的妻子徐梅英女士。在比利时和台湾采访期间，大量的摄像、录音、速记工作是她完成的。无怨无悔，亦无所求，是她一直以来的秉性。她不看重我的“成功”，底线只是不希望我太劳累。在比利时采访的最后一天，她因多日辛劳，突感不适而上吐下泻。这一趟远差，她亲眼见证了一个作家付出的心血。她对我的唯一要求是，以后千万不要再这样辛苦！

我说，一个作家最苦的，并不是“辛苦”，而是写不出东西的“心苦”。有东西写，作家就不苦。

2020年4月11日

2020年8月8日修改

作者徐风历时十六年，

深入比利时、中国台湾、故乡宜兴三地寻访，

通过口述与史料，

还原钱秀玲的传奇人生和一个时代的波诡云谲。

→